谨以此书献给中国儿童文学

现代童话美学研究

周晓波 著

陕西新华出版传媒集团

未 来 出 版 社

图书在版编目（ＣＩＰ）数据

现代童话美学研究 / 周晓波著． ﹣﹣ 西安 ： 未来出版社，2016.10
ISBN 978-7-5417-6285-7

Ⅰ．①现… Ⅱ．①周… Ⅲ．①童话－文艺美学－文学研究 Ⅳ．①I058

中国版本图书馆CIP数据核字(2016)第244703号

现代童话美学研究

选题策划：陆三强
责任编辑：陆三强　马　鑫　须　扬
装帧设计：文川书坊
出版发行：陕西新华出版传媒集团　未来出版社
地址：西安市丰庆路91号，710082
经销：全国新华书店
印刷：陕西博文印务有限责任公司
开本：880mm×1230mm　1/32
印张：10.375
字数：160千字
版次：2016年11月第1版
印次：2016年11月第1次印刷
书号：ISBN978-7-5417-6285-7
定价：56.00元

目录

序

　　我最怕为人写序，这是一件吃力不讨好的事。所谓"不讨好"，不是计较得失，而是指很难完成"序"所应起的作用。我认为一部学术著作的"序"，既要对学术著作本身的学术价值做出公正而又客观的评价，又要写得生动活泼、引人入胜，为原著提升读者的阅读兴趣，真正起到导读的作用，实在是件难以"讨好"的事。我自知学识有限、文笔笨拙，所以很怕承担这类"吃力"的事。

　　日前，晓波突然来电话问我："最近忙不忙？"说实话，我如今离休在家，说忙也不算忙，说闲也不闲，手头总有做不完的工作。我便问："你要我做什么？"她就提出要我为她的新著《现代童话美学研究》写篇"序"。我听了这要求后，略微迟疑了一下，有点不忍心一口回绝。因为，她父亲诗人圣野是我相交半个多世纪的老友，晓波走上儿童文学研究的道路，当然有她家学渊源的原因，但我也可算是个引路人。早在十年动乱结束，恢复高考，晓波便以同等学力，凭自己优异的成绩，考入了浙江师范学院（浙江师范大学前身）中文系就读。我不仅在她班上讲授"儿童文学"课程，而且还在课余成立了儿童文学兴趣小组，她就是小组里的积极分子。1982年1月，她中文本科毕业时，我已在浙江师范学院筹组了全国第一个儿童文学研究机构，她父亲希望女儿能留在儿童文学研究室工作，期望将来能继承父业。经过我的一番努力，最终如愿以偿，她留校工作。二十多年来，我看着她一步一个脚印前进，经她自己刻苦努力奋斗，从助教到讲师、到副教授，而今已成为一位全国知名的儿童文学学者。每年都可以在专业报刊上读到她的新作和论文，还出版了《当代儿童文学面面观》等专著。是一位勤奋好学的中青年学者。如今又有新成果即将问世，要我写篇序，怎能忍心回绝。但在我怕写"序"的畏难情绪尚未完全打消前，我便说："那么，先看看书稿再说吧。"第二天，她便将厚厚的一叠书稿送来了。我就认真地读了起来，且深深地为她所选的这个研究课题吸引住了。

童话是一种以幻想为特征的极具艺术魅力的文体，周扬曾说过，"丹麦出了一个安徒生，赢得了世界的、不是限于少年儿童的广大读者"。童话为何具有如此巨大的艺术魅力？这是一个具有美学意义的、值得我们文学研究工作者深入研究的课题。

为了寻求这个问题的答案，我也曾读过不少专著，作过一些思考。例如，我曾拜读过童话作家洪汛涛先生的《童话艺术思考》。他明确提出，童话是美的，"童话总是和美结合在一起。爱美是童话的天性。很多读者是到童话中来寻找美的。很多读者是为了找到美才来读童话。童话学是儿童们的美学。童话作家是儿童的美学启蒙老师。"在他的另一部《童话学》中，他进一步强调："童话，必须是美的。"它"应该包括其他文学艺术样式的美，并有它的特殊的独异的美。"对此，他还做了阐析：童话的美"是一种幻想美、夸张美、变形美，是一种超现实的文学美。"这些论述，使我对童话美学有了一个初步的概念。但是，我还是感到不满足，想进一步了解：童话为什么必须是美的？童话美为什么独异于其他文学的美？独异在什么地方？童话美的本质究竟是什么？这些问题我相信有很多读者希望得到解答，有待于学术界作深入的研究和探讨，并希望有人写出一部《童话美学》的专著来。

童话美学是一种特殊的美学。它既从属于美学，是美学的一个分支，又不同于一般的美学。它与美学有共性，但又有自己的个性，有自己的特殊规律。二十多年来，美学的专著出版了不少，但至今尚未有一部《童话美学》，这是中国学术界一件令人遗憾的事。当我拿到晓波的这部《现代童话美学研究》书稿时，感到一阵惊喜，为她所做的开创性的事

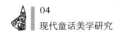
业拍手叫好。

晓波的这部专著，以美学为基础，以童话观念的演进及审美形成为背景，以古今中外著名童话创作为研究对象，将童话理论从美学的角度作了科学的概括，不仅试图在宏阔的童话发展史的视野中观照和把握童话美的本质，而且把握创作主体的审美过程，剖析童话作家的审美感受、审美想象、审美情感，从而进一步分析童话形象、童话叙事、童话结构、童话类型的美学特征，将童话审美构成概括为荒诞美、象征美、喜剧美、悲剧美等四大基本形态，并对童话创作的艺术流派和艺术个性作了相应的分析。最后用西方接受美学的观点，对童话审美价值的实现，作了简要阐析。全书为童话美学建构了一个较为系统的学科体系。这是周晓波女士多年来从事童话创作和研究的心血结晶。特别值得一提的是，这是童话美学的一部开山之作。它的出版，为我国学术领域填补了一个空白。这是中国童话界一件值得庆贺的喜事。相信对关注这一方面的读者是会引起热烈反响的。

当然，任何一部理论著作都不可能一下子就达到尽善尽美的境地。路也是要一个脚印一个脚印走出来的。这部专著由于是初创之作，有某些不尽人意的地方也是可以理解的。例如，对童话风格美学的阐述，还是沿袭二十世纪八十年代的旧说，归纳为"热闹派""抒情派""民族派"，这样的分析是否有些笼统？事实上童话风格发展到二十一世纪的今天，已更绚丽多彩，远远无法用这样三个流派所能涵盖。根据著者的学养和丰富的教学科研经验，完全有能力做更科学、更全面、更新颖的分析概括。这可能与急于付梓有关。

晓波是一位年轻有为的学者，她把事业看作是至高无上的，每做一件工作，决不会半途而废。相信她在再版之时，定会弥补本书的不足之处，把这部专著以一个更新的面貌呈现在读者的面前。万事起头难，童话美学已有了一个良好的起头，还是让我们先为这个难得起头喝彩吧！

蒋 风

2001.2.10 于中国儿童文学研究中心

前　言

　　童话，在人们的心目中，是一种古老而又神秘的文学形式。它以独特的幻想艺术形态，吸引着一代又一代的少年儿童，历经几千年而不衰，并随着时代、文学的发展不断地演变着，始终保持着旺盛的生命力。自从现代，随着儿童文学的独立，童话成为一门独立的文学样式以来，它的独特性就一再引起研究者们的兴趣，进行过多角度、多方面的探索，而它本身也像一个巨大的魔方，在童话家的笔下发生着无穷无尽的变幻。以往研究者们大都比较关注于童话的史论与艺术表现方法，而我却发现如果从美学角度来审视童话，童话或许比任何文学体裁都更具有美学上的丰富含义，它那变化无穷的幻想性、独特的叙事方法、丰富多彩的形式特征和风格特征都为美学提供了极为丰富、生动的原形研究材料。因此，我选择了"童话美学"的研究课题。但我在对童话深入研究中又发现，现代童话与古代的、民间的传统童话无论在美学观念、美学形态与美学价值上都存在着较大的差异，把它们笼统地混在一起研究其美学形态显然是不合适的。但古代与民间传统的童话对现代童话的发生、发展显然也有着不可分割的联系与巨大影响，因此，完全撇开这部分也是不可能的。所以，我将论题定为《现代童话美学研究》，着重于现代创作童话的美学研究，但无疑它必定会涉及对现代创作童话有着深刻影响的古典的、民间的童话，并将在比较中发现它们的异同。

我并不企望能够建立起童话美学的完整体系，也无法洞悉童话美学的全部奥秘，我只希望能在前人走过的道路上有所发现、有所开拓，为建立起初步的、具有现代科学形态的现代童话美学抛砖引玉，做一点微薄的贡献。

在总论中，我将首先对童话的历史渊源作一扫描，以便切入现代童话这一领域，并对现代童话观念的演进、形成，现代童话美学所要涉及的研究对象、范畴以及运用的研究方法等方面作一简要的概述。

总论

走向美学的现代童话

一、童话历史发展扫描

波澜壮阔的五四文学革命，催促了现代中国童话的萌发出土。

五四的现代童话，同以鲁迅为代表的五四小说创作一样，是现代社会深刻变革激起的文学汹涌之潮。中国现代童话既是五四社会革命催生的产物，也是文学在社会变革时期必然会发生的文体内部规律性裂变的产物。因此，它带有社会革命和文体革命双重的色彩。这样一种全新审美形态的童话从地平线上的升起，是对我国古代传统的民间童话以及近代改编和译述童话的重大突破，标志着中国童话翻开了历史的新纪元。

中国童话源远流长，几乎与人类的历史同步。它在神话、传说的母体中萌发生成，又伴随着寓言、世说、志怪、神魔小说一同成长，深厚的民间文学是童话成长的摇篮。童话对神话传说等母体文学样式来说，既是一种保存，也是一种背离。它既保存了神话乐观、勇敢、天真、执着、奋发向上、生机勃勃的原始生命之美的精神实质，及其非写实性的幻想、夸张、变形、神化等艺术表现手法；也脱离了神话幻想的不自觉因素和征服自然的局限性，代之而起的是自觉地与时代同步的幻想和更为开阔的幻想视野。因此，历史注定了神话的必然消亡，而童话则是永恒的。

在神话之后，传说与寓言对童话的孕育起着直接的影响作用。由神话向传说的演进，实则是由神的世界向人的世界的转移，由对神的崇拜向对英雄的崇拜的转化。因此，较之神话，传说在不少方面包含了更多的童话因素。如那些处在神与人之间的，充满神奇色彩的英雄和英雄故事，对人性和人的情感的表现，以及故事的传奇性特征等，与民间童话的艺术母题、表现形式非常接近，两者的传承关系是显而易见的。而寓言则是实现非自觉原始文学向自觉的文学创作迈进的重要一步。人们往往把寓言称之为"小说的童年"，实则也应是"童话的童年"。寓言的艺术抽象、拟人化的表现手法，以及幻想故事的编排等，对童话的演进有着更为直接的影响作用。难怪后来的人们，往往从古代寓言中去搜寻古代童话，这是不无道理的。

当然，从童话的发展史来看，童话的叙事与小说的叙事也有着深厚的渊源关系，它的叙事能力得力于小说的培养，它的叙事方式很大程度上来之于小说。因为，在童话尚未独立之时，它也曾归之于小说之中。比如，在中国古代笔记小说中就包含着相当数量的童话，特别是记录异闻一类的笔记小说，如《搜神记》《世说新语》等这类笔记小说中，就可以发现很多古代的童话。另外，在唐宋传奇、神魔小说中也包孕着一部分古代童话，例如历来被称为神魔小说的《西游记》其实也是一部杰出的长篇古典童话。可见，中国童话的确源远流长。

然而，在漫长的中国文学发展中，童话为何始终没能作为一种独立的文学样式出现在中国文坛上，而只是依附于其他文学样式，其保存也是通过多种文学样式的寄生以及民间口传而流传下来呢？我以为主要有以下几方面的原因：

一是从整个中国文学的背景来看，中国文学向来以诗歌、散文为正宗，就连小说最初也只被看作"小家珍说""残丛小语"，列入文学之末流而不被重视，因此更谈不上寄生于"搜神""志怪""述异"类的属混沌性神话思维的童话，所以根本不可能受到作家的格外关注，进入他们的创作视野，而始终只能流于民间的口头创作，登不了文学的大雅之堂；

二是从儿童观来看，传统封建儿童观严重束缚了儿童文学也包括童话的发展。旧式封建教育体制维护的是"蒙正养训"，为统治阶级服务的封建教育方针，根本无视儿童的独立地位，也谈不上去关注儿童的精神生活，因此也就不可能去重视适合于儿童时代的各种文学阅读。有了这样的儿童观，在作家的视野里自然就很难出现儿童读者的阅读期待，因而也就不会专门去创作那些适合于儿童的审美心理和能力的童话及其他各类儿童文学作品；

三是从欧洲童话的形成来看，在中国文学中始终未能出现像格林兄弟和贝洛尔这样的民间童话的集大成者，将中国传统的童话较为完整地保存下来，并在此基础上形成具有本民族特色的创作童话，这多少有点令人感到遗憾。由此看来，中国童话、中国儿童文学迟迟不能自觉的原因，是特定的中国历史文化背景所决定的。

汹涌澎湃的五四运动和五四新文学革命，为改变这一状况提供了历史的契机。在"西学东进"和现代西方儿童教育观的影响下，新的儿童观开始确立，为儿童文学，也为现代童话的催生起了有力地推动作用。以叶圣陶为代表的现代童话正是在这样的文化背景下诞生的。

现代童话与民俗学意义的传统民间童话从审美意义上看，显然有着比较明显的差异：首先，现代童话具有鲜明的现代意识，体现出强烈的时代精神，与现实社会密切相关。而民间童话的历史背景和时代意义却是模糊的、不确定的。其次，现代童话的读者对象非常明确，是专为少年儿童创作的，作家在创作中必须考虑到读者的年龄特征及审美接受能力和特点，而传统民间童话创作者心目中的读者对象却是模糊的不确定的。因此民间童话的有些部分并不适合于儿童。第三，现代童话有意突破传统童话类型化的模式，着意体现作家的个性化风格和价值取向。二十世纪二十年代现代童话观念的形成几乎确立了日后整个现代童话的发展方向，直至影响到五六十年代的当代童话的价值观念。

二、童话观念的演进及审美形成

童话源远流长，然真正"童话"概念的形成却很迟，正如中国的小说源远流长，而最初却并无"小说"的概念一样，童话观念的形成也经历了一个不断演变才臻于完善的过程。文学观念的形成往往是从实际现象中产生的，因而童话观念的形成也正反映出中国童话历史发展的轨迹，随着对童话观念的不断认识和深化，形成了对中国童话特有的审美本质和特征的认识的深化。因此，从童话观念的角度去剖析，我们可以很清楚地看到中国童话的审美素质及其潜能被不断认识和发掘的情形。

首先，关于童话概念的确立。依据现有资料，人们几乎比较一致地认为，中国"童话"一词的出现最早见之于1909年孙毓修所创编的《童话》丛书。但有关"童话"一词的来源尚难确定。据中国童话最早的研究者周作人先生的考证认为："童话这个名称，据我知道，是从日本来的。中国唐朝的《诺皋记》里虽然记录着很好的童话，却没有什么特别的名称。十八世纪中日本小说家山东京传在《骨董集》里才用童话这两个字，曲亭马琴在《燕石杂志》及《玄同放言》中又发表许多童话的考证，于是这名称可说已完全确定了。"[1] 由于周作人是中国最早的童话研究的权威，他对童话研究的深入在当时尚无人能比，因此，他早期的推论就自然地成为权威之说而为大多数人所接受，几乎成为定论："童话"一词最初是从日本引进的。直至近年来有人提出了不同的看法，童话作家洪汛涛先生根据语义学的观点推论："童话"这个词更像是一个中国式的词汇。他的依据有三条："一、中国文体分为韵文体、散文体两类。中国自古即有'童谣'之名，那是韵文体的。散文体的不叫'谣'，而叫'话'。有'童谣'便可有'童话'，一谣一话，同为儿童之文学作品，只是韵文、散文的区别。二、中国古小说称'评话''话本'。童话即儿童之评话、话本。三、我国最早那些称作'童话'的作品，几乎都是沿用宋元评话、话本的写法。前面全有长长一大段楔子式的论述文字，而后始进入故事的正文。"根据这些依据，洪先生推断：也非常有可

---

[1] 周作人：《童话的讨论》，转引自《童话评论》，新文化书社1934年1月版。

能，日文的"どうわ"是中国"童话"两字的音译。^① 洪先生的推论自有其在理的地方，然而为何"童谣""评话""话本"这些词古籍中早已出现并一再使用，而"童话"一词却至今无人能证实它在古籍中早就出现、使用了呢？中国古代历来并不重视为儿童的文学，又何来最初显然是专指"儿童文学"的代言词的"童话"呢？所以洪先生的推论亦有值得推敲之处。现在较能肯定的是孙毓修1909年创编的《童话》丛书是现有发现最早使用"童话"这一名称的出版物。究竟孙先生当时选择"童话"一词作为给儿童所编的丛书之名，是无意中从日本引进的，还是从别的什么地方引用的，已很难证实，但孙先生所取"童话"之意与当时日本"童话"一词的语义倒是一致的，即并非后来中国现代童话所确定的狭义概念的"童话"之意，而是泛指广义概念的"儿童文学"的同义语。这一点我们不难从孙先生为《童话》丛书所作的"序言"及该丛书所选篇目中看出。孙先生言："书中所述，以寓言、述事、科学三类为多。假物记事，言近旨远，其事则妇孺知之，其理则圣人有所不能尽，此寓言之用也。里巷琐事，而或史册陈言，传信传疑，事皆可观，闻者足戒，此述事之用也。鸟兽草木之奇、风雨水火之用，亦假伊

---

①洪汛涛：《童话艺术思考》，希望出版社1988年5月版。

索之体，以为稗官之料，此科学之用也。神话幽怪之谈，易启人疑，今皆不录。"①可见该丛书所言的"童话"显然是一种比较庞杂的、具有一定幻想色彩和故事性的供小读者鉴赏的散文类作品。这一"童话"观念正是"五四"以前中国知识界对于儿童文学的模糊认识与一般主张的最具代表性的共识，也与日本学者所认定的"童话"观念相似。例如松村武雄在《童话与儿童的研究》一书中所述："在我们的所谓'童话'之中，包括幼稚园故事、无意义谭、滑稽谭、寓言、神仙故事、神话、传说、历史谭、自然界故事以及实事谭等等。在这一点上，系和欧洲从前狭隘的立场——童话只限于所谓神仙故事（marchen, Fairy Tale）——相反，而与近时的倾向——将给予孩子的一切种类的故事都包括在内的广大的立场相一致。"②可见日本当时的所谓"童话"正是一种广义概念的故事类儿童文学的代名词。由此是否能证实孙先生当时所取"童话"作丛书之名，是受之于日本"童话"一词的影响呢？这当然也只是一种推断，但可以肯定的是中国最初"童话"概念的建立的确是一种非常模糊的对儿童文学的认识，与后来的"童话"概念大相径庭。

关于狭义概念的"童话"之意的提出当推中国最早的童

---

① 孙毓修：《童话·序》，引自《中国现代儿童文学文论选》，广西人民出版社1989年版。

② 松村武雄：《童话与儿童的研究》，钟子岩译，上海开明书店1935年版。

话研究者周作人先生。周先生1911年从日本留学归国，在家乡绍兴任教期间便开始搜集本地的儿歌、童话，并着手童话研究。他在对大量的中国古童话与西方童话的比较研究中，提出了对于"童话"一词的民俗学的解释，认为："童话之源盖出于世说（saga），惟世说载事，信如固有，时地人物，咸具定名，童话则漠然无所指尺，此其大别也。生民之初，未有文史，而人知渐启，鉴于自然之神化，人事之繁变，辄复综所征受，作为神话世说，寄其印感，迨教化迭嬗，信守亦移，传说转昧，流为童话。""盖童话者（兼世说）原人之文学。童话者，幼稚时代之文学，故原人所好，幼儿亦好之，以其思想感情同其准也。"[1]可见周作人认为童话的本质与神话传说本无区别，它们都起源于人类的远古时期，反映了史前先民对客观世界的认识。古代童话中保存了不少古老的观念、艺术形象与叙事情节，因此所得结论便是"童话者原人之文学"也。显然周作人当时所考察的童话大都是那些作为史前文化形式传承下来的民间童话，而并非后来作家所创作的艺术童话或文学童话。这是因为当时中国的童话尚未进入到真正的作家创作的自觉阶段，还只是由少数作家或民俗文学工作者开始着手搜集、整理、出版民间童话、古

---

[1]周作人：《童话研究》，转引自《周作人与儿童文学》，浙江少年儿童出版社1985年版。

典童话的工作，所引进的西方童话，也大都为改编或改写的民间童话，如《格林童话》《贝洛尔童话》《一千零一夜》等。这些原因客观上为初期的童话研究者提供了从民俗学、文化人类学的角度去切入研究童话的便利条件，周作人在日本学习期间又深受西方文化人类学派的深刻影响，因此他吸收西方人类学的研究方法来探讨中国古童话也是很自然的。周作人的童话研究代表了五四时代童话研究的主要方向，稍后赵景深、张梓生、冯飞等人的童话研究亦基本上遵循民俗学、人类学的研究方向去探讨童话的"真义"与价值。由于这一学派的童话研究仅仅局限于对古典童话及民间童话的考察，因此这一研究必然带有一定的历史局限性，一旦童话进入了作家创作的自觉阶段，融有新思想、新生活的现代童话的出现必然使童话观念发生根本性的变化。当然，必须指出的是周作人的童话观比之五四新文化运动以前广义概念的"童话"观显然已大大前进了一步，第一次明确将"童话"与"儿童文学"的大概念区分开来使童话有了真正的本体意识，使之成为与儿歌、小说、散文等文体并列的一种独立的文体，从文体意义上来说是一大进步。至此中国开始形成了自己独特意义的"童话"观，既不局限于西方的"Fairy Tale"，又区别于日本的"どうわ"。因此，周作人的童话观尽管有一定的历史局限性，但仍具有开创性的历史意义，其影响是深远的。

二十年代，随着童话创作逐渐步入作家的创作视野，童话观念也随之发生着变化。郑振铎先生首先发现了叶圣陶创作童话的变化，在为叶圣陶的首部童话集《稻草人》作的"序"中指出了叶圣陶童话独特的风格、贴近现实的表现内容以及语言的切合儿童性等特点，高度评价了叶圣陶对中国艺术童话的开拓意义。而后鲁迅先生也注意到了叶圣陶童话的开创性意义，曾给予高度评价，认为"《稻草人》是给中国的童话开了一条自己创作的路的。"而徐如泰、夏文运、顾均正、陈伯吹等人的童话研究又进一步具体论述了艺术童话的特征及其美学价值。例如徐如泰在他的《童话之研究》一文中不仅探讨了童话的艺术价值，而且就创作童话提出了值得注意的三十条意见，其中关于童话创作"要不背时代精神""要具有艺术的精彩""要能发展儿童之想象能力""要能使儿童确定人生观的根基"等都是现代童话创作的关键点，尤具启迪意义。夏文运的《艺术童话的研究》一文则十分明确地指出了童话可分为两种：一种是来自民间的童话；另一种是作家创作的艺术童话。并指出"艺术童话是一般文艺家把自己的灵魂投入儿童的世界，所创作出来的文艺作品。"顾均正的《童话与短篇小说——就小说的观点论童话》则从叙事文学的角度探讨了童话创作与短篇小说在创作要素上的相近原则……从中不难看出此时的童话观念已不再局限于古典童话与民间童话的范畴，而是开始拓展到创作童话或者说现代童话的范畴，注意到了创作童话的现实意义与对儿童认识和教育的作用。

由于中国现代童话是在五四新文化运动的潮流冲击下形成的，中国现代童话又是在多灾多难的民族革命斗争的历史洪流中艰难地发展起来的，因此，从现代童话诞生之日起，它就不可避免地带着那个时代文学特有的烙印，即与政治、思想、文化潮流相配合的强烈的文学功利性色彩：诸如五四时期的反帝、反封建色彩；三四十年代的抗战、反国民党统治阶级的革命斗争色彩……这种影响甚至延续到新中国成立后五六十年代的童话创作。应该说这是不以作家意志为转移的特定的社会历史背景所决定的。此外，中国文学向来以"载道""树人"作为传统，中国现代儿童文学又是在儿童观的改变和儿童教育发展的基础上萌发诞生的，因此先天就具备了看重"载道""树人"的使命感和重视精神教化的功能。正如汤锐在她的《中西儿童文学的比较》一文中所说的："中国儿童文学有明确的功利性质，以传递本民族文化传统（载道）和塑造理想社会人格（树人）为坚定目标，以政治伦理为主要精神特征，因此儿童文学的创作必定源自社会群体的需求，必定以表达某个时代、某个社会群体的理想为最高原则，作品主题性质、题材范围、情节构思、人物塑造、语言表达等都有明确的规范，合乎伦理的范围。"① 出于这种偏差的审美认识，因此中国现代乃至新中国成立以后的三十年童话创作实践，大都体现了这一属于社会理想范围的政治信念、伦理情感和道德原则。从叶圣陶的《稻草人》《古代英雄的石像》，到张天翼的《大林和小林》《宝葫芦的秘密》；从贺宜的《凯旋门》《小公鸡历险记》，到金近的《魔鬼脸壳》《小鲤鱼跳龙门》……无不体现了创作主体情感的自觉性潜在地服从于某种外在的群体性的社会理想和要求。其审美的或精神的内在空间往往是平面的、单层的甚至是雷同化的。这与标榜"快乐"原则、审美娱悦功能、倡扬人文精神的现代西方童话显然形成了鲜明的对照。西方童话明显地体现了审美的个性化色彩，而中国童话则更多地体现了审美的群体性使命的色彩。虽然一些作家凭借天才的想象力和个性中的风趣幽默素质，试图冲淡这份使命感的沉重，带给孩子一点轻松的审美娱乐，如张天翼式的夸张与幽默等等。无奈这种教化原则和政治功利性的服从是潜在的、不自觉的，因此，中国现代童话尽管摆脱了传统童话类型化的束缚，但随之又陷入了一个群体化的政治漩流，它在某种程度上阻碍了中国童话审美个性的自由发挥，也阻碍了中国

①汤锐：《中西儿童文学的比较》，《浙江师大学报》1990年第4期。

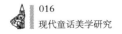
童话与世界童话在艺术审美上的接轨。这一状况直至改革开放后的八十年代才开始有了转机。

给当代童话带来转机的是新时期之初的思想大解放对历时十年的"文革"的沉痛反思，构成了这一时期包括童话在内的所有文学艺术的中心。在十年"文革"中几近毁灭的童话，处于复苏和重新恢复生机的状态中，当然，最先醒来的并非是童话的文体审美意识，而是与整个社会意识的兴奋中心相一致的"反思"与"控诉"的政治意识形态。童话的关注热点也是以揭露、控诉、讽刺为主的"反思童话"与"伤痕童话"，人们对于童话作为批判武器的兴趣，远甚于对童话作为审美艺术的兴趣。因此，这一时期的童话观念实际上仍未脱离现代以来就已形成的政治功利色彩和教化原则为中心的童话惯性思维轨道。《半边城》（葛翠琳）、《夹竹桃》（洪汛涛）、《Q女王的魔法》（郭明志）、《歌孩》（严文井）、《画廊一夜》（鲁兵、包蕾）等这些当时颇有影响的童话，无不体现了这一政治功利性的强烈意识。然而，这一时期文学思想的大解放，却为日后文学回归艺术本体开辟了一条思想的通道，一旦童话进入艺术审美的轨道，这种思想的开放性无疑将是十分重要的，它给了作家无拘无束的艺术探索的自由，被制约了数十年的艺术思想禁锢终于得到了解放，并释放出无限的艺术能量。

转折是从八十年代开始的。

一批年轻的童话新锐首先向传统的童话观念发出挑战。他们以不受拘束的思想观念标新立异，开辟出一片迥异于传统的主题、角度、观念、结构、形象和语言的童话新原野。多年来现代童话形成的社会学功利范畴的稳固格局发生了动摇，童话仅仅作为形象化教育工具存在的时代面临崩溃。这是新时期童话走向文体自觉，迈向审美艺术的重要一步。

真正在创作上给"文以载道"的传统童话观念以猛烈冲击的是所谓"热闹派"童话。以郑渊洁为代表的"热闹派"童话一时间几乎风靡刚刚从十年"文革"的禁锢下复苏的新时期童话领域，把人们从"伤痕""反思"的阴影中迅速引向一个全新的艺术审美天地。"热闹派"童话给当代童话的冲击力主要表现在两方面：一是在思想观念上解除了童话家的紧箍咒，极大地解放了人们的想象力，童话作为教育工具的时代宣告结束；但更重要的是童话作为审美的本体认识开始受到了人们的关注，"热闹派"童话大幅度夸张、变形、快节奏、多变化的场面调度及追求色彩鲜艳的画面效果和刺激强烈的声音意象等独特的艺术特点，给当代童话带来了艺术的新视野，步出了社会学意识的单一格局，而进入了文体审美意识的新格局。

"热闹派"童话尽管在童话观念上有了重大突破，然而也暴露出自身的一些局限性：它基本上是一种适应儿童习惯性审美趣味的"俗文学"，审美层次较低。当童话转向艺术审美关照后，有追求的童话家必然不满足于这种低层次的审美表现，于是超越"热闹型"童话的审美艺术追求的"探索童话"便成为一种合乎逻辑的必然要求，"探索童话"的出现标志着童话真正走向了艺术审美的领域。

所谓"探索童话"大约出现于八十年代中后期。主要作品有：宗璞的《头颅》《紫薇童子》，冰波的《如血的红斑》《那神奇的颜色》，金逸铭的《长河一少年》、周基亭的《那一丝奇怪的微笑》等。人们之所以把这批童话冠之以"探索童话"，主要是指这批童话以一种十分"陌生化"的叙事形态，表现出作家可贵的审美探索。作品大都以现代情感、情绪为表现中心，以生命、人类、文化为表现视点，体现出作家对人生、文化的哲学思考。它们突破了传统童话的故事构成，以诗化、跳跃式的蒙太奇散体结构，将想象、幻觉、情绪体验转化成故事画面，着意表现出语言的艺术魅力。此外，这些作品还表现出作家强烈的主体意识，试图重建作家与读者的接受关系，即强调作家对少儿读者的审美趣味的引导和提升，而不是一味地去迎合小读者的审美口味。探索童话尽管在审美实践上有一定的开拓意义，然而也有自身的一些弊病，主要是如何在作家的艺术探索与小读者的审美接受之间寻求一条可融合的途径方面还存在着一定的距离。这使得探索童话几乎成为昙花一现的童话现象，很快便消失了，但它留给人们的艺术思考却是深远的。

在经过艺术探索的冲动与喧嚣之后，童话保持了一份平静，开始摆脱以往群体性的追赶某种艺术潮流的冲动，而趋向于更加强调主体性审美意识的创造。这一审美意识的转化，使个性化、风格化的童话创作再度成为人们新的关注对象。一批有相当实力的童话家正日益形成自己的个性追求和独特风格，他们中有以"京派"幽默诙谐风格著称的孙幼军童话；有以追求诗化和象征意蕴的抒情风格出名的冰波童话；有以吸收古典、武侠小说意味、蕴含丰富的社会现实寓意的周锐童话；还有以典雅与通俗相融合的葛冰童话；有短小精致、蕴含丰富寓意的张秋生的小巴掌童话；张之路的带有现实神秘魔变色彩的魔幻童话以及武玉桂的充满了童心童趣幻想的幼儿童话……所有的指向无一不显示出强化童话审美意识，追求幻想美学内涵的丰富性及多层次性，体现出当代童话审美艺术的深入。

由于童话观念的改变，使当代童话获得了崭新的审美品质，其突出体现在于：一是大力倡导游戏精神。强调童话的娱乐功能，充分表现那种来自儿童天性的自由无拘的精神品格；二是强化荒诞之美。让这一童话重要的美学品质再次显示出其独特的审美价值；三是追求意蕴之美。将人生与哲理的意味通过象征、寓意、抒情等表现手法含蓄地展现出来，拓展了童话的艺术空间。

当代童话走向审美艺术，既是开放的时代解放了文学艺术，也是童话不断认识自身艺术本体发展的必然，尽管这一探索还在继续，但已足以显示出中国童话未来的希望。有鉴于此，我们对于现代童话美学上的探讨就更显必要，它将有助于中国童话向更高的艺术高峰攀登。

三、现代童话美学的研究对象、范畴及研究方法

一门学科能否独立存在，主要取决于它是否有自己明确的研究对象。

现代童话美学是属于美学研究的一个很小的分支。从广义上说，构成现代美学的三大支柱分别为：哲学美学、社会美学和心理美学。这三大分支从不同角度研究艺术现象和审美现象，彼此相互联系和相互渗透，又有各自相对的独立性，有自己独立的研究对象。哲学美学主要是从哲学的高度和角度对审美现象和艺术现象作宏观上的本质概括和把握；社会美学主要是从社会历史的角度来研究艺术现象和审美现象，它把艺术现象和审美现象看作是一定社会条件和历史时代的产物，着重研究人类社会中审美现象的存在、变化和发

展；而心理美学则把研究的重点从审美客体转向审美主体，它不是高度思辨和演绎的方法而是经验的、实证的和归纳的方法。它能进入艺术创作和艺术接受的个性心理的深处，探讨创作过程细致而又复杂的各种因素。现代童话作为文学创作的一个具体类别，既是一定社会条件和历史时代的产物，有其独特的存在、变化和发展；同时它的创作主体和接受主体的个性心理又是非常独特的，因此研究其艺术现象和美学现象，必然从社会美学和心理美学这两种角度来探讨和把握。同时，哲学美学对艺术现象和审美现象的那种本质上的概括和把握的方法，对童话美学的研究与分析也是十分有用的。所以，现代童话美学研究尽管侧重于社会美学和心理美学，但实际上它仍渗透着哲学美学的思辨性与概括力，是三者相结合对这一特定的文学创作现象作细致分析的产物。

现代童话美学的研究对象是审美主体在一切审美体验中的内在规律及其体验形式化的艺术作品。其中既包括研究童话美学的创作过程和接受过程中的心理机制，也包括研究童话作品的形式美学和审美品质。在童话美学研究对象中，创作者的审美体验是一个核心的命题。因为作为童话美学研究对象的创作者的审美活动和艺术活动，归根到底都是人的一种生命体验，尽管童话创作者的生命体验是通过幻想的折射反映出来的，但它仍离不开主体的生命体验。体验作为一种心理活动，总是指向人的生命，它具有强烈的情感色彩，常常使人进入心醉神迷、物我两忘的境界，而这种心理活动又是以经验作为基础的，它是对经验带有感情色彩的回味、反刍和体验。从这个意义上讲，主体的审美体验是离不开生活实践和社会实践的，离开了生活实践和社会实践就谈不上生命体验。童话家只有以整个生命投入生活与社会的实践，使主体和客体产生艺术的撞击，才有可能获得丰富、独特的人生体验，也才可能有真正的童话艺术创作。

从研究审美主体在一切审美体验中的内在规律这样一个中心命题出发，现代童话美学的研究主要包括以下几部分的内容：

第一部分是研究作为特殊审美感受者的童话家。童话家要把对生命的体验在艺术作品中表现出来，首先必须有独到的审美感受力必须具备获得这种艺术感受力的特殊的敏感性和洞察力以及将这种感受形式化的能力。由于童话家的艺术感受是通过幻想的折射反映出来的，因此，这种感受形式化的能力很大程度表现为联想和想象能力的卓越。同时，童话家既要有获得感受的能力，也要善于储备自己的体验，特别是储备童年的体验。童年经验对明显纯属于孩子的童话创作尤为重要，它能不断激活童话家的创作冲动。

第二部分是作为体验外化的创作过程。童话家的创作灵感是来自多方面的，虽然十分复杂，但归根结底仍是由他的生命体验激发的。童话家所进入的创作状态，即所谓的灵感触动、联想生成、沉思境界、内觉体验等等，就是童话家生命体验的再现和升华。所以说童话家的创作过程实际上就是童话家生命体验的外化过程、形式化的过程。在这个过程中，必须处理好创作心理的两极对立——生命意识和角色意识的关系，必须处理好艺术内形式（审美意象）和艺术外形式（艺术表现形式）的关系。

第三部分是作为体验形式化的艺术作品。童话作品之所以能够存在，不仅在于他折射了客观世界和表现了童话家的情感和审美理想，而且还在于它那种独特的艺术范式的存在和生成、作品审美内容和形式的相互征服、艺术技巧的种种操作，都蕴含着童话家深刻的生命体验和丰富的心理内容。童话的艺术范式内容丰富，不光包括童话特殊的艺术形象、类型与逻辑性；还包括与小说既相近又不同的叙事方式与结构方式。同时在艺术传达与艺术个性上童话的独特性亦十分明显。

第四部分是作为二度体验的艺术接受。艺术接受者如果没有自己的生命体验，实际上不可能领悟艺术作品所蕴含的生命体验的内容。作为接受主体的小读者是童话家原体验的二度阐释者，他们的接受过程是对童话家原体验的接受和升华。同时，作为接受主体的小读者又是一个十分特殊的接受群体，他们不光有着年龄的差异；还有着接受能力和审美心理、审美趣味的差异。童话的最终审美效果必须通过接受者的审美体验才能够检验出来。

从上述对童话美学研究对象和研究内容的分析、概述中，可以比较清楚地看出我们现在试图建立的现代童话美学不仅是描述性的艺术美学，而且是具有现代科学形态的功能性艺术美学。它不仅揭示了创作主体和接受主体的种种心理活动的过程是如何发挥自己的功能的，以及他们之间不可分割的联系；而且它十分注重艺术创作的实践效果，从大量的创作实践中来总结童话审美的内在规律。它所运用的研究方法是多种学科研究方法的综合，美学、心理学、文艺学是现代童话美学研究的主要学科。这三门学科是相互联系的，其中美学似乎是指示器，主要保证多学科研究始终不离开美学的标准，否则童话美学研究就会失去审美的特性；而心理学、文艺学又是研究艺术创作不可分割的重要学科。此外，它还吸收了社会学、语言学、人类学、历史学、童话学等等的研究方法与研究成果。尽管现代童话美学的研究刚刚起步，但我试图以更科学的方法来进行探索，期盼这一研究能为推动现代童话的创作与研究起一点抛砖引玉的作用。

第一章

童话家：一个特殊的审美感受者

本书依据童话创作活动的过程，从童话家开始对童话美学进行系统地描述。而对童话家的创作心理探视，又将首先从童话家的审美感受开始。

无疑童话家的审美感受是独特的，它既包含着主体（作家）带有强烈情感色彩的、活生生的、对于生命的价值和意义的感性把握，同时它的这种感性把握又必须十分巧妙地融化在它所外化的艺术形象中。但无论外化的艺术形式如何变化，它仍始终离不开童话家最初的生命体验，情感、生命、意义始终是童话艺术所涉及的核心与本质。童话家所表现的、童话作品所显示的、接受者所领悟的，最终不正是情感、生命与意义吗？童话家心理能力的一个重要特征就是他的敏感性，即敏锐地感受世界、体验人生，从而产生丰富的情感与想象的积累和强烈的创作冲动。

童话创作过程的心理规律主要探讨童话家的艺术感受与成型的艺术品之间的关系；二是童话作品外在形式的生成规律，即童话家内在审美意象外化为艺术品的一般规律；三是童话家艺术感受的主体性与童话角色意识之间的矛盾冲突。

第一节　童话家的审美感受

审美感受又称审美感知、艺术感觉。这是一种以感受和体验为基础，以情绪和情感为动力，以想象和幻想为主要方式的，直观的，而又不无理性制约的认识活动或审美能力。

童话作者审美感受力的有无高低，决定着童话能否出现和艺术品格的高低。可以说，审美感受是童话发生的基础。

常常有这样的现象：面对同样的生活经历、同样的事实，不同的人却有着完全不同的主观感受。例如面对大大小小的垃圾堆，一般人的感受除了"脏""臭"，唯恐避之不及，怕也说不出别的什么了。然而，童话家周锐却灵感大发，由此想象到千百年之后的人类发掘它的时候的情景，由此就有了童话《未来考古记》。作家将视点放在对一块蜂窝煤化石的考证上，未来的学者专家以自己专业的眼光对这一怪石作了各种猜测："古代战车的轮子"、某个"部族佩带的耳环""古代的数学教学教具""古代制作糕点的模具""进攻型武器的发射管""古代的乐器"乃至可以孔孔相对的"亲人团聚的凭证"……其想象呈发散式扩展，奇特而又具有一定的逻辑性。

为什么在一般人眼里看来普通的生活现象而在童话家的眼里却奇妙无比呢？很简单，因为童话家是以独特的童话的艺术感觉、审美感知去看待、去把握普通的生活现象的，因此他才会感觉处处都有童话，处处都充满了幻想的美妙意境。童话的艺术感受不同于一般的感觉体验，它是一种审美化的想象感觉。童话家的艺术感受，常从某种现实感受出发，在脑海里引起一系列的情绪记忆、联想记忆，进而生发开去……因此这种艺术感受总是跟体验、情感、情绪、联想、想象、认识、意念、理智、意志等精神活动相伴随，形成一种"知、情、理、趣、意"有机融合的"心理场""情感流"。童话的艺术感受是一种综合性的精神活动，它渗透着童话家主体的审美体验、审美情感和审美个性。这种艺术感受是创作主体后天有意识地逐步培养出来的。

可以说每个作家都有自己的独特的心理结构，这种心理结构是个性、生活、思想、学识、文化、艺术素养、创作才能等长期积淀的结果。这种心理结构在接受外来的信息、异质感觉时常常会激活储存在记忆仓库中的大量旧的印象，促使原有印象集群活跃起来，构成新的形象图式。新的信息通过主体的感觉不断介入，与原有的印象群不断化合，使主体的心理结构——形象图式不断拓展和更新。这是主体的"心理流""情感流"与客体"信息流"双向回流、反复回旋、螺旋上升的过程。在这基础上，便形成了童话家艺术创造的契机。没有深厚的生活体验，没有敏感独到的艺术感受和丰富的想象力，童话创作也就根本无从谈起；而有了一定的生活积累，没有或缺乏童话艺术感受和想象的能力，同样也不可能获得创作上的成功。这就是为什么有的人能写童话，而有的人却写不了童话或写不好童话。因此，有必要对童话"艺术感受"的表现特性、产生基因、进行方式以及如何加强并培养艺术感受等方面加以深入地探讨。

一、童话家主体感受的独特性

审美感知的感觉因素是主体对客体的个别的审美属性的反映，是童话家获得审美表象的源泉，它是客观世界的主观映象。不同的人，由于生活经历、艺术素养、性格类型等不同，其艺术感受、审美趣味自然不同，所谓"青菜萝卜，各有所爱"尽管指的是感觉器官上的差异，但它同样适用于艺术感受，指的是由于创作主体各自的心理结构或本质力量的差异，因而会有不同的艺术感受。

不同的艺术趣味由于它是以主体的整个心理结构为依据的，因此一经形成，就具有相对的稳定性，进而影响着主体的艺术感受。例如童话作家赵冰波，他感受生活的特点是比较细腻、注重感受对象情感的各种因素，因而他的童话往往呈现出浓郁的抒情诗意。而童话家张天翼由于生性乐观、开朗、爱开玩笑，爱与孩子逗乐，因此，他的童话便充满了幽默的儿童情趣。创作主体这种基于一定的艺术趣味的观察、体验，并非轻易会改变，这种相对的稳定性，为创作主体在艺术创作中的个性、风格和自我体现上奠定了基础。

与小说家相似，童话家同样非常重视感知的第一印象，或者说一种直觉。就像受孕的最初过程，感知的第一印象会不断躁动在作家的"母腹"之中，激发其创作的冲动和热情。当然，感知的第一印象除了激发审美主体的审美情绪之外，其间的新鲜感，又能满足主体感知的不断更新的需要。相对于小说家所感知的对象主要是生活中的人，形形色色的人，各种社会属性的人，因为小说是以刻画人、塑造人为主的。但童话家感知的对象就不仅仅是人，而是包括人在内的所有事物，宇宙万物无不可以成为童话家感知的对象，因为宇宙万物无不可以通过拟人化的手法成为童话的主角。所以对童话家而言，感知的第一印象至关重要，它的新鲜感尤能触动童话家的创作灵感，激发联想机制，从而产生新的艺术影像。比如周锐生活在上海，每天上班坐公共汽车，令他感触最深的就是"挤"。挤车中所发生的种种有趣的现象，挤车人所发的种种牢骚，最终触发他产生有趣的联想，写成了有关挤车的童话《挤呀挤》。

应当说童话家对审美对象的感知，并不是一种被动的反映，而是能动的。它包含着主体对客体的判断、选择、异化，其至是主体感知能力和艺术情趣对于客体的特殊作用，因此它有着鲜明的意识倾向和经验概括的不同特点。比如几位童话家曾就"神秘的眼睛"为题作过同题童话，结果每个人的视角、作品的风格，都因作家感知的特点和艺术情趣的不同而大相径庭，或诡秘，或有趣，或幽雅抒情，或寓含哲理意味……充分体现出作家主体对客体感知的能动作用。

童话家审美感知的独特性，还表现在童话家很善于感知一般人所没有感知到的对象的审美属性。这就是说，童话家应该有只属于自己的独特的发现与想象。这种感知愈独特，就愈能从生活中获得新鲜感，愈有审美的发掘深度。由于它是独特的感知，因而也就形成了童话家与众不同的审美触角，很善于去寻找生活中为人们所忽略的潜在的童话因素，去捕捉客观对象所释放出来的艺术美的信息。童话家独特的审美感知的充分发挥，可以使作家最有效地把握到审美对象的丰富的感性内容，进而表现出具有独特艺术想象的童话形象与童话意境。

二、童话家的体验生成

选择"生成"（becoming）一词，是因为任何艺术家的体验都是一种活生生的、时刻变化的、开放的心理活动，体验生成的过程，也就是艺术家审美心理结构的建构过程。同样，童话家的体验生成也是一种动态的、不断变化的运动过程，生活中各种体验（早先的和后来的）相互作用、塑造、影响，最终决定着童话家的艺术选择与创作思想、风格的形成。

1. 童年经验与体验生成

童话家的体验生成一般来说也总是处于两种联系中，一是与童话家在特定时期所处的外部社会环境的联系；一是与童话家个人经历中早期经历、由教育和各种活动所形成的心理反应图式的联系。也就是说，一方面在体验生成过程中，新的环境刺激和作用同化于由先前经历所构成的心理图式和反应结构中，将所有新的刺激元素整合到原有的体验结构中，亦即同化的过程；另一方面在此过程中，原有的图式结构也受到这些新的刺激的影响而发生改变，即顺应过程，从而产生一种新的体验。正是由于体验生成是这样一种同化和顺应的双重建构过程，使得体验生成便具有了一种生生不息、持续不断，又不断发展、面目弥新的特点。它不仅是一种共时性的存在，而且还是历时性的发展。我们要研究童话家体验的内核，识破其体验的奥秘，共时性研究与历时性研究都是不可缺少的。如果说共时性研究是一种横向研究的话，那么历时性研究就是一种纵深研究，从纵深去发掘童话家体验的深刻内蕴，童年经验便是这纵深的连环索中极其重要的一环。

假如把人的一生比作是一只放飞的风筝的话，那么童年经验就好似那根放飞者手中的牵线，它引导和制约着每个人今后一生的思维、情感和言行等的发展轨迹。可以说每个人都朦胧地意识到童年在自己一生中的分量有多重大，在不知不觉中对自己发生着极大的影响。每个作家成名之后也总会向自己的童年投以感激的目光。比如马克·吐温对于孕育他成长的密西西比河便充满了怀恋之情，童年时代密西西比河畔的生活也就成了他最初、也是最成功的表现天地。《汤姆·索亚历险记》和《哈克·费恩历险记》这两部历险记无一不留有他童年体验的深刻烙印。

那么什么叫童年经验呢？按"现代心理美学"的观点，即"童年经验就是一个人在童年（包括从幼年到少年）的生活经历中所获得的心理体验的总和，包括童年时的各种感受、印象、记忆、情感、知识、意志等。"[1]

心理学的研究表明，童年是人生中一个重要的发展阶段。这不仅仅因为人的知识积累中有很大一部分是来自童年，而且更因为童年经验是一个人心理发展的一个不可逾越的中介，因为它对一个人的个性、气质、思维方式等的形成和发展起着决定性的作用。个体的童年经验常常为他的整个人生定下了基调，规范了他以后的发展方向和程度，是人类

---

[1]童庆炳主编：《现代心理美学》，中国社会科学出版社1993年版。

个体发展的宿因，在个体发展史上打下了不可磨灭的烙印。存在主义认为，虽然人的一生都在进行着不断地选择，改变着自己的各种观点，扮演着不同的角色，但是这些都要受到他童年时"基本选择"（萨特语）的影响，童年经验对人的一生的影响总是或显或隐地存在着。许多作家、艺术家的作品尽管不是直接地描写童年时的经历，但仍可隐约窥见其童年时期的影子。这一点在童话作家的身上体现得尤其深刻。比如童话大师安徒生就是一个最典型的例子。安徒生出身贫寒，十四岁时便怀着对艺术的向往和追求，只身闯荡哥本哈根求学。在他经历了十多年的艰苦求学之后，终于以他出色的艺术创作才能在诗歌及戏剧创作界一举成名。然而成名之后的安徒生却冲破重重阻力，开始了当时绝对为上层人所看不起的为孩子的——童话创作，并从此把它看成是"最适合于自己的艺术天地"，以致作为终身的艺术追求。安徒生最终以他的童话创作，为丹麦人民获得了世界的声誉。安徒生的成就不能不说与他深刻的童年经验不可分割。

安徒生虽然家境贫寒，但他却从小受到了良好的文学熏陶。他的父亲是位文学爱好者，劳作之余总是以阅读国内外的文学名著为乐，每遇有精彩的章节，总是忘不了身边的儿子。安徒生从父亲那儿听到了许多动人的故事，诸如《天方夜谭》中的阿拉伯古代传说故事、荷尔堡的喜剧名篇、莎士比亚的精彩篇章等等。只要有机会去看戏，父亲总忘不了带上儿子。他还有意识地经常带儿子到郊外的林间、河畔去游览散步，共同欣赏家乡优美的自然风光。父亲对文艺和大自然的热爱，潜移默化地影响着儿子，培养了他同样的兴趣。这些我们在安徒生的童话中是不难感受到的。

安徒生童话浓厚的民间文学素质和素材则源于他那文静、慈祥的祖母的深刻影响。她经常给安徒生讲述各种各样的民间童话和故事。她曾在一个精神病院的花园里做过佣工，靠近她干活的地方有一个纺纱室，那里的老年女工们很喜欢小安徒生。每当安徒生去看望祖母时，她们就常常给他讲一些她们所喜爱的传说故事。这些口头创作中的优美幻想、离奇情节和出神入化英勇机智的人物，给安徒生留下了很深的印象。安徒生早期童话中的许多素材便来自于他童年时代这些"老奶奶的故事"中。

安徒生的艺术创造天赋在很小的时候便显露出来。那时候，祖父、父亲给他雕的玩偶，他不只用以玩赏、自娱，还津津有味地为它们缝制小衣服，让它们扮演戏剧中的各种角色，"说着听起来很著名的语言"。在他独出心裁的自编自导自演的小小木偶戏里，既有讽刺强暴的喜剧，也有讴歌正义的悲剧，这让人自然而然地想起他后来的童话创作：《皇帝的新衣》《海的女儿》等等，不正隐含着他童年时代创作的影子吗？

正是童年时代对艺术、对自然、对民间文艺的强烈爱好，使他在经历了千辛万苦的对各种艺术的探索之后，最终寻找到了最适合于自己的艺术追求——童话创作。因此，童年经验几乎为安徒生的整个人生定下了基调，使他在不知不觉中最终按照这一先在的意向结构，对其体验生成起着决定和制约的作用。

童年经验包蕴着最深厚、最丰富的人生真味，可以说它本身就经常是一种审美体验。它作为一种审美体验不仅仅是一种与其他体验有所不同的体验，而且它根本地体现了体验的本质类型。因为童年体验保持了人类个体对世界最天然、最纯真、最直观的把握，超越了现实世俗的束缚和干扰，最接近人的本性与本真，因而也最具有普遍的人生意义。作为建构童话家体验生成的重要因素，童年体验比其他体验具有更重要的地位。

童话家周锐的一席话可窥见童话家的创作心理。他在《向童年探寻》一文中这样写道：

时时有人问我：你写童话总要常常到孩子中间去深入生活吧？

我只能这样回答：我是在油轮上开始写童话的。在这种工作环境里，不仅接触不到孩子，而且几乎与整个社会隔绝。但我觉得我是熟悉孩子的。每个人都从自己的童年走过来，你要掌握儿童心理，尽可以向自己的童年探寻，只要不那么健忘。

有人又会生出疑问：你那几十年前的"儿童心理"能适合现在的孩子吗？

我说：当然能。不论古今中外，童心总是共同的。不然的话，我们无法深入外国儿童的生活，那么我们的儿童文学作品就不适合外国孩子，就无法走向世界了吗？

事实是，中国童话已开始成功地走向世界。

只要童心未泯，我就有把握通过我的童话与中国的孩子、海外的孩子、现在的孩子、将来的孩子做朋友。[1]

显然"向童年探寻"，追寻深刻的童年体验是童话家依然能保持一颗永不泯灭的童心，创作出为孩子所喜爱的童话作品的关键。同时，童年经验对作家、艺术家个性与风格的铸造影响也是非常深刻的，特别是童年的痛苦体验对作家、艺术家的影响尤其深刻、内在，它造就了作家、艺术家的心理结构和意向结构，甚至一生的体验都要经过这个结构的过滤和折光，因此即使不是直接写到，也常常会作为一种基调渗透在作品中。童话家安徒生的创作就最鲜明地打下了他童

①周锐：《周锐童话选》，少年儿童出版社1994年版。

年痛苦体验的烙印。《丑小鸭》是他一生艰难拼搏奋斗的真实写照；《卖火柴的小女孩》《母亲的故事》《一滴水》等作品真实地反映了这位来自底层的人民作家，对下层劳动人民苦难生活的最真切的体验。童年痛苦体验的深刻性甚至形成了他作品淡淡的忧郁美的突出的风格基调。当然，也正因为来自童年的痛苦体验，使他对下层劳动人民充满了同情与怜爱之心，温暖的人道主义的爱与美、理想主义的艺术追求便成为安徒生童话最鲜明的美学风格。《海的女儿》《野天鹅》等作品就是这一美学风格的杰出代表。

痛苦的童年体验之所以比之欢乐幸福的童年体验对作家的个性形成影响更大，或许是因为疼痛的情感体验更难让人遗忘和排遣之故，而对欢乐之事倒不容易留下深刻的印象。当然，从另一方面来说，痛苦的童年既是不幸的，也是大幸的。因为痛苦的体验常常能使作家具有敏感的心灵和博大的同情心，以及喜欢独自思考的习惯。安徒生童话那细腻、优美的抒情风格，或许正来自于他那敏感、博爱的心灵体验。

2. 体验生成的深度

尽管童年经验在童话家的个性铸造上有着重要的意义，但过分强调童年经验也是不适宜的。这倒不是说许多童话家的童年时期没有发生过什么影响其一生发展的重要事变，而是指"童年经验"无论多么重要，都离不开对于后来的经验的依赖性，童年经验一方面作为既成的心理事实而影响到童话家对后来的人生经验的选择和吸收，可另一方面，日后的人生经验也在不断地浸泡、濡染、更改和重塑着早期的经验。原来的经验是童话家心中的经验，当童话家自身因新的经验不断变化时，原有的经验当然也在不断变化着。生命的特征就在于它的运动性，静止状态是一种非生命状态，自然作为生命之标志的体验也是在不断变化着，处于不停息的动态之中。体验的动态性决定了体验总是活生生的、开放的，这也正是说，体验是不断生成的。弗洛伊德曾指出：童年的回忆所以朦朦胧胧，残缺不全，并不是因为我们的记忆力本身的毛病，而是因为人的实践经验在逐年增长，这些日后的经验强烈地重塑了原有的经验。所谓童年期的回忆，实际上已经不是真正的记忆的痕迹，在那上面早已打上了往后种种经验的烙印，它是"后来润饰了的产品，这种润饰承受多种日后发展的心智力量的影响。"① 所以，实际上，不单是童年的记忆，整个人生经验的记忆也都是不断为日后经验所润饰的，一旦有了日后的经验，前期的经验就已经不再是当初的实际经验。作家的各种早期经验都随日后经验而改变或重塑，其结果是出现了不同于实际经历、感受的，对整个人生、社会的更为深刻的体验。比如安徒生的《丑小鸭》，尽

① 车文博：《弗洛伊德主义原著选辑》（上卷），辽宁人民出版社1988年版。

管融有他童年的痛苦体验，然而，实际上更多的还是体现了他日后为改变人生命运所做的不息的奋斗、抗争的更为深刻的人生体验，其感受的现实感远远超越了童年期的痛苦体验。此外，从安徒生整个童话所呈现的三个明显的发展阶段来看，也更强烈地表现出社会、人生对其创作的重大影响。无论是前期作品的单纯乐观；中期作品的淡淡忧愁；还是晚期作品的浓重抑郁，都恰恰从不同角度说明了童话家的创作同样离不开深切的人生体验，作家在现实社会中的各种不同的感受、体验会自觉不自觉地在创作中反映出来，并不断融入最新的感受体验。

童话家周锐尽管标榜"向童年探寻"，但实际上他的作品大都以当代社会的中国孩子为主角，体现的是对当代中国社会少年儿童生存状态、思想感情的真切感受和体验。所以"向童年探寻"并非完全是一种童年生活的回顾与照搬，而是寻求一种与任何时代、社会、国家的少年儿童都能够相沟通的"童心"。就"童心"来说，它是不分时代与国界的，只要是孩子，他们就一定会有一些共同的东西，尤其是心理的因素。作家一方面努力探求童年经验留给他的记忆，同时又不断地感受现实社会中少年儿童的人生状态、情感愿望，将两者自然地融为一体，因此创作出许多为当代孩子所喜爱的童话作品。比如《勇敢理发店》《一塌糊涂专栏》《爸爸

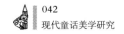
妈妈吵架俱乐部》等等，都是将对现实少年儿童生活的深刻体验用童话的方式表现出来的典型。

总之，童话家的体验是活生生的、千变万化的心理之流，童话家的生命本身在不断变化，其体验也就在不断更新。这种更新并非数量上的增减，比数量上增减更为重要的是，日后的经验溶入前期经验时，原有的感受往往有了质的改变，因此具有了新的意义。正是在这一意义上，我们说体验具有生成性的特点。泰戈尔曾在他的《回忆录》中说过："我发现，我一打开门，生活的记忆不是生活的历史，而是一个不知名的画家的创作。到处涂抹的五彩斑斓的颜色，不是外面光线的反映，而是出自画家自己，来自他心中情感的渲染。"[①] 这里所说的尽管是艺术家记忆的特点，但实际上也可以看成是对体验生成特点的生动描绘。对童话家来说这五彩缤纷的色彩必定更为艳丽与丰富。

3. 童话家的审美感知

应该说童话家的审美感知与其他作家、艺术家一样，同样具有一种直接性，童话家从对象的身上能直接感知到审美属性，当然，这种被感知到的东西，不再是生活物象本身，而是经过审美主体感知和经验概括过的形象，即是所谓的"映象"。审美感知只有有直接性，才会有感知到的映象

---

①泰戈尔：《回忆录》，冰心译，人民文学出版社1988年版。

的生动性、形象性与具体性，也就是通常所说的可感、可知和可触。例如周锐所看到的安徽屯溪的宋街，就给他留下了深刻的印象，那大块大块的青石板铺就的街道，尤其令人感触到它那悠远的历史。但审美认识仅仅限于感知是不够的，或者就审美感知本身而言，它要能准确、鲜明地把握对象的美，需要把此时此地所感知的映象和彼时彼地所感知到的，作为审美经验储存的表象联结起来，组成具有广阔时空感的美学结构，只有这样才能创造出新的艺术形象来。周锐在感触那些包蕴着悠久古韵的大青石的同时，脑子里浮想联翩的是对宋朝历史的回溯与想象，想的是如何使"宋街""宋"得更彻底、更热闹些。于是，原有印象中的《水浒》里的宋街，扬州评话里的宋街，以及想象中的宋街便都融汇到了一起。这还不够，还专门去查阅了《中国历代服饰图册》，吃准宋朝服饰的特点，将这些现实生动的映象和储存的表象联结起来，于是就构成了别具一格的现代童话《宋街》。没有这些丰厚的表象作为审美经验深深地储存着，那么也就不可能写出《宋街》这样独特的作品来。表象是曾经感知过的对象在头脑中刻印下的印象，是主体对客体的感知的经验基础。表象的储存和过去的感知所得到的表象的联系，才给作家的想象思维奠定了基础。作为储存，它的感性形式的丰富性和经验的丰富性为新的感知活动提供了条件。没有这个条件，或者作家并不清晰地意识到这个已知条件的存在，就不可能进行新的审美感知。而新的审美感知在进行和实现的时候，又会唤起与此相关的表象，反过来便加强了审美感知活动。这之间是互相关联的，而能够唤起表象，产生活跃的清晰的思维活动的，即是"记忆"。记忆是调动审美表象的有力手段，它能保持过去的反映，使得目前的反映得以在以前的基础上进行，形成一个心理过程，并产生新的心理特征。童话家的记忆属于感知形象的记忆范畴，他能发现原初性的记忆形象的活跃、新鲜程度，并能在长时间的间隔之后，仍然能清晰如初地提取形象信息，记忆的稳定性和持久性是任何小说家和童话家都必须具有的基本功，否则是不可能创造出如此众多新鲜、活跃的人物形象来的。

审美感知中的表象固然重要，它为新的感知活动提供了必要的条件，当然在整个审美感知过程中，单有过去感知的积累显然是不够的。表象只是为新的感知提供一定的条件，因此要获取新的信息，还必须把握审美感知的进行方式，这里首先要注意的一是要学会观察；二是要有审美敏感。

先来谈观察。观察是审美感知的第一步，它属于意识性比较自觉，时间比较持久的审美感知。它不是一种单向性的活动，而是一种双向性的活动，即既有信息的接受，又有信息的反馈，这便构成了艺术观察的环流系统，即动力系统。作家在现实生活中，客体对象释放出各种信息，激活了主体的感知功能，接受来自对象的信息。在接受信息时，作家的定向能力，使得他在观察时有了初步的选择和概括，选择那些适合于创作构思的信息素材，并概括出某些特征。这里的定向接受与广采博收并不矛盾，只有信息材料丰富，才能打破时空限制，创造出复合意向，"先存信息"，才能和"现有信息"产生组合。周锐在那琳琅满目的超级垃圾山选中的那个可以充分发挥想象力的"蜂窝煤"道具，它激活了作家对未来"蜂窝煤化石"的各种想象，大量的"先存信息"以最活跃的形态作用于作家，于是它和"现有信息"组合起来，一个新的、有趣的复合意象便被孕育出来了。

审美观察是童话家亲历其境的实地观察，它是一种积极的观察，而不是消极的。因此，在观察中应该有审美发现。"生活中并不缺少美，缺少的只是发现。"（罗丹语）当然，生活中的美并非都以最符合规范的、符合标准的形态出现在我们面前。这就需要作家去发现，发现其中蕴藏着的内在美，或被某种现象掩盖着的美。童话家尤其需要一种独特发现的眼光，因为，生活中的童话因素并非原生态存在的，而是要靠童话家带着童话审美的眼光去发现其中闪耀着童话美因素的现象，从而形成创作冲动，形成一种特殊的诱发力，这是创作的原动力。比如周锐，由看到垃圾山中的"蜂窝煤"残渣这一契机，诱发了他对于未来"蜂窝煤化石"考证的想象。在诱发的同时，作家又会有一种不满足感，于是便循着这样的由头，不断去发现新的信息材料、新的美，在发现中补充，又在发现中分析和综合表象。如此循环往复，理性深化，认识强化，情感浓化，臻善臻美。总之，审美发现包含着新的探索，它的感知活动是处在追求状态中检索信息的积极活动。

童话审美感知的观察也不是一种静止的纯客观的观察，它应该带有童话家的体验。童话家以自己的生活感受去体验对象的美，把自己的感受外射到对象身上。审美体验的深层次要求是，作家、艺术家应全身心地沉浸在对象的具体情境里，调动一切感知功能，化入其中，以致达于如醉如痴的地步，就好像整个心灵都在颤动，感觉器官的全部感受都在作家所描述的境界里体验，完全融化与胶着在一起，这样的体验才是深切入微的。安徒生的童话之所以感人，正是源于作家的这种全身心地投入，他是把自己的生命、情感完全融化在他所创造的童话世界中，所以才使它们动人心魄，具有了永恒的生命力。而现在有些童话表面看来热热闹闹、上天入地，但实则缺乏一种生命的活力，原因就在于缺乏作家深切的生命体验、情感体验。

其次，童话家还必须要有审美敏感。审美敏感是一种切合作者主观特性、精神个体性（为个性禀赋和社会实践所影响形成的）、审美经验的积累所产生的特殊的感知能力。有了敏感，就能发现存在于对象之中的特殊的美；有了敏感，会使审美感知迅速、细腻，并使得主体在感知时显得深入。这样，他在表述这种感知时会与众不同，别有会心。诚然，敏感需要有天赋，否则岂非人人都可以当作家了？但审美敏感却还有着来自后天实践所培养形成的必不可少的条件，是一种为社会实践条件所制约和为人类审美心理结构所决定的独特的审美心理形式。周锐在未涉足童话创作前，曾经认为自己不是创作童话这块料。可是当他后来结识了郑渊洁，在与郑渊洁的聊天中非常投缘，受郑渊洁"你完全可以写童话！"的鼓动后，他便鼓足勇气写起了童话，并且一炮打响。原先那被埋没的童话天赋一下子被激发了出来，而且从此一发不可收。但成名之后的周锐并非满足于他的童话天赋，为培养童话的审美敏感，他总是备有一个小笔记本，里面天书似的记满了他的奇思妙想，什么："冰淇淋国王出访""一个需要减肥的国王""橡皮宝剑""橡皮是阴阳双剑""天鼓破了，要请人来补"……他把这称之为"捡砖头"的工作。他说，"经常翻翻这本子，看哪个故事已经到了可以动笔的火候——这跟细节的完备、具体构思的成熟，

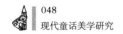

以及当时的写作心态有关。"① 他便是靠着这些"砖头"建造起了他的"童话楼阁"。可见，审美敏感的确需要作家不断去培养、锻造，否则，再好的天赋也会被埋没的。

第二节　童话家的审美想象

对童话家来说，或许最不能缺乏的能力就是想象力了。没有出色的想象力根本无法进入童话创作的境界。可以说审美想象是审美反映的枢纽，是作家所感知到的映象、所储存的表象飞跃成新的形象、组合成系列的复杂形象的中介。审美想象的功能表现为能够超越时空界限，调动起已有的表象，能够组合单个的表象形成形象体系，能够感知当时作用于主体的对象，又能根据别人口头和文字的描述去感知未曾感知过的对象，创造新的形象。因而，审美想象在审美感受中占有特别重要的地位。裴罗斯屈拉塔斯曾指出："模仿仅能塑造它所看到过的东西，而想象还能塑造它所没有看到过的东西。"② 黑格尔更是肯定了"最杰出的艺术本领就是想象"。③ 高尔基也同样认为："想象是创造形象的文学技巧

---

① 周锐：《周锐童话选》，少年儿童出版社1994年版。

②[罗马]裴罗斯屈拉塔斯：《狄阿那的阿波洛尼阿斯的生平》，伍蠡甫主编：《西方文论选》（上卷），上海译文出版社1964年版。

③ 黑格尔：《美学》，朱光潜译，商务印书馆1982年第2版。

的最重要的方法之一。"可见想象是思维活动的高级形态，它在人类的创造活动中起着非常重要的作用。被称之为我国古代杰出的长篇童话的《西游记》，其想象力达到了出神入化的境界，它所创造的一个非现实的幻想世界，是一个以想象为基本内容的神奇天地，达到了高度的艺术真实，形成了高度的艺术美，充分体现了审美想象的创造力，体现了腾越现实世界，向幻想和未知世界的挺进、发现与创造的活力。

一、想象和表象

审美想象的基础是表象。想象是建立在经验上的，是众多的表象被唤起，进行新的聚合的过程。没有表象的储备，也就不可能有想象的腾飞。作为对象的美在作家的记忆中，成为经验，在一定的条件下，这些过去的经验进行了新的聚集、结合，成为新的形象。审美想象就是以这些记忆表象为基本材料的。因此，在长期的生活实践中，所获得的表象愈丰富，记忆的能力愈强，想象就会愈丰富，所塑造的形象也会愈丰满。

童话审美想象尽管具有意向广阔、无边无际的自由性和随意性，但它同时也受到客观对象本身的要求所加以的规定和制约，童话家绝不可能作没有丝毫客观依据的胡思乱想。也就是说童话的审美想象也仍然要受到一定的现实生活的制约，体现一定的物性特点。比如孙悟空尽管有七十二变奇招，但他与二郎神鏖战时，经过千变万化，最后还是在变成土地庙时被二郎神看出了破绽，因为他那根尾巴不好收拾，只能变作根旗杆竖在庙后。这便是作家在想象中对客观物性的顾及所作出的合乎逻辑的想象，从而使故事跌宕起伏精彩纷呈。安徒生在《海的女儿》中对"小人鱼"的美妙的想象也完全是依据"人鱼"的特点来进行合理的想象。小人鱼的上半身是人，下半身是鱼尾。她原本可以在海底王国中快快乐乐地享受三百年的荣华富贵，但她却敬慕人间的爱情生活。为了使自己获得一份人类的灵魂，她宁愿忍受无情的折磨。可最后当非要以另一个人的生命作代价才能换取她的爱情时，她毅然放弃了这唯一的道路，毁灭了自己，成全了他人，表现了她人性崇高的精神境界。在这部作品中，安徒生巧妙地利用了人性与物性结合的童话幻想特点，从而使这部童话在优美绚丽的动人故事中表现出惊心动魄的矛盾冲突，深化了这出爱情悲剧的永恒意义。

童话审美想象正是在现实性与非现实性、社会性与动物性这似与不似之间展开的，任何生发、遐想最终都不能游离于土壤——生活来进行。因此，生活积累和审美想象是成正比的。当然审美想象又是以各个作家的生活积累的表象为起点，作家的生活积累不同，想象的依据特点自然不同，因而，所创造的童话形象也就不尽相同。这是完全符合审美想象的特征和规律的。

二、再造想象和创造想象

想象可分为再造想象和创造想象两类。自觉的再造想象和创造想象都是为了达到一定的目的而有意进行的。其中再造想象一般需根据一定的语言资料或图样示意等条件，在脑中再造出相应的新形象。而创造想象则不必依赖这些条件，而直接根据一定的目的或设想来创造新的形象。两类想象在运用上是有区别的，但在童话创作中，两者都是重要的，同时也往往互相融合在一起，再造想象能得到创造想象的有益补充，创造想象也能恰当利用一定的再造依据。当然两类想象毕竟还是有着不同的功能，起着不同的作用。下面我们来看看这两类想象各自在童话创作中所起的不同的作用。

1. 再造想象的作用

一般来说再造想象在文艺欣赏中的作用是非常巨大而广泛的，特别是语言艺术欣赏，再造想象在欣赏者的整个心理过程中占有特别重要的地位。但文艺创作中的再造想象要比一般的认识过程中的再造想象要更加生动有力，更富有主动性。这主要是因为创作中想象的目的很明确，同时又融合了更多的创造想象的缘故。例如，包蕾根据《西游记》的历史人物创作的系列童话《猪八戒新传》；包蕾和詹同根据一句俗语创作的童话美术片剧本《三个和尚》；周锐根据《西游记》天宫里的人物创作的童话《九重天》；鲁兵依据历史人物济公的特点而创作的《小济公不休》……从根本类型上来说都属于再造想象。但它们又并不局限于再造想象，而总是融入了更多的创造性想象，因而使得作品充满了新鲜感与现实性，颇受当代少年儿童读者的喜爱。

从心理学的观点来看，自觉的再造想象并不总是一件简单的事，它的展开既取决于客观上所提供的再造条件是否明确生动，又取决于想象者本身的知识经验以及他对再造条件的认识是否深刻具体。比如包蕾，他对古代《西游记》情有独钟，尤其喜欢"猪八戒"这个形象，感到猪八戒身上很有"戏"，他贪吃、笨拙、憨劲十足，特别富有"孩子气"，于是作家便很想为"猪八戒"写点什么。包蕾平时习惯夜间写作，因此总备有一个饼干罐，夜里好充饥。一天晚上，当他习惯地打开饼干罐，却发现里面的饼干一块都没了。后来才知道原来是邻居的孩子来玩，吃到这饼干好吃，就忍不住偷偷地一块接一块地全吃光了。包蕾由此就联想到了那个贪吃的"猪八戒"，历史人物与现实中孩子特性的碰撞，立刻闪耀出晶莹的构思火花，于是，童趣十足的《猪八戒吃西瓜》诞生了。后来，包蕾又陆续为"猪八戒"设计了"学本领""探山""回家"等故事情节，形成了脍炙人口的新童话《猪八戒新传》。可以说包蕾这部童话的创作成功主要得益于对这一历史人物的烂熟于心和深厚的古典文学功底，为他的再造想象打下了深厚的根基。当然，在运用历史资源进行再造想象的过程中，如果没有作家创造性想象的补充发挥，那么也就不可能有新形象的诞生。童话创作中别出心裁地运用那些生动的历史及生活资源进行再造想象的创作，也的确不失为一条可利用的创作途径。

2. 创造想象的作用

创造想象是更独立、更新颖、更有创造性的想象，也是童话创作中最重要的自觉表象运动。创造想象是作者对头脑中原有的记忆表象进行加工改造的结果。所谓加工改造，具体来说也是对原有的表象进行分解和综合。童话创作中出现的新形象、新幻境，不管新奇成什么样子，实际上都是用"旧材料"变幻而成的。所谓"旧材料"就是指客观事物的形象反映于人的头脑，并借助记忆而得到保存的表象。通过想象来创造新形象，其实也就是把原有的表象拆散或者碾碎，再重新结合成一个新的形象。由于分解的精细，组合的巧妙，因此"旧材料"的利用往往轻易觉察不了。鲁迅先生曾说过："人物的模特儿也一样，没有专用一个人，往往嘴在浙江，脸在北京，衣服在山西，是一个拼凑起来的脚

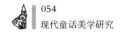

色。"① 说的也就是表象的分解与综合的道理。这也是童话创作的心理过程中一项极其重要而又具有普遍意义的内容。

童话创作中表象的分解和综合与浪漫主义的文学创作十分相似，往往采用超现实的艺术形式，而较常用的方法就是在不同类的事物之间进行分解与综合。比如《西游记》中的孙悟空就是人、猴、神三性的表象综合；《大林和小林》中的大林和小林则是"不劳而获的剥削者"和"勤劳勇敢的劳动者"与稚气的"孩童形象"的表象综合。当然，童话在综合表象的过程中，大量地使用了高度的夸张、显著的变形、隐喻的象征，以及大大扩展事物活动时间或空间领域等等多种艺术手法，使表象的分解与综合更具有超现实的新奇感，从而创造出新的童话艺术形象。比如张天翼对大林即"唧唧"形象的刻画便极尽夸张变形之能，使这个贪图富贵享乐的"剥削者"丑态百出、趣味十足，从而使小读者在笑声中认识到剥削阶级的可恶本质。可见无论怎样超现实的想象，其立足点仍然离不开反映一定的现实社会和现实中人的思想感情与理想愿望，因为想象原本就是表象的分解与综合，而表象则是客观事物在人们头脑中留下的映象，所以它最终仍离不开现实生活的土壤。创造想象是自觉表象运动中最重要

---

① 鲁迅：《我怎么做起小说来》，《南腔北调集》，人民文学出版社1973年版。

的形式，对童话创作来说起着特别重要的作用，如果缺乏创造想象，那么童话也就失去了它的活力，至少也只能是平庸的。而创造想象愈丰富、愈出奇，那么童话也便愈有活力，生机勃勃，魅力永存。

三、如何进行想象

有了可资想象的材料基础，有了通盘的审美意图，还不等于就能进行审美想象。这其中还有个广泛调动多方面生活体验和表象积累的问题。比如安徒生写《丑小鸭》，他不光综合了"小天鹅"与"人性"的各种表象特征，而且充分调动了他一生从贫穷的最底层奋斗拼搏到辉煌成名的深刻的人生体验。他把这一切通过想象融化到他所精心塑造的"丑小鸭"这一童话想象上，因此，才使这部童话感人至深。从中，我们也不难看出要使想象深入、生动，其中有几点是决不能忽视的：

一是对原有表象的分解越细致越好，对新表象的综合则越和谐越好。表象的分解与综合不能仅仅停留在"捏合""缝合""凑合"上，即不是"物性"与"人性"的简单相加，而是要达到水乳交融的"融合"，以至于"化合"，才能出现高度完整的真正的艺术创造。就如"丑小鸭"，作者通过一系列的误会为"丑小鸭"的最终被发现设置了重重障碍，从中来体现"丑小鸭"不甘被埋没的高贵的心灵，而这也正是安徒生最深刻的人生体验，其化合的确达到了高度的艺术真实。

二是审美想象还必须以情感为动力。审美情感是激发审美想象的有力的心理动因，这主要是由于审美想象并非仅仅是表象的"联类不穷"的回忆，而且还包含着主体的强烈的情感因素。从一定意义上说，审美想象就是一种情感想象。主体形成了感性映象，即表象，本身就带有一定的情感因素。情感和表象一齐储存起来，随着表象的积累，情感自然也在加浓。当双方都达到饱和状态；主体的情感因某一事物而触发，于是就会"浮想联翩""上下追溯"，以至到达情感所驱向的艺术境界，形成新的艺术想象。可见审美想象中无不包容着审美情感，情感愈丰富，想象的彩翼也更能鼓飞；而缺乏情感，想象也会变得干巴巴，没有了生命的活力。这一点我们尤其可从安徒生的童话中深切感受到，他的那些被全世界小读者广泛传誉的优秀作品，诸如《海的女儿》《丑小鸭》《野天鹅》《皇帝的新装》等等作品，无不饱含着作家浓厚的感情色彩与情感体验。

三是童话家的审美想象也与作家理性的探索有一定的关系。因为想象除了带有作家独特的审美情感，它也包含着作家对生活的认识与探索，包含着作家对理想的追求和对未知

世界的探求。因此，童话的审美想象实际上也就具有了一定
的理性色彩。诸如安徒生、王尔德的童话理性的探索都是显
而易见的。作家对现实社会的深刻认识，对贫富不均的社会
制度的强烈抨击，通过童话世界的折射，体现得淋漓尽致。
其感情色彩与理性认识使他们的想象充实而极富魅力。理性
探索也使得童话审美想象更具有艺术的深度。

四、童话审美想象的主要方式

童话审美想象通常可以概括为这样几种主要的方式：

1. 联想式

这种想象方式往往以某一表象为出发点，触类旁通，将
表象与表象联合在一起，连缀一片，形成整体形象。这一想
象方式在童话创作中十分有用，运用也很普遍。比如周锐的
《未来考古记》就是非常成功地运用了这种联想式的思维方
式，由一只"蜂窝煤"废渣而引发开去，将它联想成被未来
考古学家发掘出的"蜂窝煤化石"。有趣的是，作者站在未
来各类专家的立场上，对"蜂窝煤化石"作了各种令人啼笑
皆非的考证猜测，什么："蜂窝""耳环""制作糕点的模
具""武器发射管""声韵共鸣箱"等等。完全摆脱了直接对
象的局限，形成联类不穷的审美想象，并以《未来考古记》为
名，将全篇串联。这便是联想式想象的发散性思维方式。

2. 移植法

所谓移植法是根据表达上的审美需要进行移植想象。有出于形象塑造的需要；有出于情节构造的需要等等。移植想象在童话创作中也经常运用，最通常的用法是将原本现实社会中的现象，通过合理有趣的想象移植到童话世界中去，以暗喻生活的某些哲理。例如周锐的《兔子的名片》《九重天》等作品就是移植想象的成功之作。将现实中有些人利用唬人的名片抬头来招摇撞骗和邻里之间的矛盾纠纷等社会现象搬进了童话世界，真是别有一番意味，令人既好笑又值得深思。移植的关键在于其自然与合理，否则便会产生生硬感，缺乏童话味。

3. 融合式

融合式的审美想象不同于联想式想象的连接，它是把不同的表象中的某些特征进行分析、综合，形成一个新的表象，产生具象。这一想象方式在童话人物形象的塑造上运用比较普遍。比如日本卡通明星——"阿童木""机器猫"，我国卡通明星——"黑猫警长""海尔兄弟"等都是分解综合了各种不同的表象特征中的某些特点而组成新的具象的。如"阿童木"就是既有孩童天真善良的品质与聪明才智，又有机器人的超能量，以及神魔变化多端的变形特征等等；"机器猫"的外形特征是猫、孩童、机器人的综合，它的聪慧与调皮则特有孩童味，同时它又兼具机器人的超能量；同样，"黑猫警长""海尔兄弟"也是兼具几方面的特征。人性与物性在这些童话形象上融化得相当的和谐完美，这便是作家成功地运用了融合式的审美想象，加以创新塑造出来的。而当作家根据这些新形象所兼具的各种特点展开更富有虚拟性的科学幻想时，实际上又进入了另一种想象的方式——虚构法。

4. 虚构法

所谓虚构法是把感知到的感性映象化为审美意象，把单一的意象化为复合意象、系列意象，其中起决定作用的是审美想象。而在构成复合意象、系列意象的过程中，直接的个人感知经验往往暴露出它的局限性，这就需要进行虚构。阿·托尔斯泰在《论文学》中曾说道："没有虚构，就不能进行写作，整个文学都是虚构出来的。"这说明虚构在文学创作中的重要作用。而相对于其他文学门类，建立在幻想基础上的童话自然更需要虚构。虚构是一种更高层次的审美想象，它的自由性的特征表现得尤为显著，从而也更广泛地突破了作家直接的个人经验的限制，导向虚拟性。

虚构的审美功能是为着更充分地增加童话的审美素质，提供审美想象以更多的空间，从而使小读者获得创造性的审美愉悦感。无论是《阿童木》《机器猫》，还是《黑猫警长》《海尔兄弟》都贯穿着众多的虚构因素，包含着作家对现实世界的概括、对未知世界的探求，以及对理想世界的追求。是审美想象极大地开拓和对作家直接性个人经验的最大限度的突破。作家所创造的虚拟的幻想世界给小读者以强烈的陌生感与新奇感，因而这些卡通童话受到了小读者广泛的欢迎与认同。

我们说，虚构法极大地突破了作家直接性的个人经验的限制，但并不是指这就不需要作家的生活经验了，而是指作家不应拘泥于某一点经验，要善于调动所有的经验储存，在经验的唤起、合并的过程中进行新的生发。虚构的创造性审美功能特点表现得十分突出，因而经过再创造的艺术形象、艺术世界就不再是生活本身所提供的作家记忆储存的某一现成的"样本"了。这一点我们不难从上述这些作品中看到，它们既留有作家丰富的现实经验的积累，但又绝不是生活本身的照搬，而是将这些完全融于作家所创造的新的超现实艺术境界之中了。比如让调皮、爱恶作剧的康夫与神通广大而又富有童心和善良品质的"机器猫"在一起，那么，可想而知他们的生活一定充满了戏剧性与神奇性。作者尤其突出了孩童式的"弄巧成拙"，使这一系列童话妙趣横生、令人忍俊不禁。由于虚构的审美想象既有经验性，又有创造性，"能从真正的自然界所呈供的素材里创造出另一个相像的自然界。"① 因此，对童话创作显得尤为重要，虚构能力的强弱也往往成为衡量童话家创作能力强弱的主要因素。

上述这些审美想象方式是童话创作中常用的想象方式，当然童话审美想象的方式还有多种，审美想象原本就极富创造性、自由度，所以想象的方式自然也不拘泥，作家可以充分发挥个人的创造性。此外，上述的审美想象方式在具体运用中也并非是单一的互不关联的，而是交叉运用、互为贯穿。即在一部童话中既有联想式的审美想象，同时又有融合式的、虚构式的审美想象。多种方法的交叉运用也使得审美想象更加丰富多彩，使童话充满了审美想象的无穷魅力。

审美想象是童话家审美心理特有的感受能力，它和童话家的生理、心理素质有密切关系，同时也与童话家个人在生活和审美活动中有意识地培养和训练不可分割。比如周锐常备着的小本子就很说明问题，他把随处想到、看到、观察到的东西随时记录下来，经常翻翻、想想，一旦灵感触动，这些平日的积累就会伴随着想象大有作为，这就是一种想象力的锻炼。别人把上班挤车看作无奈的受罪，怨声载道。而周锐则把此当作观察、遐思的最好时机，他的许多童话的构思就是在这每天拥挤、嘈杂的公共汽车上完成的。他还曾就

---

① 康德：《判断力批判》，《外国理论家作家论形象思维》，中国社会科学出版社1979年版。

挤车专门写过一篇名为《挤呀挤》的有趣童话，由挤车而发散的想象力之丰富实在令人叫绝。别人看武侠小说大都为了消遣，可他看武侠则是为了学习武侠小说丰富的想象力。他最佩服金庸武侠创作的才能，称金庸是"靠想象力打遍天下"。由武侠化出，便有了他的"武侠童话"——《千里追蚊记》《赤脚门下》等。其想象力也足以令人赞叹不绝。可见童话家的审美想象力除了本身的心理素质，主要还是作家后天不断地努力学习、勤于修炼的结果。作家能够在创作中神驰万里、上天入地、游刃有余，这都是平时产生的积累，为童话家的实际创作中的审美想象提供了直接或间接的能力和素质的基础。

第三节　童话家的审美情感

任何文学创作活动都与创作者本人的情感活动不可分割，情感活动在创作中的作用是巨大的。俄国伟大作家托尔斯泰认为："艺术的感染的深浅决定于下列三个条件：（1）所传达的感情具有多大的独特性。（2）这种感情的传达有多么清晰。（3）艺术家真挚程度如何，换言之，艺术家自己体验他所传达的那种感情的力量如何。"[①] 由此可见，情感在

---

①托尔斯泰：《艺术论》，商务印书馆1928年版。

创作中的动力作用和在欣赏中的感染作用有多么重要。同样童话创作也离不开情感，童话尽管是以幻想为本质特征的，但它同样离不开现实生活的土壤，也是客观审美属性的美和童话家审美感受相结合的产物。在审美感受中，"情"占有非常重要的位置。没有感情的激励，就缺乏了创作的冲动；没有感情的奔流，艺术形象也就不可能有血有肉、栩栩如生。我们所说的"情"是审美情感，区别于一般的情感。一般的情感仅只是它自身，而不是表现对象。

审美情感是客体和主体的关系在心理上的反映，它是一种高级的情感活动，与一般的生理情绪和快感有所区别。当然，也并非童话家情感的任何表现、发泄都能化为艺术性的童话之作，而是应把情感作为审美对象（回忆、记忆、感知、体验的对象），按照一定的规范，纳入一定的形式中，使之对象化、客观化。它经历着从对象到主体的心灵化，再由主体到客体的外化过程。

一、童话审美情感的地位和作用

审美情感在童话创作中的地位是为文学反映生活的特殊性所决定的，尽管童话是现实生活折射的反映，但它最终仍体现着生活的本质，因此，文学的主达性情对童话也是如此。感情对于文学创作是内在的，是一种驱动力，构成了动力系统。文学要把感情直接渗透到具体的描写对象中去，任何一种文学的艺术形象都得经过作家审美感情的修饰，感情是形象的染色素。纯粹的客观摄像是不能创造出鲜明的艺术形象的，在文学创作中，作者是和审美对象胶着在一起的，对象的美释放出各种信息，信息激起主体审美感受心理的情感功能，情感活跃起来，接收信息，并与其他审美感受相结合，去创造新的艺术形象，使文学成为以情感为中介，折射信息流的评价反映，因而审美情感就成为文学所独具的最鲜明的特性，也是作为文学家的最基本的创作素质。

感情是创作的喷火口。如果先有纯理性的认识，才有创作的打算，那么写出来的作品只能是论文式的观点加材料，或是理念的图解。创作的突破口和爆发点只能是感情。感情主要表现为人和对象联系中的直接的心理反应，它的特点是冲动的，并且因作家的个性和表达感情方式的不同而有异。有的是潜移默化式的，有的则是直露胸襟式的。

童话家冰波在谈及他的童话《小青虫的梦》的构思过程时曾这样介绍道：

记得有人曾说过，作家在构思、写作时，常要进入一种非常的状态。一进入状态，创作的灵感就会如涌泉不止。借用气功的一个名词，可称之为"创作态"。而"创作态"并非轻而易举便可进入的。它需要"修炼"，而作家的思考、冥想就是一种修炼。天长日久，到达了较高的境界，才可经常进入"创作态"。

我相信这种现象。

我曾经注视过一条在树枝上爬的小毛毛虫，背景是月光。当我凝神注视它时，我忽然获得了一种特殊的感受：我觉得它很悲哀，它是怀着一种忧伤，在向什么离去……毛毛虫爬动时垂头的姿态，六只小脚波浪似的悄无声息的起伏，以及宁静的月光，给了我以上的感觉。于是，我慢慢地不存在了，我成了那条悲哀的毛毛虫……[1]

这段话说得太好了！这就是作家当时的创作心境：我慢慢地不存在了……这是多么真切的感受！这里所说的"创作态"，实际上也就是作家和客观对象相联系中产生的一种直接的心理反应——即感情的冲动。作家将自己的感情完全注入于客观对象身上，达到了"物我无间"的状态，于是他自己就仿佛成了那条"悲哀的毛毛虫"，随着毛毛虫成长、变异,由丑陋伤心的毛毛虫蜕化变异为一只美丽的花蝴蝶。其中"悲哀"是一个点，然而它却可以"向无数方面辐射"，从而"尽可能完美地、和谐地去结构它。"[2] 这里创作的基

①冰波：《想象·美感·文学性》，《幼儿读物研究》第13辑。
②冰波：《想象·美感·文学性》，《幼儿读物研究》第13辑。

点显然建立在感情的冲动与情感的化合下，没有情感的冲动显然也就不可能有后来的想象、联想和构思、组合。因此，也可以说童话想象的基础实际上正是建立在感情的冲动与辐射上的。需要指出的是，审美情感的最初获得是重要的，但又不可以把它孤立起来，它还需要和创作的其他条件组合起来，进入构思，才能成为实践性的创作活动。假如冰波在感觉自己成为那条"悲哀的毛毛虫"后，没有再展开丰富的想象，没有给想象以丰富的个性、节奏感、流动感、意境美等等，使其构成完美和谐的结构，那么，最初的情感冲动同样不可能形成实践性的创作活动，完成《小青虫的梦》的最终创作。

这里还有个审美评价问题。所谓审美评价主要应是情感评价。童话家的理智，认识问题的观点，以及道德观、伦理观等支配着他的审美情感。是非的判别和情感的爱憎是相联系的。它是通过童话家对于对象的主观情感态度来表现的。童话家的情感评价表现为喜怒哀乐、爱憎褒贬等，它之所以有评价的性质和作用，是因为它是高级的审美情感，和一定的思想联系在一起，寓思想于褒贬之中，读者便完全可以以褒贬的情感态度和评价去领略童话家的鲜明的思想观点。这类现象在童话中随处可见，比如《小青虫的梦》中作者将丑与美转化的哲理观念寓童话意境之中，使小读者在阅读中能领略到对美的一种崭新的认识。《海的女儿》中所贯穿的崇高美好的道德观、爱情观和价值观都是让人回味无穷的。

由此，实际上也不难看出情感因素实质上贯穿于作家创作的全过程。它不仅仅存在于生活积累过程和创作动机萌发的初期，而且，由于感情的基础丰厚，它会源源不绝，一发而不可收。更重要的是作为审美对象一旦进入创作构思中，它就获得了生活所提供、作家所赋予的情感，具备了独立的情感生命。有时甚至还会反过来成为作家情感继续发展的推动力，甚至会成为作家情感的某种源泉。安徒生一生爱情生活坎坷，结交的女友因种种原因而都未能终成眷属。他最倾心的歌唱家珍妮·林德，给他的始终只是坦率、真诚的友情，他们一直以姐弟相称。珍妮后来嫁给了一位贵族，但安徒生对此并无妒意与抱怨，而依然以最真挚的感情、最美好的言辞祝福和赞扬着永远难忘的珍妮·林德。他精心撰写的自传《我一生的真实经历》（即《我一生的童话》），在英文版中清楚地标明：此书是献给珍妮·林德的。安徒生在书中高度赞扬了珍妮的道德和知识修养。他说："通过珍妮·林德我第一次意识到艺术的神圣"，"对于我成为诗人，任何人都没有比珍妮·林德的影响更好、更崇高的了"。可见安徒生对珍妮的爱已从狭隘的异性仰慕扩展开来，取得了更广泛、更深刻的内涵。珍妮成了安徒生眼中智慧和美的化身，是启迪安徒生创作的一种灵感。因此，在安徒生的许多童话中，他与林德交往的感情都自觉或不自觉地有所浸透，成为安徒生情感的一个重要的源泉。比如《柳树下的梦》中写两个从小青梅竹马的邻居克努得和约翰妮纯洁的友谊。女孩后来成为歌星，学会修鞋手艺的克努得找到她时，她对他的求婚的回答只是："我将永远是你的一个好妹妹……"克努得走开了，他把"幽怨秘密地藏在心里"。三年后，约翰妮与一个绅士订了婚，克努得在柳树下做了一个梦，梦见与约翰妮挽着手走进教堂……第二天，当人们发现他时，他已冻死在柳树下，脸上露着幸福的微笑。显然在创作中作家已不自觉地和他所要表现的对象化合一体，将自己的感情经历、对爱的认识，自然地注入于他所要表现的艺术形象中，使之更为真切感人。同样，在《依卜和小克丽斯玎》和其他一些作品中也有相似的表现。所以，实际上童话人物形象的概括过程，也总是一个情感深化的过程。这种感情不是游离于形象之外的并列存在，而是附丽于形象的规律发展和运动。产生这种现象的一个重要条件就是作家和所写的人物形象有着较为相似的生活经历。当主体和对象共同经受了某种历史命运，情感就更为深切了。安徒生童话感情真挚强烈的一个很重要的原因，就是作家在其中融入了自己最真切、深刻的人生体验和情感经历。而有些童话表面看来热闹有趣，想象上天入地、纵横驰骋，但给人的感觉却是意味不足，浅薄、平庸，没有多少值得回味的东西，其差距可能就在这情感投入的不足。将自己置身于对象之外，冷眼旁观，理性成分多，感性成分少，因此，作品便缺乏那种永恒的艺术魅力。尽管童话讲究艺术想象的重要性，但离开了情感，艺术想象也会变得空空洞洞，如浮游之物，无所依托。

二、童话审美情感的表现

童话家的情感活动在创作过程中起了巨大的作用，但是情感活动只有得到准确而充分的表现才会产生感人的力量。童话创作中的情感表现和情感交流，是童话艺术创造和审美活动的有机组成，因此，童话家的情感必须熔铸在对客观事物的形象化认识之中，通过给读者提供富于感性的、具有美的特征的童话艺术形象这样一种特殊的认识内容，来引发他的情感活动。为了做到这一点，在童话创作过程中，情感活动必须始终和抽象思维指导配合下的自觉表象运动紧密结合在一起，最后才能通过自觉的表象运动的直接成果（艺术形象）来实现情感的表现和交流。

1. 自觉表象运动与情感表现

在艺术创作中，情感是不可能孤立去表现的，它只能依附于认识，通过自觉的表象运动的有意想象而表现出来。

为了创造新形象，想象就主要表现为对记忆表象的分解和综合；而作者的情感也就贯穿在如何分解和如何综合中，使表象运动的成果带上了感情的色彩。童话创作中自觉表象运动表现为一种超现实的想象，那就是对表象进行超现实方式的分解与综合，以创造不同于客观事物本来面目和活动逻辑的艺术形象，这是童话创作特有的表现情感的手段。比如冰波所塑造的"小青虫"的童话形象，实际上正是对他记忆表象中实实在在的小青虫、蝴蝶、美与丑的认识、美与丑的转化等各种认识的分解与综合，贯穿于其中的是他对外表丑陋的小青虫的深刻同情，和对它高贵、美丽的内心的高度赞扬的复杂情感，因此，才使作品充满了艺术的感染力。再如安徒生的"丑小鸭"形象，更是他一生坎坷拼搏的深刻的记忆表象的超现实的分解与综合的产物，融汇了安徒生最深切的情感体验。因此，才使这部作品成为"永恒之作"。

2. 抽象思维与情感表现

自觉表象运动中贯穿着情感表现，而表象运动又是受抽象思维制约的。抽象思维对表象运动的指导、配合和渗透在情感的表象中起着重要的作用。表面看来，似乎抽象思维是冷冰冰的逻辑推理，它只能阻碍情感的活动，但实质上，并非如此，抽象思维同样可以成为情感的认识内容。当抽象思维与自觉表象运动相融合而结出艺术形象硕果时，它在情感表现和情感交流上所起的作用就显得尤为突出了。由于抽象思维活动是一种对客观事物概括的、间接的反映，而童话的本质也是对客观现实折射的反映，所以它更离不开抽象思维这种概括与间接的认识和反映事物的方式。因此在童话的情感表现中也渗透着抽象思维的活动。由于思维的认识范畴远远不止于直接反映的事物上，因此，伴随着思维而出现的情感活动，无论在深度，还是在广度上，都将大大超过以感觉、知觉和表象为认识内容的情感活动。比如像抒情童话。其实抒情童话的本质并非只是单纯的抒情，展现一个情意绵绵的故事，而实际上更应该是抒发一种流贯全篇的情绪波动。正是这种独特的"情绪波动"在感染着读者，使其感动，使其着迷。而对这种"情绪波动"的把握的确需要作者理性的思维控制。正如童话家冰波所坦言："我这个人大约不善于编故事，与有情节的幻想不太有缘。我的幻想常常处在一种朦胧的状态下。通常，幻想里总有某种捉摸不定、游动的、轻盈飘逸的'东西'，那'东西'很神秘，会勾引我去寻找一种气氛，捕捉一种感觉，体验这种气氛和感觉里所产生的情绪。我喜欢作这种努力。"[①] 捕捉"感觉"、体验"情绪"当然都离不开作者理性的思维活动。所以我们在冰波作品中感受到的就不仅仅是浓浓的情感，还有很鲜明的贯

①冰波：《不妨"文气"一点》，《儿童文学选刊》1985年第3期。

穿主旨：早期统领情绪的主旨是"爱"，纯情、至爱，温暖而又温馨；而转折期的童话则由于情绪基调的改变，由总体温文尔雅、平和明丽而向抑郁沉滞、悲凉凝重的格调变化，因此，其理性思维更占有了突出的位置，主题也更趋于冷峻、繁复和沉重。如冰波自己所说，"我希望，'现代化'的童话，不但给少年带来轻松、快乐，同时，也带来深沉、严肃，带来思想的弹性，带来对人生、对世界的思考。"[①]这种对人生、对世界的思考，使他这一时期的作品在抒情中带有了浓厚的象征色彩，主题趋于深化和含蓄，语意层含有了更丰富的内容。当然，相对来说，也加深了作品阅读的难度。可见，抽象思维对童话情感、情绪的表达实际上起着控制和调节的作用，这里要注意的是对语意层"度"的把握，必须要考虑到读者对象审美理解的层次性，否则，则可能出现偏颇，使小读者疏离童话。

3. 审美情感的具体要求

童话审美情感的具体要求与其他文学创作既有相同之处，但也有其特殊的要求。从基本点来看，童话创作也不外乎：一是真挚，二是丰富，三是独特。但由于童话反映现实的方式是幻想的假定方式，而它的读者对象又是儿童，所以审美情感的表现状态也就必然会考虑到这两方面的因素，从

①冰波：《那神奇的颜色·作者的话》，《儿童文学选刊》1987年第1期。

而表现出一些不同于其他文学创作的特殊性。

　　首先，感情要真挚。童话的情感表现当然也必须真挚，只有真情才能动人，只有真情才能燃烧起读者情感的火焰。童话尽管是以一种幻想的假定方式来反映现实生活的，但并不等于它所表现的情感也是假的，相反，在这个假设的幻想情境中的一切都必须是真切的，并要让读者完全感受到它的真实、真情与真切，这样才可能打动读者，感染读者，否则，就可能是失败的作品。安徒生不同阶段的童话创作在基调上的差异，恰恰从不同的角度说明了作家情感的变化起伏对童话创作的深刻影响。安徒生前期童话单纯、乐观，充满了勃勃的生机，表现了作家生活中的乐观情绪，对真、善、美的热情歌颂和寄托在其中的美好愿望。中期童话趋于淡淡的忧郁，幻想成分减弱了，而现实成分相对加强，乐观情绪低落了，而忧郁情绪开始滋生。在这微妙变化的背后，是作者生活的变故而造成的性格心理的变化，趋于平静的内心涌起了波澜，平衡遭到破坏，重重矛盾接踵而至。而到了后期童话浓重的抑郁、凄楚已弥漫他的整个创作。因为这一时期安徒生比以往更深入了现实，因而也更清楚地看到了它的丑恶。他的思想进一步醒悟，民主观念进一步增强。但却又透露出作家"梦醒之后，无路可走"的日益加深的苦闷和对现实的失望情绪。这一切都说明作家情感在创作中的真实流露，童话家的确每时每刻都是在用真情写作，与他所塑造的童话形象共同体验着生活的喜怒哀乐，共同经历着情感的波澜，只不过童话家的审美感情是隐含在其中，化为他所表现的审美对象中的。就如冰波所说的："于是我慢慢地不存在了，我成了那条悲哀的毛毛虫……"矫情、虚饰的情感，永远也不可能创作出动人的童话来的。此外，童话创作感情的真挚，还包含着另一个很重要的因素，那就是可贵的"童心"和"爱心"，只有充满对孩子的热爱，才可能真情地去为他们创作，才可能真情地去体会孩子所能理解的感情；只有心中保有一颗永存的"童心"，才可能真正地表现出一个孩子所向往，所喜爱的幻想世界。缺乏"童心"的幻想世界，同样不可能深深地吸引小读者。

其次，感情要丰富。童话家同样需要丰富的感情，很难设想一个没有丰富情感的童话家会写出内容丰富、艺术形象情感丰富的作品来。对象情感的丰富性是离不开作者丰富的情感体验的。主体情感的单薄决计体察、领略不到客体的丰富情感，也决计表现不出对象情感的丰富性来。童话家情感的丰富性来源于社会生活体验的多方面，所接受教育以至艺术修养的多方面。体验越深、越广情感就越丰富、越深刻，当然，童话家自身情感只是一方面，最主要的还得通过审美情感物化了的童话形象表现出来，即要塑造出具有丰富情感的童话人物和描写出具有丰富情感的情节故事和生动细节来。所以，童话家的情感表现实际上已远远超越了作者自身体验的局限，而是随着作品中人物情感的发展而自觉或不自觉地融入了作家许多创造性的情感想象，或带入了作家深入对象的情感再体验性。比如安徒生所塑造的"海的女儿"——"小人鱼"，尽管这一人物融入了安徒生在爱情生活中的种种丰富的情感体验，表达了他对美好爱情的热切向往，但这一人物所表现出来的丰富的情感性，主要还是作者以主体丰富的审美情感对对象所做的体验的结果。

第三，感情要独特。优秀的童话家无不都有自己的主观感情，无不都有对生活的独特的个人情感的体验，无不都有将主体情感熔铸于客体对象的独特的方式。情感的个别性与深刻性是紧密联系在一起的，愈是个性化的情感表现，就愈能体现出情感的深度和广度。比如郑渊洁和冰波他们的感情倾向不同，一个大胆热烈、无拘无束；一个细腻沉郁、内心丰富，因此作品也就自然地表现出完全不同的两种情感格调。孙幼军《怪老头》的情感体验无疑也是十分独特的，在"怪老头"的身上熔铸着多重情感的表达。从表面来看，他无疑是一个"老顽童"，童心十足。但实际上他是作家理想中的对孩子充满了关爱和理解的成人形象，寄托着作家对孩子的深深理解和热爱，只不过作家将之童话化、神奇化，让

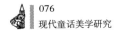
孩子更容易接受和喜爱。审美情感的个体性充分显示出童话家的独特的审美心理功能，它的发挥将大大有助于美的发现和发掘，有助于童话多样风格的形成。

从以上的探寻中我们不难看出，童话家审美感受的独特是因为它既包含着主体（作家）带有强烈情感色彩的、活生生的、对于生命的价值和意义的感性把握，同时它的这种感性把握又必须十分巧妙地融化在它所外化的幻想艺术形象中。当然，无论外化的幻想艺术形式如何变化，它也始终离不开童话家最初的生命体验，情感、生命、意义始终是童话艺术所涉及的核心与本质。童话家所表现的、童话作品所显示的、接受者所领悟的，最终不正是情感、生命、意义吗？童话家心理能力的一个重要特征就是他的敏感性，即敏锐地感受世界、体验人生，从而产生丰富的情感与想象的积累和强烈的创作冲动。

第二章

形式美学：童话艺术形态的基本特征

前面我们所探讨的是童话家审美心理所感受的诸多方面，但审美心理所产生的意象毕竟还是属于意识范畴的，童话家还必须要把意象物态化，即制作成艺术品，这就有了审美表现的实践性活动。没有这种实践性活动的审美感受的诸般心理形式，也就失去了它存在的意义。为了表达审美心理，在实践活动中就形成了一定的规则。这种形之于外，也就是用一定的规范性语言符号和结构系统加以固定的外形式，久而久之就具有了一定的稳定性，使创作者有章可循，给读者也提供了较为稳定的审美范式。从心灵化到客观化的中介就是审美传达活动。童话在长期的审美实践活动中也形成了某些比较稳定的审美表现、再现的手法、技巧，从而能够展示反映对象的多方面的性质和多样化的风貌，能够通过具体的描述和艺术处理，来传达童话家的审美感知、情感、理想等等，能够沟通审美创作和审美欣赏的联系，使童话家创作的作品获得更为丰富的审美素质。我们将从童话形象美学、叙事美学、结构美学、类型美学等方面来探讨有关童话形式美学的诸多表现。

第一节　童话形象美学特征

与小说的基本审美范畴是人物形象的塑造一样，童话也主要是通过实体感很强的童话形象的塑造来完成童话家对于生活的折射反映、解释、说明，表现作家的审美情感的寄托、审美理想的表现，并进而以美感形式来满足欣赏者的审美需要。几乎每个童话都少不了人物的贯穿，人物演绎着故事情节，展开着他的生活，表现着他的性格情感风貌，而且深深地影响着童话的成败。在一个孩子的成长过程中可能读过无数的童话，但到最后，能真正留在他脑海里的，也许就是那些个性独特、造型独特、情感独特的栩栩如生的童话人物形象吧。比如"灰姑娘""小红帽""人鱼公主""丑小鸭""快乐王子""匹诺曹""爱丽斯""大林和小林""神笔马良""孙悟空""猪八戒""怪老头"等。他们之所以能够长留在读者记忆中，都是因为作家赋予了他们鲜明独特的童话形象特点，而令人终生难忘，记忆犹新。

然而，童话人物塑造与小说人物塑造最大的不同，在于它曾经经历过一个长期的"类型人物"创造的历史时代，这就是古典童话的时代。古典童话以创造出种种丰富多彩的类型化形象而深受历代小读者的喜爱，而且它也是以其类型化的特色树立起古典童话特有的美学风貌。古典童话的类型人物尽管刻板雷同，却基本确立了童话人物的基本类型，即常人体、拟人体和超人体三种基本人物形态。当然，现代童话和古典童话在人物形象塑造的观念上已经有了很大的不同，尽管在大的基本形态上它们大体是一致的，但在本质上已有了很大的区别。以下我们不妨分两个部分来分别谈谈古典童话和现代童话在创造人物形象上各自不同的美学追求。

一、古典童话形象的美学特征及其存在方式

所谓古典童话是区别于作家创作的文学童话或现代童话的一种经典性的口传文学样式，也有的把它称之为传统童话。它在民间文学的土壤里长大，在民间文学中占有着不可忽视的数量和地位。由于这类故事以幻想性占绝对优势而著称，因此也把它称作幻想故事。古典童话是民众在长期的历史过程中与自然界斗争、对自身社会的不断认识、对人与人之间各种关系认识的经验累积。人们试图把自己的经验、历史、社会科学知识、宗教信仰、生活习惯、教育观念等通过吸引人的幻想故事情节、人物、主题来传授给下一代。所以，传统童话主要注重的是其文化的意义，而并非其艺术意义。正因为注重的是文化意义，演绎的是文化精神，因此传统童话的人物塑造也就大体上体现了这种带有一定人类的共性和民族性的思想和文化的精神，比如某一类人物体现某种思想，某一种形象代表某种精神，久而久之就形成了一些固定的童话类型。比如天鹅处女型、灰姑娘型、大拇指型、两兄弟型等等。类型化人物的一大特征就是特别容易辨认，因为这些人物有自己固定化的特征，代表着某种思想和文化精神，不会轻易变更，读者很容易记忆，也很容易理解。由于他们不受环境的影响，所以始终留在读者的心中，能唤起读者的亲切感。传统童话始终受到各个时代的小读者的好感，并不因岁月的流逝而消解它的艺术魅力，很大程度在于它的类型化人物的成功塑造。

传统童话在类型的生成上存在着某些世界意义的共性，这一点我们不难从世界各国的传统童话中发现。但是东西方不同的文化背景、思想观念、历史传统、风俗习惯、民族意识等方面的差异，又使这些相似的固定类型表现出了某些细致的差别。比如在东方流传甚广的民间童话类型"老虎外婆型"，在西方则为家喻户晓的"小红帽型"，两者都是表现小女孩智胜猛兽。但一个以"老虎外婆"的形象来演绎故事，另一个则以"狼外婆"的形象出现。这就是不同地域的自然生态不同而产生的差异；再如西方的"白雪公主型"和东方的"白鹅女型"都是表现受继母迫害的小女孩历经九死一生的磨难后，最终靠神灵的庇护而得到了幸福。然而，"白雪公主"的娇嫩、高雅和"白鹅女"的善良、纯朴又分别代表了东西方民族不同的理想追求；还有西方的"天鹅处女型"与东方"蛇郎型""田螺姑娘型"都是描写仙女与凡人的结合、离异，只是由于东西方民族不同的文化心理因素，一个表现得比较浪漫，而另一个则表现得更为朴实含蓄；此外，像中国著名的"七兄弟型"，充分体现了东方民族提倡和睦团结，依靠集体的力量来战胜强敌；而西方则有勇敢的"小缝衣匠型"和"士兵型"，也是充分体现了西方民族的提倡依靠个人奋斗，赞美勇敢无畏精神品质的个性特点。的确，东西方类似的童话类型还有很多，例如"灰姑娘型""三根金头发型""大拇指型""青蛙王子型""负心汉型"等，这些形象类型东西方大体相似，但由于产生的文化背景和风俗习惯的差异，所以在童话形象上就有了细微的差别。比如王子变成了聪明英俊的英雄；公主变成了富家的女儿；和尚代替了牧师；圣母玛丽换成了幸运女神；助人的神通常换作了龙王等。这些形象类型在细节特征上的变化，使东西方的童话类型保持了各自独特的民族风味。那么，是什么原因使传统童话形成了如此广泛的国际性相类似的童话类型呢？有人说是因为它们同出一语系（印度或阿拉伯语系），也有人说是出于人类处在相同社会发展的阶段上，经历了某种共通的生产生活方式和社会心理而形成的。这当然可以解释一些童话类型的现象，但实际上还应当注意的是传统童话所形成和流传的共同的方式，无论东西方都是通过人们口头流传的方式一代一代加以修改完善，这种相同的说故事形式久而久之也就形成了许多特定的表现手法和人物塑造的套路，而人类社会某些共通的伦理道德观念也极易形成某些相类似的故事演绎套路，所以东西方童话类型的相似性是不足为奇的。此外，当然也不能忽视东西方文化交流对传统童话的互相渗透和影响。西域曾经是东方通往欧洲的大门，从历代搜集的民间童话看，维吾尔族、蒙古族、藏族等西部民间童话与西欧的传统童话最为接近，童话类型也有更多的共同之处。而同时，西域与内地的经济文化交流自然也不可避免地对民间口传的童话产生影响。这种互为渗透使民间童话的类型就更为接近和稳固。传统童话类型的演化是一种长期而缓慢的文化进程，除了数量的增加和故事情节的完善，几千年来几乎无根本性变化。类型化的人物特征也就成为传统童话区别于现代童话的最显著的形式美学特征。

传统童话的类型化曾经是现代文学童话模仿的榜样，也是突破的参照体。十九世纪西方童话所走过的道路证实了这一点，后来，风格化的现代童话形成的突破口就在于对童话人物形象塑造的革命，由类型化的模式向个性化塑造的发展。因此，传统童话类型化对现代童话的发展有着非常重要的意义。此外，传统童话类型创作中所体现的积极的浪漫主义与现实主义相结合的精神实质也对现代童话的创作起着重要的影响作用。在对传统童话类型的分析时，可以清晰地感觉到在表层叙述中，传统童话用大胆的幻想及大量的变形人物、动植物和自然现象，充分表现自己的浪漫主义色彩。当然，最终它揭示的仍然是现实社会深层的文化心理结构。因此，大量用变形、幻想创作的传统童话充满了社会伦理、价值观念、世态炎凉的说教，充满了现实社会生活的气息。传统童话用自己幻想的翅膀创作出了一个个具有现实意义的形象类型，使浪漫主义和现实主义精神巧妙地糅合在一起。这一童话精神对现代童话创作影响极大，可以说现代童话基本上继承了传统童话的这种精神，只不过将自己的创作向更加个性化和风格化的方向发展，而突破类型化对作家的约束。当然，后者的突破正是建立在前者伟大的贡献上的。

二、现代童话形象的美学特征及其存在方式

给童话带来一场真正革命的是十八、十九世纪西方资本主义社会的迅速崛起，以及随之而形成的西方新文学思潮的强有力的冲击。伟大的童话作家安徒生以及与他同时代的其他一些作家，以他们天才的童话创作才能和卓越的艺术见解，终于冲破了传统童话类型的种种束缚，为现代童话形象个性化的塑造闯出了一条全新的道路。

　　童话由类型化向风格化转化是传统童话向文学童话创作过渡的关键。安徒生的整个童话创作非常鲜明地体现了两个时代童话不同的色彩。早期童话依安徒生自己说："都是取材于幼时听过的老故事，不过是用我自己的态度写的罢了。"（《我的一生》）尽管安徒生在这些童话中融入了自己丰富的艺术想象，进行了许多的艺术加工，但传统童话类型化的色彩是根深蒂固的。例如：《大克劳斯和小克劳斯》显然属于"两兄弟型"；《拇指姑娘》则属"大拇指型"；《牧猪人》《打火匣》则类似于"贫民与公主型"……传统童话的艺术素养陶冶了安徒生，使他迈出了走向童话世界的第一步，类型化人物的塑造也为他日后走向自由度更大的个性化童话人物的创造打下了坚实的基础。十九世纪中叶，西方风起云涌的社会生活，使安徒生这个从底层生活中挣扎出来的人民的作家不能不视而不见。当他强烈地意识到传统童话类型已不足以表现丰富多彩的社会生活和内心情感时，那么他对传统童话的突破已是必然的了。以对现实社会的深刻剖析和思考为创作宗旨，安徒生的童话迈入了现实主义创作的轨道，如果说《海的女儿》《野天鹅》等作品尚含有传统童话的意蕴的话，那么后来的《丑小鸭》《卖火柴的小女孩》《柳树下的梦》等一系列作品就完全是不折不扣的现实主义童话了，反映了安徒生一生个人奋斗的艰难道路，以及那一时代下层人民的不幸命运。安徒生的童话也逐渐形成了自己独特的艺术风格：优美抒情的笔调，淡淡的忧郁色彩，以及不动声色的讽刺幽默。当然最让人心动的是他塑造的一系列性格鲜明、坚忍而坚毅的童话形象，已完全摆脱了传统童话人物类型化的束缚，童话创作也由此进入了一个崭新的创作境界。

　　在安徒生之后的十九世纪其他一些作家也为童话进入现代文学童话的轨道做出了各自的贡献，如英国诗人王尔德以他的《快乐王子》等多篇童话力作为现代童话增添了无穷的光辉。他的童话深刻地触及时弊，塑造了"快乐王子""小矮人"（《西班牙公主的生日》）等令人难忘的童话形象，而且以他唯美主义的诗风奠定了他的童话风格。意大利作家科洛迪的《木偶奇遇记》、英国作家卡洛尔的《爱丽丝漫游奇境记》分别以出色的童话形象"匹诺曹"和"爱丽丝"的成功塑造而开创了大胆的夸张和离奇的幻想式的童话风格。总之，真正形成了作家自己的创作风格，才使童话有了一场伟大的变革——彻底摆脱传统童话类型化的束缚，而进入现代童话的创作进程。时代造就了一代作家，同时也促使了文学童话时代的来临。

　　现代童话的一大特征就是她的非常个性化的形象塑造，也就是遵循人物创作"典型化"的原则。这些童话形象丰富多彩，作家在特定的童话情境中去塑造每一个不同特点的童话人物，他们个性鲜明，不同于普通的、流俗的"那些个"或"那一群"，在一定程度上体现了作家对生活的认识、感悟与美学理想，有比较丰富的现实社会意义和个性意义。比如"丑小鸭""小矮人""匹诺曹""爱丽丝"……他们鲜明的个性化特征和丰富的社会学意义及美学理想都是十分突出的。此外，比较传统童话人物类型，现代童话人物显然更加生活化，是现实丰富多彩的人物画廊的折射反映。尤其是二十世纪以后的当代童话创作，这种生活化的特征就更为明显，几乎是完全吸纳了小说塑造人物的方法，又融入了小说写实化的表现手法，加上其本身的幻想魅力，使童话人物的个性特征更趋细腻、丰富与独特。"小熊温尼·菩""长袜子皮皮""小飞人卡尔松""玛丽·波平斯阿姨""蜘蛛夏洛"等一批精彩卓绝的当代童话形象的诞生，充分表明童话人物的塑造已完全纳入了小说化的个性人物创造的美学原则，而彻底摆脱了传统童话人物的类型化的束缚。

尽管从个体来看，童话采用的是小说刻画人物的方式，但童话人物之所以不同于小说人物是由于童话固有的特征，也就是童话人物刻画的方法可以千变万化，人物的性格类型可以千变万化，但童话基本的人物类型，即：常人体、拟人体和超人体这三大形象特征仍然不变。现代童话各种人物形象最终仍都可以归结到这三种基本类型中去，这就是童话人物的艺术魅力。那么，这三种童话人物类型在现代童话中的基本的美学特征又是什么呢？下面我们来具体分析一下：

1. 常人体形象

所谓常人体形象，即童话中所描绘的与现实生活中的常人相似或相近的人物形象。它通常有两种类型：一种是与生活中的常人完全相似的一般常态人物形象；另一种则是用变形的艺术手法处理过的变形常人形象。变形常人形象，尽管在外形上或夸张、缩小、扭曲，但仍然保留了常人的基本特点及个性品质，所以终究还是归属于"常人形象"。

我们先来看第一种类型：一般常态人物形象。

这种人物形象在童话中非常多见，比如《大林和小林》中的"大林"和"小林"，尽管他们的出身相同，都是劳动人民的儿子。但由于日后所走的道路不同，因此最终形成两个阶级的对垒。在小林身上寄予了作家的理想，因此，小林自始至终是个灵肉健全的劳动者的形象；而大林则是作家所谴责的剥削阶级的代表，因此，作家便有意用夸张的手法加以丑化，以至达到变形。但他的变形与"变形常人形象"仍有所区别。此外，像《宝葫芦的秘密》中的王葆，《"下次开船港"》中的唐小西，《爱丽丝小姐》中的爱丽丝显然都属于一般常人体形象，尽管他们的经历奇特，历经各种磨难，与形形色色的童话人物打交道，但始终不失一个正常人的本性。这类童话的魅力在于，作者往往让这些生活中的普通人生活在一个非常奇妙的童话境界中，以现实与幻境的巨大反差来演绎出神奇有趣的故事。

再来看第二种类型：变形常人形象。

变形常人形象通常使用变形的手法将人物作变形处理，或大或小，或怪异或奇趣，变幻莫测，扑朔迷离，带有作者极大的创造性。比如像安徒生的童话《拇指姑娘》，所塑造的"拇指姑娘"就是一个从花朵中生长出来的小女孩，她的个子还不到拇指的一半长，娇小而美丽。安徒生采用的是缩身法，缩小常人形体，创造出了拇指姑娘这一变形的常人形象，并把她描绘成纯洁的天使、光明的追求者、美的化身，使拇指姑娘的形象，蕴含了丰富而生动的气韵。再比如《大人国和小人国》中的"巨人"和"小人"用的也是缩身和夸张的手法。变形常人形象在童话创作中运用十分普遍，是童话人物塑造中的一种常见的人物类型。它给童话创作带来了无穷的创造力，也给小读者带来了无穷的乐趣。

2. 拟人体形象

童话创作中，利用拟人化手法赋予人以外的各种事物以人的生命和特征而创造出来的综合形象叫"拟人形象"。拟人形象一方面具有事物本来的物性特点，另一方面又具有所要表现的人物的思想、情感、言谈、举止和性格，使人的性格特征和物的形象特征巧妙地结合在一起，达到"人性"与"物性"的高度融合。拟人化手法，使拟人形象变得更富有幽默感和趣味性，可谓神形兼备。当然，在创作中由于作家的着眼点不同，有时侧重于物性的表现，对于人性，只稍作描绘，这种拟人化的目的，只是为了使事物的形象更加生动突出，让生动的形象来帮助儿童认识事物而已；而有时则侧重于表现人性，事物只不过是一种寄托而已，作者主要目的是想借事物去表演、展现和刻画人的思想情感、生活感悟及性格特点，因此，突出的主要是人性的特点。

作家进行拟人化创作时，是以每一种动植物和无生物的"物性"为基础，进一步结合所要比拟的人物性格特征、行为特征，并且赋予他们人的思想、情感、言语、动作，让他们以物的躯体去表现人的思想行为和性格特点。因此在童话中，这些经过作家用拟人化的手法创塑出来的形象，就具有了双重的生命——物的生命和人的生命。他们的生命空间变大了，活动性也变强了，既超乎原来物的本能，又具有常人所不能企及的能力。现代童话中很多美丽动人、活泼有趣的形象，就是这样塑造出来的。比如像安徒生的《丑小鸭》中的"丑小鸭"，就是一个非常典型的拟人体的童话形象。这只受尽凌辱的丑小鸭，是从来历不明的天鹅蛋里孵化出来的。因此,他在鸭群里必然显得出众的庞大、丑陋,在鸡鸭中受孤立是必然的。然而"只要是天鹅蛋,生在养鸭场里也没关系",丑小鸭最终还是显露出了他的庐山真面目,变成了一只美丽高贵的白天鹅,这是内因必然要起的变化。丑小鸭曲折的遭遇比附了人间的世态炎凉,他美丽的向往,象征着人类对美的永恒的追求。这一形象正是人性和物性最完美的结合,所表现出来的生活根基是毋庸置疑的。再比如严文井的《小溪流的歌》是以"小溪流"这一物体作拟人的,小溪流的形象同样象征着人类的一种磅礴进取的精神。严文井的另一篇童话《春夏秋冬》是以季节拟人。春秋气候宜人,作家把它们拟作两个温柔和善的姑娘,这是非常恰切的。而冬天冰封雪飘整个大地犹如鹤发白须的老人,夏天则万物生长,蒸蒸日上,显示出蓬勃的朝气,很像血气方刚的青年。作家分别把它们比拟为春姑娘的父亲,秋姑娘的哥哥,同样合情合理。拟人化形象要注意的就是,拟人的原型或与人类的气质、性情上有某些相通之处;或者同人们对它的传统的习惯性的看法、评价相吻合。这样的虚实相交,才能使人感到近情近理,合乎逻辑。

当然,童话作家在进行拟人化时,除了以既有的物性做参考外,还可以尽量发挥自己的想象力去构思创造,只要合情入理,作家应该享有更大的自由度,依据他的逻辑思考和创塑所需，为这些被拟物创塑必要的思想、性格、感情、言语等。作家所塑造的拟人形象，要新奇有趣，甚至于荒唐离奇也无妨，因为有时候越是荒唐离奇，越能制造出趣味性的效果来，也越能博得小读者的喜爱。

3. 超人体形象

童话中具有超乎常人力量的神魔法术，能施行超自然的奇迹，可以无所不能，无所不知，无所不为的人物形象，就是"超人形象"。超人形象包括神仙、鬼怪、妖魔、精灵、超人等超自然的童话人物。其美学特征通常是在人的基础上，赋予形象以神奇的艺术特征。或是将自然力量人格化，或是将动植物神格化。古典童话多以超自然的神仙魔怪形象为主，以魔法和宝物来体现它们能呼风唤雨、法力无边、变化多端的超人力量。比如像古典童话《金鹅》中帮助小儿子多哈德的小老头，就是一个无所不能的神仙老人，他以善恶作为取舍标准，让贪心自私的两个哥哥得到了报应，让善良、乐于助人的多哈德实现了他的美好愿望。现代童话中的超人形象，已逐渐摆脱了古典童话时代所拥有的古老的魔法、宝物的束缚，而逐渐以现代科技的超自然力量来体现一种现代的超人形象，他们的威力更大、也更具魔力。比如像日本童话《铁臂阿童木》中的阿童木、《机器猫》中的机器猫、美国童话《超人》中超人,中国童话《海尔兄弟》中的海尔兄弟等都是非常著名的现代超人形象，他们充分体现了现代高科技的神奇力量。拟人形象的创造毕竟还有一个事物的原型作依据，而"超人"的魔术、神奇力量既虚幻又不着痕迹，带有极大的想象力和创造力，如果作家的想象力不够反而会显得很生硬，或是让读者摸不着头绪。"超人形象"的塑造，关键就在于"虚中有实，实中有虚"，体现了作家出色的幻想力和对科学的预见性、推测力。当然超人形象中"宝物"的设计也极其重要，它们与超人形象一般是紧密结合在一起的，帮助超人实现他们超自然的神力。它们表面上看起来可能只是一件平凡无奇的东西，但却被赋予了法术和神力，因此能够施行出令人惊讶的奇迹，成为无所不能的"宝物"。当然，它们的活动必须依附于人物，并且受人物的操纵和控制，它们作用的好坏完全由主人的意识而决定，但结局通常都会遵循"好人得宝享福，坏人得宝遭祸"的童话正义原则。"宝物"既是人类知识和技能的神化，同时也是人的想象力和思想感情物质化体现。比如"机器猫"的"百宝袋""超人"的"神奇服装"，都是"机器猫"和"超人"实施神奇魔力时不可缺少的物品，否则他们便无"法"可施。当然，"宝物"有时候也会运用在常人体童话中，帮助常人实现他们原先不可能实现的愿望。比如像《宝葫芦的秘密》中的"宝葫芦"，它即使主人公王葆实现了他的许多欲望，同时也让他为此吃尽了苦头，并由此得到了深刻的教训，这里体现的仍然是童话正义的原则。

童话三大人物类型的美学特征使童话保持了它亘古不变的文体魅力，现代童话的人物创造尽管千变万化，但其人物类型的归属始终未离开过这三大体系，这便是文体特性的顽强表现，失去了这一特性，或许也就失去了童话。

第二节　童话叙事美学特征

神话传说是童话的童年，因此它毫无疑问地继承了神话传说的叙事性特征，并进而强化了这一特征，而使童话变得更为丰富多彩和吸引人。童话之所以让小读者入迷，很大程度上归功于它叙事的精彩。优秀的童话无不具有一个十分诱人的故事情节。比如安徒生的《丑小鸭》所叙述的美丽而忧伤的丑小鸭的故事，曾感动了一代又一代小读者。其叙事的动人一直为人称道。快乐而又具有深刻教育意义的《木偶奇遇记》的故事同样令全世界的小读者着迷。那么，什么是童话的叙事呢？

一、童话叙事的功能

"事"即故事的"事件"；"叙"即事件的"次序"。

"叙事"的本意就是按照事实发生的先后顺序，一一加以描述出来。为了使"叙事"更逼真、更精彩，不但可以将事实加以形象的提炼，或浓缩，或夸张，或变形；而且还可以将事实发生的前后顺序加以必要的调整安排，使故事更紧凑、更吸引人。所以通俗地说，所谓"叙事"即如何来编故事。要使故事好看、精彩，是需要讲究一定的技巧的。

童话叙事技巧中最关键的是如何将一系列有因果关系的事件，按作家的创作理想或需要，加以合理地创造性地安排，使事件的展开在一定的新次序下，获得新的生命、新的意义，以增进童话的精彩度和可读性。现实空间往往是无序的、随意的，或一般的、不起眼的，甚至是抽象的。而童话作家所创造的艺术空间，却是有序的、严密的，有特性的、新颖而具体的，否则，就不可能创造出精彩而吸引人的童话故事。

童话的叙事，必须以侧重于事件过程的描述和强调情节的生动性、丰富性为主，才能充分发挥叙事的功能，即叙事的表现效果。表现效果的好坏直接关系到童话的成功与否。一般地说，童话的叙事功能主要有：表意、逻辑与媒介等几方面。

（一）表意功能

作品是作家与读者间相互沟通的媒体，作家通过作品来向读者传递信息和交流情感，童话内在思想、情感的传达或揭示，都包含着"表意功能"的发挥。叙事的最终目的，实际上主要还是为了"表意"。因此，童话叙事的每一个部分的描述，也都具有单独的"表意"作用。

《丑小鸭》中的"丑小鸭"，有着传奇般的一生经历，他的每一次磨难，实际上都寓含着安徒生坎坷一生的人生感慨，他对世态炎凉的深刻认识，对拼搏奋斗的人生道路的坚定信念。安徒生以十分生动细腻的描述，把丑小鸭的一次次遭遇和心理状态形象化地表现出来，明确地传达出了作家深厚的情感，使读者被深深地感染，并因此准确地把握住了作品的内涵。

叙事如果要达到有效的"表意"功能，至少要注意以下几个方面：

1. 人物的情感或性格要富有变化

作家所描述的人物形象不能一成不变，情感或性格要在叙事中不断地起伏变化，使读者能透过对比进而领会到作者所想传达的旨意。比如丑小鸭一开始并未感到自己与众不同，他竭力想与大家和睦相处。然而，随着一次次的遭受冷遇、被无情地嘲讽，他也越来越为自己的丑而感到深深的自卑，以至于最后只得远离大家，在远僻的野外，独自与严冬抗争。然而，当严冬过去，春天来临时，丑小鸭在绝望中竟意外地发现了自己已经变成了一只美丽高贵的白天鹅。这时候他是多么高兴和幸福！但他一点也不因此而骄傲，因为一颗好的心是永远不会骄傲的。他想起他曾经怎样被鸡鸭等迫害和讥笑过，而现在他却听到大家说他是美丽的鸟中最美丽的一只鸟儿。此时，他从心底里发出一个最快乐的声音："当我还是一只丑小鸭的时候，我做梦也没有想到会有这么多的幸福！"丑小鸭情感上的巨大变化来自于他外形的悄悄变化，以及由此带来的大家对他看法的巨大转变，这不仅扭转了以后情节的峰回路转，也鲜明地体现了作者的旨意，给读者以思想上的引导。

2. 事件的叙述要有承前启后的作用

事件的叙述绝不只是孤立静止的，必须要有接前与续后的功能。丑小鸭之所以会变成美丽的白天鹅，绝不是异想天开的偶然变化，而是因为他原本就是只误混在养鸭场里的天鹅蛋，所以他的最终转变是必然的。当然，在他转变的过程中，作者让他吃尽了苦头，经受了百般的磨难，让他在磨难中经受考验，磨炼意志。最后，当春天来临时，"丑小鸭"从外形到内心都发生了根本性的变化。作家所设置的悬念到此也最终得以完全揭开。

3. 悬念设置的重要性

要使童话故事写得更吸引人、更扣人心弦，在叙事中就要注意悬念的运用。悬念是设置故事情节不可缺少的艺术手法，推动着情节一步步向高潮发展，吸引着读者步步深入，最终悬念解开，故事结束，读者也有一种恍然大悟之感。

比如在安徒生的《丑小鸭》中，"丑小鸭"的身世始终是一个谜，在吸引着读者。他为什么长得与别的鸭子不同？他是一只真鸭子吗？他受到鸭子们的嘲笑，最后的命运会怎么样呢？这便是悬念的设置。为揭开这个谜，作者为丑小鸭设置了重重困难和冲突，丑小鸭先是被赶出了养鸭场；接着，又差点被猎人打死；好不容易被一位老太婆收留，却又遭到母鸡和雄猫的嘲笑……这一切为丑小鸭最后命运突变的高潮作了极好的铺垫。因此我们说童话的故事发展应始终牢牢把握三个要点：第一就是要悬念不断，要始终让读者心存好奇和期待：下面怎么了？结果会如何？而且每一次变化都要尽可能地出人意料，给人以紧张、忧虑或惊喜、惊讶之感；二是讲究情节的环环相扣，一波比一波精彩，一波比一波有趣、激烈。这样，才能始终吸引着读者的兴趣；三是适当穿插一些有趣的情节和细节，以便打破过于忧伤或沉重的气氛。如在叙述丑小鸭悲苦的经历时，作者就时不时地穿插一些有趣的细节，对调节悲伤的气氛起了很好的作用。当然，这样的穿插必须恰当、协调，否则便会弄巧成拙。

短篇童话的开头就要有吸引力，这就需要设置悬念，比如："什么东西长了五条腿会在天上飞？""这种东西是没有的？""但是某某同学在上学的路上就看见了这种东西……"或者让主人公一上来就陷入困境，然后再层层解围；或者一上来就列出一个奇怪的现象"方太阳""天上掉下个大馅饼"等。接下来还要注意情节发展的一波三折，短的一个波折，而长的则需几个波折，波折之后最好还要来个突然的反弹，用意想不到的办法来解决，这叫出奇制胜。

在故事情节的编排中，悬念的设置可以有多种多样：可以是一开始就布下谜点，然后步步深入，为这个谜点设置重重障碍，并在最关键的时刻突然出现转机，揭开谜底。就如《丑小鸭》所运用的技巧。还可以在故事的进展中不断设置一些新的悬念，重重悬念构成故事的扑朔迷离，推动情节向高潮发展，而在高潮的顶点突然露出了转机，揭开悬念，给人犹如"山重水复疑无路，柳暗花明又一村"的感觉，就好比一些侦探小说中常用的层层布疑和步步推理的手法那样。当然这种手法更适宜在比较长一点的童话中使用，毕竟它需要有一定的篇幅来叙述。总体来说，巧妙地设置悬念是加强童话的故事性、吸引力的一种非常重要的表现手法。

（二）逻辑功能

逻辑是一种思维的规律。每个作家都有每个作家独特的创作逻辑，甚至每一类、每一篇作品，作家都会运用不同的逻辑思考。逻辑思考的目的是为了使作品文本更有效地保持内部联系的一种"秩序"，而且这种"秩序"使创作者的思维更为清晰、有条理；也给阅读的接受者一种有章可循的指向。正因为逻辑是作家创作的思维系统，所以自有它的脉络和导向，它既包括事物外在的规律，也包括事物内在的因果关系，这些都是作家在叙事逻辑中必须要考虑到的。童话作家的逻辑思考既有与一般叙事文学作家在逻辑思考上的一些共同的规律性的东西，同时它还有童话创作逻辑思维上的特殊性。总体来说童话的叙事逻辑通常包括"时序逻辑""序列逻辑"和"物性逻辑"三个方面。前两者是叙事性作品的共性特点，而后者则是童话叙事逻辑的特殊性。下面我们分别对这三个方面作些阐释：

1. 时序逻辑

所谓时序逻辑即指叙事时基本上按照事件发生的先后时间顺序——叙来，不打破线性时间的叙事方法。采用这样的叙事法的好处是线索清晰，读者比较容易把握情节发生的线索，比较稳当。但缺点是缺乏时间跨度的跳跃变化的效果。此种叙事法在传统童话中运用比较普遍，比如格林童话中的《灰姑娘》《勇敢的小裁缝》等依照的都是这种线性时叙逻辑。现代童话尽管也延续了时序逻辑的叙事法，并也有许多出色的作品，比如安徒生的《海的女儿》《豌豆公主》，王尔德的《快乐王子》《巨人的花园》等，但更多的还是趋向于运用更富有变化效果的序列逻辑，或运用时序逻辑与序列逻辑兼用的叙事法。

2. 序列逻辑

所谓序列逻辑即主要是以事件叙述的逻辑排列来叙事，而不太考虑时间先后的顺序。也就是叙述是按项进行的，将所有的项依次叙述出来，序列就完成了，前一项与后一项有一定的因果关系。所以序列逻辑的叙事法可以将原本不连贯的叙述段组合起来，从而构成作品的情节，并且因此增大信息量，使情节更为丰富，表现的面也更为广阔，更接近世界立体的存在状态。同时，它也避免了叙述的平直、呆板。由于打破了时间和空间的顺序，因此使想象和感受更能天马行空任意驰骋，创作者的自由度相对来说就更大了。比如卡洛尔的《爱丽丝漫游奇境记》就是典型的序列逻辑的运用，时空的转换扑朔迷离、变化多端，故事充满了神秘莫测的气氛。周锐的《F星：十三月五十九日》更是完全突破了人类一般概念上的时空观念，将宇宙荒诞意义的时空观引入童话，从而使童话的叙事更具有了幻想的荒诞美的意义。而安徒生的《丑小鸭》则是典型的时序逻辑与序列逻辑的混合运用，整个故事情节的发展，是以"序列"构架，时序为辅，作者将事件序列置于大跨度跳跃的时间洪流中，而时间的顺序则隐而不显，只偶尔提示，读者能从中大致把握"丑小鸭"童年、少年、青年成长的大的时间段。在每一个时间段中，又有若干个事件序列发生，每个事件自成一个独立的小空间，若干个小空间又扩充成一个大空间，因而能将丑小鸭在不同时空背景下的成长历程，生动而全面地描述出来。

3. 物性逻辑

相对于前两个方面主要是叙事性作品的共性特点，"物性逻辑"就更具有童话特性的意义。童话叙事的"物性逻辑"源于童话家对幻想对象的物性规律的把握，在这一问题上曾出现过不小的分歧：一种观点认为童话的叙事也必须符合自然规律，否则就成了胡思乱想了。这一观点过于保守，实际上任何童话都难以遵循。在童话中诸如猫狗会说话，桌椅板凳会走路会嚷嚷，那是很平常的。而与此相反，另一种观点则认为，童话根本不必遵循自然规律，要求童话作家遵守自然规律只能束缚住作家的手脚，扼杀他们的幻想力。这一观点又走向了另一个极端。事实上童话作家在叙事中，并非完全不顾客观规律，即通常童话界所说的"物性"特点。关键是童话叙事所遵循的"物性"往往只是选择其物性特征的某一点，而不是任何特征都照顾到。此外，所选择的这一"物性"特征还是非常讲究的，一般选取物性特征中最能突出其特点的，能与另类鲜明区别的、让人一眼就能区分的"物性"特征，从而保证了物的"本性"。除了保证物的"本性"，其他的则完全可以充分放开。也就是童话"物性逻辑"既受一定的物性控制，而在更大范围中又大可超越物性的束缚。假如童话的叙事幻想一点也不敢摆脱物性的控制，必然会阻碍童话幻想的释放；相反假如童话的叙事幻想完全不顾及物性的束缚，任由驰骋，那么又势必会在某些方面造成物性的逻辑混乱。

因此，"取其一点，不及其余"是贯彻童话叙事"物性逻辑"最恰当、最有效的原则。比如猫和鼠在现实生活中无疑是一对天敌，猫捉老鼠天经地义，老鼠在人们的心目中总是非常可恶。然而，在童话中这一物性属性特点常常被淡化或被忽略。它们常常成为好朋友，或正反面的位置颠倒。比如《蟋蟀奇遇记》中的猫和鼠是一对很好的朋友；《舒克和贝塔历险记》中的小老鼠是为民做好事的正面形象，老猫却成了欺凌弱小的反面形象。这时候的猫和鼠都只是作为童话人物的符号而已，即作为童话世界的公民出现，它们代表的只是作者观念上的某类人物，或者说作者只是利用了它们的某些物性特征，来做更大范围的畅想。比如根据老鼠能量小和猫的貌似强大来充分展示"弱小战胜强大"哲理幻想，于是就有了迪士尼的《猫和老鼠》，有了郑渊洁的《舒克和贝塔历险记》。此外，像《敏豪森奇游记》中的敏豪森伯爵用猪油作枪弹打回一大串野鸭子等极度夸张的叙事，作者遵循的也只是物性的某一点，比如猪油十分滑腻，可产生润滑作用这一特点，至于猪油能否作枪弹，野鸭吃了以后是否会真的滑出肠外等物性特点，作者就根本不去顾及了，他追求的就是这种极度夸张的艺术效果。这就是童话"物性逻辑"不同于其他叙事文体的特殊之处，也是童话"物性"的艺术魅力所在。

（三）媒介功能

在童话的叙事中，作者有时候会在情节的过程中穿插进一些并非童话情节本身直接需要的，也非童话人物的叙说、对话等，而是作家因自己的体验、印象、感悟而即兴发挥的补充说明、提示或议论等的独立段落文字，借此媒介前后的叙事，激发读者的想象和阅读兴趣。这种功能就叫作"媒介功能"。比如安徒生的童话中就常有一些人生感悟性的抒发，以激发读者对生活的思考。比如《丑小鸭》中就时而有这种人生感悟式的抒发，尤其是作品结尾那段论说更耐人寻味："只要你是天鹅，就是生在养鸭场里也没什么关系。"这是安徒生一生奋斗追求的最深刻的人生体悟。而《老头子做事总不会错》结尾的议论同样耐人寻味："是的，如果一个妻子相信自己丈夫是世上最聪明的人，承认他所做的事总是对的，她一定会得到好处。"这些带有寓言式的议论，显

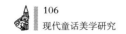

然是作家对小读者启发式的引导。

对于叙事媒介的功能，孙建江曾在他的《童话艺术空间论》中有过很精辟的阐述：

> 故事叙述过程中不断插入的段落，其目的不在于连接前后故事，使情节的过渡自然完整。因为这些段落所容纳的是当事者浓缩了的心理感觉，这些感觉并不直接从属于故事的发展。也就是说，这些感觉的存在与否对作品情节的本身发展并没有什么影响。相反，从局部看，这些不断出现的心理感觉很不规则，很"零乱"……不断出现的心理感觉，就使得作品出现了某种"间隔"。但是另一方面，这些不断出现的心理感觉，它与作品故事情节的发展是一种若即若离，似离非离的关系……从总体上看，不断出现的心理感觉由于作品故事情节的发展相互补充，形成了一个统一的有机体。间隔化达到了最佳的介入效果。①

可见叙事媒介功能最主要的还是强化作家感悟、体验对读者的影响力，同时也拓展了童话情节空间的张力。

综上所述童话叙事功能的交错发挥，使童话叙事得到完美的效果，不仅使童话的情节得以顺利展开，而且使得叙事更有序，童话艺术空间也得到进一步的凝聚。

---

①孙建江：《童话艺术空间论》，湖北少年儿童出版社1990年版。

二、童话叙事的构成

跟一般的叙事性作品一样，童话情节故事的组成，最先由许多最小单位的"细节"组成"事件"，或大或小，或多或少的事件又分别组成了作品的"开端""发展""高潮""结局"等四个部分，这四个部分构成了童话完整的情节故事。由此可以看出写好细节是很重要的，它是情节和事件的基础。细节是文学作品中描写人物的言谈举止、事件的发展状况、景物情态等等的最具体、最细致的描述，细节使人物、事件等更为逼真和生动。《丑小鸭》中的许多细节都十分精彩，比如有一段描写丑小鸭与母鸡、雄猫的对话就特别精彩："你能够生蛋吗？"母鸡问。"不能！""那么就请你不要发表意见。"于是雄猫说："你能拱起背，发出咪咪的叫声和迸出火花吗？""不能！""那么，当聪明人讲话的时候，你就没有发表意见的必要！"……短短几句对话，便将母鸡、雄猫的专断、骄横、狭隘与丑小鸭被鄙视、处境的艰难表现得淋漓尽致。

一个完整的童话故事大致由开端、发展、高潮、结局等四个主要部分所组成，这是比较正规的格式。但在具体操作过程中并不那么呆板，可以灵活安排。下面我们来具体了解一下这四个过程的构成情况。

1. 开端

开端是整个童话故事的起点，是后面一系列事件的引爆点，具有爆发和开启情节的作用，也影响着情节发展的方向。简明而有力的开端蕴藏着奇妙的诱惑力，会激发读者强烈的好奇心。开端一般用非常简洁的语言写出时间、地点、人物及发生了什么事件即可，没有详细解释和说明的必要，以便让情节尽快展开。传统童话的开端大都比较套路，比如："从前，有一个地方，住着一对老夫妻……""很久很久以前，在某国有一个仁慈的老国王……"现代童话的开端虽然没有固定的模式，但讲究简洁明了却是共同的。这里应注意以下几点：一是应尽量单刀直入，废话少说；二是要尽可能地引起读者的注意和兴趣，激发他们的感官情绪；三是也可以对结局有所暗示，设下悬念，引人臆测，急于探知下文。比如《快乐王子》的开端就很出色，先是描写美丽高贵的快乐王子塑像，接着描述了人们对他的各种评价，这些都暗示着快乐王子以后的故事和结局。再比如周锐的童话《生日点播》，开端就属于单刀直入式的："自从我们电台开办了生日点播节目，邮局每天增派一辆卡车替我们送点播信。我们高高兴兴地忙碌着，拆信把手都拆肿了，就改用牙齿。"开门见山，又充满了悬念。

2. 发展

发展即故事的主体部分，它由一连串相关的事件所构成，推动着情节向高潮发展。这里设置一系列的矛盾冲突和为人物设想一些困难和障碍是很必要的，在持续不断的冲突和困难中，会使人物的性格更为鲜明，主题思想更为明确，同时也为高潮的到来作了充分的准备。比如《丑小鸭》，在丑小鸭向白天鹅的转化过程中，作者为丑小鸭设置了重重困难和矛盾冲突，丑小鸭先是被赶出了养鸭场；接着，又差点被猎人打死；好不容易被一位好心的老太婆收留，却又遭到母鸡和雄猫的嘲笑……这一切为丑小鸭转变的高潮作了精彩的铺垫。同样，《生日点播》的情节发展也是一波三折：当拆到万年青、万年红、万年香三胞胎兄妹为父亲生日点播的信时，居然发现三胞胎兄妹为父亲生日点播的时间和喜爱的节目都不同，那么究竟父亲的生日是哪一天，偏爱的又是什么节目呢？重重悬念将情节进一步推向高潮。可见，童话的发展部分也应把握三个要点：一是应悬念不断，要始终让读者心存好奇和期待：下面怎么啦，结果会如何？而且每一次变化都要尽可能出人意料，给人以紧张、忧虑，或惊喜、惊讶之感。二是要讲究情节环环相扣，一波比一波精彩，一波比一波有趣、激烈。这样，才能保持人物性格的统一与事件本质的一致性。三是适当穿插一些有趣的情节和细节，以便打破过于忧伤和沉重的气氛，或过于平板的叙述。比如在叙述丑小鸭悲苦的经历时，安徒生时不时地穿插一些非常有趣的细节，对调节整体较为忧伤的气氛起了很好的作用。当然，这样的穿插必须恰当、协调，否则便会弄巧成拙。

3. 高潮

高潮是矛盾冲突发展的顶点、高峰，也是决定人物命运和前途的关键时刻，而且主要的冲突和困难、主要人物的性格、主题思想等等都得到最充分、最集中的展现。因此，高潮可以说是整个故事漩涡的中心，是最能给读者以惊奇、意外的时刻。《丑小鸭》的最后写美丽的春天到来的时刻，就是全篇的高潮：在度过了严冬最困难的日子，丑小鸭在不知不觉中长大了，当他绝望地等待着那些高贵的鸟儿来弄死他时，他却在水中的倒影中意外地发现自己竟也已是一只美丽的白天鹅了。这一突如其来的变化犹如峰回路转，豁然开朗，的确给人以意外的惊喜。正如安徒生在作品中所说："只要你是天鹅，就是生在养鸭场里也没有什么关系。"这是多么意味深长的话语啊！《生日点播》中的高潮是最后三胞胎兄妹的父亲来解开了这个谜，三胞胎兄妹居然谁也没说对父亲生日的时间和喜欢的节目。然而，父亲还是为孩子们的生日点播而快乐无比，因为"要知道，他们是当孩子的呀，我们是当父母的呀。"可怜天下父母的"拳拳之心"可见一斑。高潮的设计最讲究紧凑集中、出其不意、不落俗套。好比足球的临门一脚，前面的传切、配合都是为了最后那关键的一脚。

4. 结局

结局是故事的最后结果，也是收尾。到了这个时候矛盾冲突和困难都已解决，人物和事件也有了明朗的结果。由于结局是紧接着高潮的下落而到来的，因此收尾要戛然而止，切忌拖沓，并且留有给人回味思索的空间。好的结局往往给人以意犹未尽、品味再三的感觉。比如王尔德的《巨人的花园》，收尾就很有意味：巨人老了，他的灵魂跟着小天使上了天堂，而孩子们看见巨人躺在一棵树下，满身覆盖着白花。这满身的白花是上帝对不再自私的巨人的赞美，也是孩子们对巨人的深情怀念。这一结尾的确给人意犹未尽之感。

结局的处理可以用各种不同的方法：有意味深长式的处理，似乎还未写完，其实是作者有意留有的空间，让读者自己去品味。就像《巨人的花园》的结尾。也有启发式的处理，在结局中寓含启示，但这启示并不是靠单纯的说教表现出来的，而是在形象化的描述中自然而然地表现出来的。还有的是用理想化、希望式的处理。在结局中表现出对某种美好理想和愿望的向往和追求，或者显示出某种希望的曙光、美好的前途。当然这几种方法有时也可交叉使用，既意味深长，又富有启迪意义；既满含着希望，同时也具有一定的启发性。短篇童话的结局尤其重要，因为它往往起到画龙点睛的重要作用。

第三节　童话结构美学特征

如同其他文学门类一样，童话也离不开结构艺术。结构既是文学的一门"编织艺术"，也是一门"建筑艺术"，童话家依据特定的时空排列组合起童话作品的艺术"大厦"，其中组合是童话创作的关键性步骤。在取材、立意等方面都较佳的情况下，结构的新颖、独异往往成为作品具有艺术生命力的关键。

童话是儿童文学中的一种特殊文体，以幻想为其根本特征。但童话的幻想并不是一种虚无缥缈，毫无依据的幻想，而是以现实生活作为其最坚实的基础，然而又完全是超现实的。因此童话幻想的本质，实质上是曲折、间接地反映了现实生活，是现实生活的一种折射。正因为童话幻想的复杂性，所以必然产生童话结构的复杂性：一方面它要处理好幻想与现实的关系，既表现出幻想的广阔空间，又体现出一定的现实本质和精神，创造出一个只有在童话世界中才会有的幻想的境界；另一方面才是对具体材料、各部分、各要素、空间、时间的设计安排和组合。所以，要创作出成功的童话作品，首先要解决好的就是现实和幻想如何组合的问题，要能使幻想和现实尽量融合得巧妙、合理、天衣无缝。然后，才考虑如何按照这两者结合的逻辑组织安排好各部分的材料，按时空序列巧妙地加以排列组合。这就是童话结构美学的特殊性。

一、幻想与现实的结构组合

现代童话最初的结构方式与传统童话一样大都以"单线结构"为主，也就是主要以幻想这一条线来构思、组织材料，现实生活的反映只是通过幻想的形象、幻想的意境隐讳折射出来，而并不作为另一条线索组织处理材料。所以它的结构形态是幻想的"单线结构"。无论是王尔德的《快乐王子》，安徒生的《海的女儿》《丑小鸭》，还是贾尼·罗大里的《洋葱头历险记》《假话国历险记》等童话，都是以幻想这一条线来组织安排各部分材料的。《快乐王子》通过幻想的童话形象"快乐王子"和"小燕子"的所见所闻、所作所为按时间顺序来排列和组合；《海的女儿》《丑小鸭》也是通过"小人鱼"和"丑小鸭"这两个幻想的童话形象的变化发展的时空序列来构成的；而《洋葱头历险记》和《假话国历险记》则是按照幻想人物"洋葱头"和"小茉莉"所经历的不同场合来结构材料。总之，尽管排列组合千变万化，但都是以幻想这一单线来结构组合却是一致的。现实并不作为另一条独立存在的线索出现，而是通过幻想的意境，折光反映出来的。所以，都属于传统童话的结构——"单线结构"的组合法。

随着童话艺术的发展，现实生活的因素越来越多地渗入童话，传统的单线结构必然满足不了表现丰富多彩的生活和幻想的内容，于是，向小说及其他文体多层次、多线索的结构方法学习，当代外国童话开始逐步向"双线结构"的新形式发展。让现实和幻想这两条线同时在作品中生存，真幻交替，互为映衬，给人一种扑朔迷离，既逼真而又奇异的感觉。童话素以幻想的大胆奇特而著称，这种似真似幻，结构层次变化多端的新形式更增添了幻想的奇特性，因此，给人以耳目一新之感。

"双线结构"不同于"单线结构"，它要同时处理好现实与幻想两条线的材料，并按内容所需安排主次、虚实，加以不同的排列组合。这使得"双线结构"比"单线结构"有了更丰富的表现形态，它时而可以让幻想作为主线贯穿，时而也可以以现实作为主线深入，时而又可以让两线并驾齐驱……"双线结构"使童话艺术向着幻想的自由王国又迈进了一步。"双线结构"的组合形态大致有以下几种状况：

1. "双线平行"的结构法

双线平行是最典型的"双线结构"形式，吸取的是小说写实与童话幻想并存的写作手法。现实生活和幻想世界在作品中同时并存，现实中的人和幻想的童话人物各自都有自己生活的世界，但互相之间关系密切，尽管没有直接的语言对话，但能用各自的心灵去体会对方的感情、思想。两线情节平行发展，然而又互有关联。例如美国作家乔治·塞尔登的《蟋蟀在时报广场》和另一位美国作家怀特的《夏洛的网》用的就是典型的"双线平行"的结构法。

《蟋蟀在时报广场》主要描写的是切斯特的一段奇异的经历。作品以"双线平行"交替前进的手法同时展开两条线索：一条是以蟋蟀切斯特为主角的童话幻想的线索；另一条则是以卖报报童马里奥为主角的现实生活线索。蟋蟀切斯特原本住在美国康涅狄格州的乡下，由于贪吃，钻进了旅行者的食品篮，被意外地带到了纽约中心的地下火车站，由卖报摊上的卖报孩子马里奥收养。在这小报摊上，切斯特结识了早就在附近的老鼠塔克和老猫哈里，他们成了好朋友。切斯特天才的演奏技艺使他的朋友高兴得忘乎所以，闯了不少祸。后来终因撞翻火柴盒，引起一场大火，烧毁了小报摊，使马里奥一家濒临破产的困境。然而，又是切斯特给马里奥一家带来了欢乐的转机。他那模仿力极强的弹奏乐曲惟妙惟肖，吸引了众多的听众，使小报摊从此生意兴隆。可后来切斯特又因厌倦世俗，离开了马里奥和他的朋友，回到了乡下。这是作品童话幻想的一条线。

而另一条现实生活的线是以马里奥一家的生活为背景的。马里奥是二十世纪六十年代美国穷孩子中的一个代表。他小小年纪就整天在报摊卖报，没有同龄孩子的欢乐，没有应该属于他的游戏。他偶尔捉住的一只小蟋蟀便成了他的好朋友。小小蟋蟀给了他无穷的乐趣与欢乐，他把自己的爱完全倾注于小蟋蟀身上。他爱听切斯特的演奏，然而他又反对把切斯特作为招揽顾客的招牌。切斯特悄然离去，只有他最理解、感受最深。作者逼真地写出了六十年代美国穷孩子寂寞、寒酸的生活境遇，以及他们那纯洁、美好、充满同情心的感情，现实意义十分深刻。

这两条线在作品中交替出现，两线的情节发展是平行的，具有双重色彩。马里奥尽管经常与切斯特接触，把切斯特作为最好的朋友，但是它们互相间没有直接的对话，感情的交流是通过一种默契，互相用心灵的撞击去感受对方，始终没有打破两个世界的界线。这就使作品结构上呈现出一种多层次、多色彩的独异性，有着与单线结构不同的特色。

《夏洛的网》同样采用这种两线平行结构法，又稍有变化。蜘蛛夏洛和小猪威伯同住在农场谷仓的地窖中。夏洛在老鼠坦普尔顿的帮助下，设巧计骗过人们，在网上织出赞扬威伯的字，从而搭救了威伯的生命。这是作品幻想的主线。

同时，作品的另一条线主要对美国农场生活作了真实的描绘。表现了善良的小女孩芬对威伯的同情、喜爱和帮助；也表现了美国社会中一些世俗的偏见、盲目崇拜上帝、过分相信奇迹和追求虚名的庸俗、愚昧，现实感非常强烈。

作者将童话世界中的善良、真诚和现实社会的庸俗、虚伪对照起来写，显然加深了现实的寓意，使作品显示出深刻的哲理性，表现了作者的追求与向往。这两条线层次清晰，然而互不可分，连接两线的关键人物是小女孩芬。与《蟋蟀在时报广场》中的小男孩马里奥唯一不同的是，芬不仅能用孩子热爱小动物的心灵去体会对方的感情，而且还能以孩子般的幻想听懂小动物们的谈话，这更加深了她对威伯和夏洛的感情。但她始终也并未介入他们的谈话，仍旧保持两个世界一定的界线，所以，这一人物仍属现实生活中的孩子，是作者塑造的理想的人物。

尽管两篇童话各有特色，但它们的结构仍然是一致的，都吸取了小说创作的特点。这种小说和童话交替的写法优点在于，作为现实中的真人无须利用幻想的手法进入童话世界，而作为童话人物也无须打破小说常规进入到现实生活，可以各自保持原有的特性，保持两个相对独立的世界。这样便于更真切地表现现实生活、表现人与人之间复杂的思想感情，使现实生活能更逼真地在童话中生存。因此，作品的真实感显然比单线结构的童话要更强烈，也更能使小读者感到真实、亲切，为童话与现实更自由的结合开辟了新路。

2. "两线糅合"的结构法

此种结构法由童话式的人物的活动构成幻想这一主线，而让这一主线融于现实生活的线索之中。也就是让幻想式的人物直接生活在现实社会中，与现实中的人和事打交道。由于幻想人物的奇特性，所以在现实生活中必然会发生许多不平常的事。这种双线结构尽管幻想这一线是主线，有它的独立性，然而它又必须融于现实生活之中才能显示出它的奇特性，所以两条线是紧密融合不可分离的。例如瑞典作家阿·林格伦的《小飞人三部曲》《长袜子皮皮》；美国作家怀特的《小老鼠斯图亚特》；英国作家拉夫弗斯的《随风而来的玛丽·波平斯阿姨》等童话都属于这类结构。

《小飞人三部曲》包括《住在屋顶上的小飞人》《小飞人又飞了》《小飞人新奇遇记》三部。这三部童话的主角有两个，也由此构成了现实和幻想这两条线索。一个是小家伙，完完全全是个现实生活中的孩子，他跟所有的孩子一样，很听话、很规矩。然而他却十分孤单寂寞，因为哥哥姐姐比她大得多，没人跟他玩。这一来，"住在屋顶上的小飞人"——卡尔松这个幻想式的人物就出现了。卡尔松会飞，可是他并不是用翅膀，而是十分现代化的装束：背上有个像直升机似的螺旋桨，肚子上有个控制飞行的按钮。卡尔松大胆得令人吃惊，满脑子的鬼主意。就是这样一个童话人物怂恿小家伙做了很多原先不敢做的事，闯了许多祸，使他的性格起了很大的变化。小飞人的形象正如瑞典教育家所说：是林格伦所塑造的"儿童被压抑的最狂野的幻想的化身"。当然，在作品中小飞人是一个独立的存在，作者把他写成一个顽皮透顶的孩子，然而本质并不坏，也乐意帮助人，只是不愿受任何拘束。作者让他自由自在地生活在现实之中，并对小家伙产生巨大的吸引力。这种现实和幻想既糅合而又独立的结构使作品的双重色彩颇为奇特，既能把它作为描写现实的小说来阅读，又能把它当作充满幻想色彩的童话来欣赏。

这类结构塑造成功的幻想形象，使他能自然不受拘束地生活在现实中是构思的关键。同样，"长袜子皮皮""小老鼠斯图亚特""玛丽阿姨"等形象都是比较成功的童话形象。他们能以特殊的方式、超人的特点生活在现实社会中，与现实生活中的人们打交道，并影响着他们，使幻想这条主线十分自然和谐地糅合在现实生活这一背景之中。

3. "两线交叉"的结构法

这类结构采用小说和故事与童话幻想故事相结合的写法，主要通过现实中的人加以穿插。假如中心人物在现实生活中活动，这部分可完全当作小说和故事来欣赏；而当中心人物跳跃到幻想的童话意境中时，这部分则又不折不扣地成了童话故事。真幻两线交替出现，情节则有一定的连贯性。例如日本女作家中川理枝子的童话《不不园》就很典型。

这部中篇童话的结构非常别致，它由《郁金香幼儿园》《捕鲸》《稚子》《不不园》等七个短篇所组成。这七个短篇有一定的连贯性，主人公是小男孩茂茂。其中有些篇章完全是生活故事，例如《郁金香幼儿园》，写的是"郁金香"幼儿园中"星星班"和"玫瑰班"的生活。茂茂是小班玫瑰班的调皮鬼，经常惹出一些麻烦。而有些篇章则完全是童话故事，例如《山野小熊》《大狼》等。写了山野小熊也到玫瑰班来上学，引起了大家的好奇、骚动，以及茂茂等小朋友联合起来抓住大灰狼的两个故事。其中还有些篇章则是生活故事和童话故事的结合，交替出现。例如《捕鲸》《稚子》等。在《捕鲸》中，作者先描述了"星星班"的男孩子用积木搭起了一只漂亮的船，"星星班"的男孩们都坐上去了，他们准备出海去捕鲸，茂茂也想去，可是星星班的大孩子嫌他太小。一会儿，他们真的把这积木船开到海里去了，还居然捕到了一条大鲸，可是因为鲸鱼太大了，幼儿园的游泳池太小，所以鲸鱼告别了小朋友，又回到了大海。明明是在现实中搭积木玩，可是居然马上变成了真的船、真的大海、真的鲸鱼，而且不用任何"桥梁"，当然这只有在童话中才可能出现。这种由现实生活直接而自然地进入童话幻境的结构的确让人感到十分新奇。

"两线交叉"现实和幻想忽隐忽现、若即若离的手法无须设置任何幻境的门槛，使童话和现实融为一体，加强了童话的真实感和奇特性，使读者感到更加有趣。但在处理两线交错时，应十分注意自然、和谐，使读者不感到跳跃的突兀、生硬。

"双线结构"法还有好多种，由于作家表现技巧和表现内容的不同，双线结构产生了各种不同的组合形态，这充分显示出双线结构的变化美，也从另一方面证实它比传统单线结构有了更丰富的表现形态。童话的双线结构打破了传统的单线结构只能靠幻想的形象、幻想的意境，隐讳地、间接地反映现实生活，而让现实生活直接进入童话，表现更为广阔、复杂的社会生活内容，使童话的现实性和真实感加强了，为童话向现实靠拢，让生活真面目在童话中的出现作了开拓。由此可能会有人提出疑问：童话向现实靠拢会不会削弱童话的幻想性？因为童话本是以幻想作为其根本特征，而幻想又是超现实的，这似乎令人感到有些矛盾。实则不然，因为，别忘了双线结构的结构形态是以"双线"——现实和幻想这两条线共同构成的：一方面是现实生活的真实反映，另一方面则又是童话世界奇异的幻想，两者越是结合得巧妙合理，就越能展示出作者丰富的想象力。所以，双线结构让生活直接扑入童话，绝不会削弱童话的幻想性，反而会加强童话的幻想力。这正是矛盾的辩证统一。

童话的"双线结构"使作品的容量显然增加了，因为它一方面要表现幻想世界的内容，另一方面则又要表现现实生活的内容，还要表现两者之间的密切关系，这一结构的复杂性本身就必然使作品的主题和内容呈现为多层次和多侧面。例如《蟋蟀奇遇记》，既展现了童话世界的友谊、善良和同情；又表现了现实生活的复杂性：有小男孩马里奥的善良和孤苦；有以马里奥一家为代表的美国下层劳动人民生活的动荡不安；还有美国世俗社会相淋漓尽致地揭示……所以，这样多线索、多头绪的主题内容显然难以在"单线结构"的童话中表现，而"双线结构"则恰恰具备了包容较为丰富复杂的主题和内容的条件。也正是由于这一原因，双线结构一般比较适宜于表现具有一定长度、内容较为丰富的中、长篇童话，使几条结构线能比较充分地展开。

童话的"双线结构"实则也是巧妙地利用了儿童的心理特征。分析儿童的心理，想象的成分中带有很多幻想性。特别是幼儿，现实生活和童话世界对他们来说几乎无甚区别，绝无明显的分水岭，他们可以随时步入幻境，又可随时回到现实中来。儿童的心理是现实和幻想交织的心理，儿童的世界是现实和幻想交织的世界，因此童话的"双线结构"就恰如其分地应用了儿童的这种心理特征，将现实和幻想巧妙地编织在一起，真真幻幻、虚实相映，使童话具有了多层次、多造型的变化美，可以从各个角度、各个侧面去更充分、更丰满地表现主题、内容和塑造各种性格的童话形象。

　　"双线结构"也使童话摆脱了传统结构手法的束缚，打开了广泛借鉴其他文体的表现手法，特别是小说丰富的表现技巧的道路。它有助于丰富童话原有的艺术手段，为加强童话的艺术性开辟了新的通道。当然，双线结构的处理也有一定的难度，假如两条结构线处理不好，就容易产生生搬硬凑、互不协调的感觉，成为既不像小说，也不像童话的"四不像"。所以作家在构思时，既要细心地安排好两条线各自的线索和逻辑，又要妥善处理好现实和幻想这两线的交错、排列，使两线既有相对的独立性，又能自然和谐地相互依存，不至于互相之间在逻辑结构中产生矛盾。

　　当代童话"双线结构"新倾向的出现并不是偶然的，而是有其深刻的社会背景和文学自身发展的规律。当代西方社会科学技术的高度发展为儿童提供了新颖的视听艺术，使他们较早地接触到了成人社会。独生子女的增多，使家庭结构也起了很大变化，孩子们耳濡目染大部分都是成人社会的生活、成人思想感情，所以尽管他们的思想行为中仍含有孩子天性的幼稚，但不能不承认他们非常的早熟，他们的思想感情要比社会高度物质文明前的儿童要复杂得多。而传统单线结构的那种纯粹是幻想式的、带有理想主义的美好描写，一方面难以概括社会生活的复杂性、多层次性和人的思想感情的丰富性；一方面也必然满足不了儿童读者欣赏的需求。这势必促使童话艺术形式的更新，而"双线结构"恰恰具备了比单线结构更富有变化艺术，能反映出更为广泛、真实的社会内容。所以，"双线结构"既是适应了新的历史潮流，也是适应了儿童读者欣赏水平的提高，它的出现并非偶然。

此外，"双线结构"的出现，也或多或少受到了成人文学中"反文学"倾向的影响。正如法国作家莫里亚克所说："最优秀的作家总是设法用文学的手段去表现难以言传的事，但是在可能的情况下，要用反文学的手段去表现。"用反文学的手段，作家的目的当然主要是为了增添艺术的表现力，并以它的新颖、独特吸引读者。于是出现了一些违反传统文学标准的反小说、反戏剧、反诗歌等现象。而在童话中，则也出现了反传统创作方法的"反童话"的倾向，不再用单纯的幻想手法表现主题内容，而是吸取小说纪实的一些手法，让现实生活直接进入童话，让现实和幻想并驾齐驱，共同完成塑造人物形象，表现多色彩的生活和多层次思想感情的任务。

总之，当代童话"双线结构"的新趋向，既是社会发展的必然，现代生活对童话的深刻影响，也是童话艺术发展的必然。人们永远也不会满足于单一的表现形态，而总是不断地在探索艺术形式的新方法、新形式。当然，我们在肯定童话的"双线结构"时并非否定传统的结构形态，而是肯定"双线结构"发展和丰富了童话的艺术结构。传统的"单线结构"曾经创造了诸如《海的女儿》《快乐王子》等那么多富有永恒生命力的传世佳作，而且它仍有可能创造出更多的优秀童话。但是，有一点是必须肯定的，传统的结构形态也必然在新时代、新思潮的冲击下有所更新，增添符合时代潮流的新特点，这样才仍能使传统的结构形态放射出奇异的光彩。

二、童话一般的结构体组合

与小说等叙事文体相似，童话叙事的结构体组合艺术主要就是时间与空间的结构艺术。尽管童话与小说不同，反映的是一种超现实的幻想空间，但这幻想空间与现实空间一样，同样都是由时间与空间的组合构成的，只不过一个是现实存在，而另一个则是幻想的虚拟存在。所以在一般的叙事结构体艺术上两者并无太大的区别，都是由时空角度的设计；时空线索的安排；时空容量的截取；以及时空展现的把握等几个步骤构成的。所不同的只是在童话"双线结构"中它还必须要同时处理好现实与幻想的结构组合。

第一、时空角度

时空角度是童话结构在空间方面首先要考虑的。当有了既定的结构核，即有了一个大致要表现的童话艺术幻想生活材料后，想展现它的全部具体内容，就必须考虑选择最恰当的展现角度，寻找最好的突破口。这就好比摄影，同样是照人，但如何选择最佳的角度，摄取最佳的镜头却大有讲究，也是对摄影家的艺术能力的最好检验。对童话家来说，选择角度同样十分重要。往往会有这种情况：一个不错的幻想材料，由于入手角度不好，而使童话无法展开，或是写完之后却毫无意趣，无任何值得关注的新鲜意味。所以，有经验的童话家往往非常重视时空角度的选择。比如周锐，其实"名片"这个题材在他的笔记本里已静卧多年，只是一直寻找不到合适的表现角度。当他有一天突然想到在动物世界中让弱者小兔子来使用一下名片的设想后，他兴奋地发现，终于为

"名片"寻找到了最佳突破口和表现角度。于是，现实生活中有的人利用名片唬人而大捞好处的现象在童话中得到了最形象的阐释。所不同的只是，作家在作品中是从正面去表现小兔子机智地利用名片去战胜强大的敌人的。一般情况下，结构核展现的第一步，应首先是设计角度与方位。

设计角度可以有如下选择：

方面：正面、侧面、反面。

视野：以大喻小、以小现大、全景素描。

焦点：外在世界为主、内在世界为主。

其实，对客观事物本身而言，并无正面、侧面、反面之类的分别，分别它们的主要是审美主体人的眼光。比如"名片"本身无所谓正反面，但作家却可以选择不同的视角去加以表现。如果打算从反面去表现，作家就可以选择让它被别有用心者所利用，而成为助纣为虐的工具。而周锐则是从正面去表现的，让它成为弱者小兔子战胜凶恶强者的有力武器。从以上例子中我们不难看出，设计角度除了体现审美主体独特的眼光，其含义还应包括人们观察事物的习惯角度，比如对角色正反面的认识，很大程度依赖于人们习惯性的观点。比如小兔子、小松鼠等小动物是弱者，狼、虎、豹等是凶恶的强者。但也有作家故意颠倒这种习惯性的认识，而让那些原先属反派的角色在童话中充当正面角色。比如郑渊洁

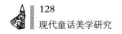
的《舒克和贝塔》就让原先在人们心目中人人喊打的小老鼠当了一回英雄。在童话中这种反串还是时常会发生的。

从角度设计的正面表现来看，其特点在于它可以直截了当、清晰自然地将所要表现的幻想生活内容呈现给小读者。尤其对小读者来说正面的东西比较容易理解和接受，与他们所受到的基础教育相吻合。因此，在童话中比较多地采用正面表现的视角，尤其是低幼童话更是如此。比如《萝卜回来了》《雪孩子》等都是很典型的正面表现的作品，歌颂了一种朋友之间互相关爱的高尚品德。《海的女儿》《丑小鸭》等也都是选择从正面切入去表现的。

所谓侧面表现主要是指对某些内容有时很难从正面直接去表现，比如对一些社会现象、时风世俗、社会流行观念等不宜从正面直接去表现；或者恐怕正面表现太直接，不够新颖、吸引人、太平淡；或者受篇幅、容量的限定等。这种情况下，就可以选择从侧面或几个侧面去反映主体。这种角度的变化，往往可以使童话的结构新颖独特、含蓄精巧。

此种表现一般在短篇童话中最为多见。比如安徒生的短篇童话《豌豆上的公主》就很典型，写公主的娇嫩并不直接去写，而是通过让公主去睡在放了一颗小豌豆而又垫了二十床垫子和二十床鸭绒被的床上去检验，最终寻找到了真正的公主。这一带有极度夸张色彩的侧面描写，既简洁而又新颖，巧妙地表现出了真公主的品质。《卖火柴的小女孩》也是从一个穷苦的卖火柴的小女孩，在新年的前夜冻死饿死在街头的生活侧面，揭示了贫富不均的罪恶的社会现象。

所谓反面表现主要是结构核的内容是表现正义的精神，却偏偏从邪恶的可憎写起；歌颂光明的伟力，却从黑暗之可恶出发。这种表现角度往往能更直接、更深刻地暴露出邪恶与黑暗，从而反衬出正义与光明的可爱与不可战胜。如安徒生的《皇帝的新装》便是从骗子利用上层社会的虚伪、矫饰来骗钱，并使愚蠢的皇帝当众出丑这一反面，来揭示统治阶级的虚伪、愚蠢与丑恶。而反衬这一虚伪世界的，是一个孩子道出的真话："可是他什么衣服也没有穿呀！"这句天真无邪的话语就像一道明媚的阳光，刹那间便把这个虚伪、阴暗的世界暴露无遗。当然，对于有些不良的社会现象，作者也可以通过童话世界的折射，从反面给予善意的讽刺，以达到弘扬正气的目的。比如周锐的童话《九重天》《蚊约》《宋街》等都是从这种角度出发去表现的。《九重天》通过对天界上下层的邻里纠纷，来讽喻现实社会中同样的现象；《蚊约》则通过主人公对蚊王的妥协而导致的严重后果，来讽喻和影射现实社会中对邪恶势力的妥协。

以上是从设计角度选择的面来看的，而从选择视野的范围来讲，则可以以小现大或以大喻小（以远示近），以及全

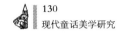

景素描式的表现。

以小现大是童话最常见的视野角度，大都通过一些小场景、小故事、小冲突来表现大的内旨，由点及面，来表现丰富的社会内涵。从广义上讲其实一般短篇童话由于篇幅所限，都是选择以小现大的视角的，只不过这里所说的场景与寓意之比显得更为悬殊一些。比如《卖火柴的小女孩》《皇帝的新装》其视野显然都很小、很集中，但反映和体现的社会内涵却是相当广泛和深刻的。

以大喻小的视角在童话中并不多见，一般采用在比较宏大的社会构架中来展现人物、事件和某些观念，其隐喻性较强。比如张天翼早期的长篇童话《大林和小林》《秃秃大王》和《金鸭帝国》就几乎都是采用在一个宏大构架中来展现，带有很强现实意义的童话世界的。《大林和小林》通过两兄弟不同的命运，来展现旧中国两大阶级激烈的矛盾冲突；而《秃秃大王》里的一个"秃秃宫"揭示的实则是旧中国腐朽、残暴的统治阶级的罪恶与没落；《金鸭帝国》的构架更是以童话特有的方式，概括了人类社会从原始社会、奴隶社会、封建社会到资本主义社会的整个发展过程，并通过一个"大粪王"罪恶的发迹史，揭示了资本主义崛起的残酷性。其隐含的主旨都具有很强的现实意义。由于以大喻小的视角通常需要比较宏大的构架，来展现结构核的内容，因此，一般适宜于在有相对长度的中长篇童话中来表现。

全景素描式的视角结构，实际上是一种类似于散文式的全面铺开式的表现方法。看似漫无边际，全景素描式地展开童话生活的场景和事件，质朴无华，无过多雕琢痕迹。被称之为"无结构之结构"，无角度之角度，有自然天成的艺术韵味。比如冰波早期的一些散文式童话：《窗下的树皮小屋》《桃树下的小白兔》《秋千，秋千》等作品。《窗下的树皮小屋》通过女孩与小蟋蟀之间纯朴的友谊交往来表现童真的可爱与纯洁。语言与结构均表现出散文的形散神凝的视角特点。《秋千，秋千》展开的视角更为开阔与纵深，其素描式的心灵展现也非常出色。

视角的焦点可以分为以外在世界为主和以内在世界为主两种。

所谓以外在世界为主，即主要以描写事物、人物的外部形态、动作和过程为主，通过外在形象来展现独特的童话生活。说得通俗点，就是童话叙事的角度主要重情节性、故事性的构造。而焦点之外的成分（心理、意识、情感、情绪等）则放在次要的、辅助性的位置。即使刻画童话人物的性格、个性特点，也主要通过人物的外在表现来加以展现。这种表现角度是童话最常用的表现角度，它可以使童话内容具体形象、生动活泼，情节性强，故事精彩。传统童话大都采用这种视角，比如《格林童话》《贝洛童话》等都是以情节、故事为展现焦点；现代创作童话大部分也采用这种表现视角，以情节、故事来吸引小读者，这也是根据小读者的审美特点所决定的。比如安徒生早期和中期的主要童话，郑渊洁、周锐的童话，大都采用这一视角，注重对人物与事物外在世界的精彩描绘，动态感强，情节性与故事性都较强。

所谓以内在世界为主的视角，是从心理小说与意识流等小说的表现方法中引介而来的，即将展现重心放在对童话人物的思绪、情感、意念、意识的演进、流动上，可以深入、直接地表现人物的心态，将以往童话中的"平面视图"变为"立体形象"，对展现人物性格的多层次与多面性非常有利。比如冰波的《那神奇的颜色》《毒蜘蛛之死》《蓝鲸的眼睛》等作品采取的就是以刻画童话主人公内在世界的心理、思绪、情感、意念等为主的意识流动的视角，对人物个性的塑造与情节故事的演绎，几乎都是通过对主人公内心世界的细腻展露完成的。当然，这一表现视角大多运用在以表现情感色彩为主的抒情童话中。

以上是从几方面分别来谈对角度的选择。但在实际运用中，童话结构的这些方面通常又会融合、交叉地加以运用，只不过在一篇作品中视角的选择总是有所侧重，因此，作家在创作中，必须理解、把握好这一点，根据内容与主题需要，灵活地来处理。

第二、时空线索

如果说时空角度的选择还只是童话结构体的外在考虑的话，那么，对时空线索的设计，就已是进入了作品内部的编织了。所谓时空线索，即结构线索，它是一篇或一部童话结构体的内在联系和纽带，统摄着童话的全部内容。童话无论采用哪种结构形式和类型，它都不能没有预先设计好的，并时刻依循的结构线索。它是童话的中枢神经，在无形中制约着童话各部分内容的具体展开。

1. 结构线索的品质

所谓结构线索的品质，是指童话结构体在时间与空间的展开时，内在依据的品类和性质。纵观各种各样的童话，其结构线索依据的品质大致有如下几种：

一是以童话人物的经历或性格为贯穿轴心而展开时空。这比较多见，比如安徒生的《海的女儿》《丑小鸭》；张天翼的《大林和小林》《秃秃大王》等。这些作品显然都是以童话主人公多舛的命运为贯穿核心来展开故事的。

二是以事件的发展变化过程为依据来展开时空。这在以注重故事性的童话创作中也是比较多的，如卡洛尔的《爱丽丝漫游奇境记》、罗大里的《洋葱头历险记》《假话国历险记》等都是以事件的步步深入发展为建构中心的，突出的都是主人公所经历的奇遇与历险。

三是以某种情感为基调，展开限定范围的时空，形成一种独特的艺术氛围。这种结构线不同于一般结构的有形"线条"，它既可以是有形的，也可以完全是一种无形的情感流动与氛围的体现。比如冰波的《老蜘蛛的礼物》写的是一只生命垂危的老蜘蛛，竭尽生命的最后一点能量，试图留下自己最后的一张网。而支撑它不顾一切完成这一使命的，是一股来自它内心深处的神秘声音的力量。而这一神秘的声音正是它内心情感强烈欲望的表露。整个作品的结构线正是建立在这一情感流动的氛围中。应该说《老蜘蛛的礼物》的情感线还是比较清晰可循的，而冰波的另一篇《那神奇的颜色》的情感线就不那么明显了。自始至终对小螃蟹具有巨大吸引力的就是新娘头上的红蝴蝶的"那神奇的颜色"，这是一种说不出的无形的情感力量，它使小螃蟹如痴如醉，为此疯狂，为此挣扎。显然，这里"那神奇的颜色"的象征含义并不那么单纯，而是体现了生命的多重含义。

应该指出的是，这种以情感为基调而组成的结构一般均运用于中短篇童话中，而并不适用于长篇童话。因为以情感、情绪叙写的童话毕竟有一定的局限性，不太适宜于表现比较广阔和纵深的生活，过于冗长而又缺乏故事性的支撑，会失去它特定的吸引力，而丧失小读者的。

四是以作者或作品中童话人物的意识流动方式来组成结构线索。这是吸收了西方现代派小说的表现技巧，使之与童话幻想的超现实主义特点相融合而演绎的艺术方法。主要是指"借用"意识流动的特点，自如地跳跃性地表述内容、设置篇章的结构形式。比如冰波的《秋千，秋千》《那神奇的颜色》就基本上属于此类结构。前者大致是随着兔妈妈与小兔白白对秋千的回忆与向往的意识流动的跳跃展开的；而后者则依据螃蟹与新娘对红蝴蝶结的遐想与猜测的意识流动的跳跃展开的。两条意识流动的线索交叉进行，跳跃非常灵活、自如。当然，由于意识流动与情绪、情感的思维特征的千丝万缕的内在联系，因此，这两种结构线往往互相交织，融为一体。但比较起来，后者的结构特点更富有跳跃性与随意性。

2. 结构线索的形式

所谓结构线索的形式，当然指的是结构具体呈现的方式。在决定了结构线索的品质以后，接下来就必然要考虑结构体内容的具体呈现了。根据结构核内容的总体需要，结构体的时空范围的呈现形式大致有：单线结构、双线结构、多线结构与片断组合式结构等几种。

（1）单线结构

所谓单线结构就是以一件事、一种情、一个主要人物或一种观念、一股意识为贯穿线索的结构形式。这在传统童话与现代短篇童话或微型童话中最为多见。比如传统童话中的《小红帽》《灰姑娘》《穿靴子的猫》等等,其结构线都非常单纯,围绕一个主要的故事、一个主要的人物展开,很少枝枝节节,让人一目了然,很容易理解和把握。现代短篇童话也大都采用此结构,如罗大里的短篇童话集《电话里的童话》、张秋生的"小巴掌童话"就是非常典型的单线结构。每篇都很短小,故事也很单纯,但又都很有趣。单线结构的特点就是内容清楚明晰,一目了然,人物之间的关系也比较单纯,使小读者很容易理解,尤其对年龄相对较小的孩子更具有吸引力。因此,在低幼童话中,这种结构最为常见。

当然,应该指出的是,结构单纯,并不意味着内容的单一与乏味,单纯的结构同样可以表现出非常丰富、精彩的内容,关键还在于作者的表现技巧与出色的想象力。

(2)双线结构

所谓双线结构是指在同一作品中,以两条线索的不同形态的组合来结构篇章。这种双线组合式的结构可以有多种组合法:有两线平行发展的组合;有两线交叉发展的组合;还有主副线、虚实线构成的双线索组合等,形态多样,组合自由,富有变化,因此,双线组合的结构显然要比单线结构可以表现更为广阔、复杂和多色彩的幻想生活内容,容量也可以更大一些。比如安徒生的《野天鹅》和《海的女儿》都属双线组合结构。《野天鹅》中历尽千辛万苦搭救她十一个哥哥的艾丽莎是一条主要的发展线；另一条则是有关她的十一个哥哥的情节发展线，两线时而并行，又时而交叉，互相关系密切，最终得以完美地融合，艾丽莎终于以自己顽强的毅力和常人难以承受的牺牲精神破了女巫的魔法，救出了她的十一个哥哥。同样《海的女儿》也是由"小人鱼"和被救却不知情的"王子"这两条线交叉组合结构的。由于"双线结构"需要有一定的容量来表现各自线索的内容，因此一般在中长篇或相对较长一些的短篇童话中运用。

（3）多线结构

所谓多线结构当然是指两条线以上的结构形式，它将某个童话幻想生活图景从多方面、不同层次、观念上分别加以叙述描写，并通过互相之间的对照、比较、补充印证，来更深入地表现主题和揭示生活的寓意。当然，这样的结构组成需要有比较大的作品容量和篇幅，因此，一般在中长篇童话中才可能运作。而且由于童话特定的小读者群的审美接受特点，它也不能搞得过于复杂和深奥，既要有清晰的层次感，同时又能够使小读者比较容易把握。冰波二十世纪九十年代的长篇童话《狼蝙蝠》就属于比较典型的多线式结构。这是一部内容非常丰富的科幻童话，是对远古智慧动物——恐龙家族中的"狼蝙蝠"复活的科学幻想。其结构比较复杂，从大的方面看，它有两条比较清楚的平行发展的线索：一条是以申教授为代表的人类探索古生物世界的线索；另一条是以艾莫为代表的上古智慧动物——狼蝙蝠生存状态的幻想发展线索。现实与幻想两线交叉，来展示人与自然尖锐的矛盾冲突。但实际上，在现实这一主线中，还含有多条对比式的结构线：申教授、司平教授和司平教授的女儿丽丽各自都有很清晰的情节线索，互相之间又各有印照、比较和补充，构成了错综复杂的人类社会对古生物不同的认识，表现了人性的多面性。而这三条线与狼蝙蝠这条线又都发生着关系，分别代表了人与自然既调和而又冲突的复杂矛盾关系。正因为这部童话这一多层次的结构线组合，所以使得它的内容看起来非常丰富，内涵也相当深刻与复杂，表现了作者丰富的想象力和对人与自然关系问题的深刻思考和认识。

童话结构线索的具体形态是丰富多彩的，除了上举几类形态，还可有其他的形态，由此也可延伸出其他各种变异的类型，这就需要创作者具有强烈的创新意识和不拘一格的艺术表现才能。应该说在内容与主题俱佳的情况下，结构体的创新意识就具有十分重要的意义了。

第四节　童话类型美学特征

　　传统童话的一大特征就是它鲜明的类型化特征，无论是结构、语言、形象、表现手法等方面都有一些固定的表现方式，比如一定的组织手法：善恶、报应、重重磨难之后获得的幸福等；共通反复使用的法宝：宝物、奇遇、仙人助法等；常用的结构法：三段式、回旋法等；以及一些故事传统的习惯用语："从前……""很久很久以前……""九沟九湾""九百九十九天"等等，由此也就形成了传统童话一些固定的类型。比如"天鹅处女型""老虎外婆型""大拇指型""两兄弟型"等等。只不过由于东西方不同的文化背景、思想观念以及风俗习惯等方面的原因，这些固定的类型在东西方有一些细微的差异。但随着现代文学童话的兴起，童话由类型化逐渐转为作家艺术特征的风格化，传统童话形象类型化的特征已渐趋消失，不同艺术风格的类型已完全替代了传统的童话类型。当然，艺术风格类型的划分更多的还是从美学特征上来加以区别的，比如从大的风格类型来分，有"热闹型""抒情型""哲理型"和"民族风格型"等。但从作家具体的艺术特点来看，每个人的艺术风格似乎又有其鲜明独特的风格特点，因此要进行艺术风格类型的划分显然是很困难的，也是没有必要的。当然，随着当代童话的繁荣发展，人们对童话艺术类型的划分又有了一些新的认识，除了从艺术风格类型上去区分；还可以从文体角度去划分；从题材、内容角度去划分，于是，当代童话有了自己的不同于传统童话的艺术类型的演变。关于艺术风格类型，我们将在后面的"童话风格类说"中再作介绍，下面先谈谈从文体角度和从题材、内容的角度来划分的当代童话类型。

一、文体艺术类型

当代文学创作各文体之间的借鉴已成了很普遍的艺术现象，童话当然也不例外，在发展自己的文体特征的同时，也广泛吸收了其他文体的一些特点，或者干脆借取其他文体的外形来演绎童话的故事内容，因此形成了童话丰富的表现类型。当代童话的文体类型主要可概括为这几大类：一是故事型；二是小说型；三是散文型；四是诗歌型。

1. 故事型

这一形式类型是对传统童话类型的继承和创新。特别注重于精彩幻想故事的建构和表现手法的创新，人物大多不作精细的刻画，主要是为演绎情节故事服务的。这一类型的当代童话尽管在故事的艺术形态上并无太多的改观，但在表现方法上，却有了很明显的变化：首先是叙述节奏上的明显加快，增加了信息的容量和密度，使情节更趋紧张扣人心弦。

这似乎是适应了现代化社会的快节奏和注重效益及信息的快速传递而起的变化。郑渊洁的《开直升机的小老鼠》、周锐的《元首有五个翻译》、彭懿的《女孩子城来了大盗贼》等作品都属于快节奏、情节相当精彩的童话。第二，是在想象的传奇性和意外性上下功夫，努力体现当代的传奇色彩，想象超凡脱俗，大大增强了故事的吸引力。比如戴臻的《侦探小说家和小偷》、王业伦的《有劳先生的乡下之行》就是两篇想象颇为离奇的童话。前者写的是一位颇有名气的侦探小说家被他笔下的小偷捉弄得莫名其妙、心惊胆战，而又无可奈何，最终只得放弃了写侦探小说的奇特经历。后者写的是一位颇为滑稽的有劳先生想去乡间走一趟，哪知桌子、椅子、茶壶，甚至连房间都要跟他一起去，最后一只神奇的布口袋帮了他的忙，但也给他惹了不少麻烦，不过有劳先生终于顺利地完成了他的奇异的旅行。稀奇古怪、神乎其神的想象，给人以滑稽、幽默和超凡的感觉。第三，是将现代人的意识、精神、品质及其高度发展的科技文明有机地渗入童话故事中，使作品充溢着现代生活的艺术情趣。比如周锐的《挤呀挤》将现代城市由于人口拥挤而造成"都市病"十分夸张离奇地表现出来，揭示了现代都市人被压抑而渴望一种精神宣泄；武玉桂的《蓝色的皮鞋》则通过一双老想踢人的奇特皮鞋，隐讳地揭示了商品经济大潮中的种种弊端；王蒙骏的《突然出现的电话》，则透过鲨鱼老爹与残疾少年贝儿的一段奇异的电话友情，表达了现代社会一些人所特有的孤独与慰藉的精神主题。童话家们以强烈的参与意识，将丰富的人生感悟和现代精神注入童话，并以时代同步的节奏与无限的想象使传统的幻想故事焕发出奇异的光彩，大大改变了童话故事类型的老面孔。

2. 小说型

这是童话走向现实，吸取小说创作技巧逐渐演绎而成的。它与现代派小说借鉴童话荒诞魔幻的艺术手法几乎同时发生。当代西方童话率先突破单调的传统幻想故事结构，而采用现实与幻想任意组合的"双线结构"，既能像小说那样逼真自然地描摹现实，真实地反映现代人复杂多变的精神、意识、思想，又能如童话那样天马行空自由舒展幻想的彩翼，时空组合十分自由、随意，使童话变得似真似幻更为扑朔迷离。美国作家乔治·塞尔登的《蟋蟀在时报广场》、怀特的《夏洛的网》、瑞典作家林格伦的《小飞人三部曲》《长袜子皮皮》等作品都采用这种或平行，或交叉，或融合的双线结构，取得了极大的成功。小说技巧的运用，使童话反映现实生活变得更为直接，而更为引人注目的是，它使童话能够摆脱故事人物类型化的羁绊，而像小说那样细腻地刻画人物，塑造出性格鲜明的"圆形"（立体）童话人物形象。构思的荒诞性与细节的逼真性的巧妙组合给传统童话带来了新的生命和活力，同时也打开了童话借鉴其他艺术形式的道路。

我国当代童话吸取小说的艺术手法，主要表现在以小说写实的方法和细致塑造人物性格的手法融汇于童话幻想的艺术构思中，使童话在外部形态上看似像小说，而其本质仍是幻想性的。其中有的是注重人物性格的塑造，比如孙幼军的《小狗的小房子》《怪老头》等作品，刻画了谦让温顺像大哥哥一样的小狗、聪明姣好如小妹妹的小猫，以及幽默、善良、无所不能而又童心未泯的怪老头。有的则在完全现实的氛围中去表现类似志怪小说的神秘性与魔幻色彩，如周锐和周基亭的同题童话《神秘的眼睛》；张之路的《空箱子》《猫牌粉笔》等作品，大都是在小说式的写实中，融进神秘变幻的魔幻色彩，并将对现实的深刻思考和人生的哲理意味在这真真假假、虚虚实实中表现出来，很自然地把读者引进到了作品特定的艺术氛围之中，颇耐人寻味。另有一些作品则吸收了新感觉派的小说技巧，有意淡化童话固有的情节故事性，而着力表现童话人物丰富细腻的内心世界，将感觉和情绪表现得既逼真而又虚幻。如冰波的《秋千，秋千》《神秘的眼睛》《那神奇的颜色》等作品，正是将幻想与感觉融为一体，将淡淡的忧郁情调和美的艺术氛围，通过作品主人公的感觉和心理情绪缓缓地释放出来，使童话的艺术情趣变得更加耐人咀嚼。

3. 散文型

这是童话借鉴散文的艺术形式，尝试以更灵活的表现手段来写童话的产物，这类童话在结构上注重形散神凝的特点，重幻想意境和情感、情绪的表现，而淡化故事的情节性。内容大都富有诗意，重抒情，吸取生活的点滴，虚幻成章，且注意语言的形式美。比如白冰的《梦的雕塑》、田犁的《夜里，花的队伍开走了》等作品。《梦的雕塑》以诗化般的语言，描写了一个身患绝症的男孩，在梦境中与一只善良而美丽的小天鹅的心灵对应，以及他们之间纯洁而高尚的友谊。整个童话意境似真似幻，优美而洋溢着生命的热情，与作品所体现的纯真而崇高的精神主题相吻合，给人以强烈的感染力和美的欣赏。再比如张秋生的"小巴掌童话"，实则也就是以散文短小精悍、自由活泼、形散神凝的形式特点来构筑童话。比如《一串快乐的音符》以一串虚幻的"快乐音符"的自由飞翔，最后又驻足于一位孤独的老奶奶的心里，表现了善良和慰藉的人类永恒的主题。他的"小巴掌童话"几乎每篇都是从现实感悟出发，形式短小灵活，具有散文语言的洒脱优美，又有寓言式的寓意深长、富有哲理。应该说这也是一种很有意义的童话艺术形式的尝试。

4. 诗歌型

无疑这一类型的童话是借取了诗歌的形式外衣。诗歌体的童话其实由来已久，早在十八世纪就有流传甚广的长篇童话故事诗《列那狐的故事》，以后又有著名的俄国诗人普希金的童话诗《渔夫和金鱼的故事》等作品。当然，传统的童话诗大都是以故事为基本类型，而当代童话诗则在形式上有了更多的变化，短的可以只有几句，以表现童话意境和意象为主，如王亨良的《坐在弯弯的月亮上》，全诗才四行：我提着鱼竿／坐在弯弯的月亮上／哈哈，我钓到了一座／国际饭店！一首多么富有想象力的童话诗啊！长得可以是幻想故事诗，也可以是以抒情为主的童话诗，还可以是一组内容和主题上相关的童话组诗，如圣野《春娃娃》，便是由"春娃娃""夏弟弟""秋姑姑"和"冬爷爷"这一组有趣的童话意象所构成的。还可以以散文诗的形式构筑童话，比如郭风的许多散文诗便充满了幻想的童话意境。如《花的沐浴》《红菰的旅行》等作品大都洋溢着大自然勃勃的生机和丰富优美的幻想，使诗的意象美和童话幻想的瑰丽奇异达到了天然去雕琢的完美境界。诗歌形式的多样构成了童话诗形式的丰富多彩，为童话艺术形式的美和形式的多样化开辟了多种渠道。

开放的时代，也带来了童话艺术形式的解放和艺术思维的变革。条块分割的文体格局，已为各文体之间的互为借鉴、互为融合所替代，标新立异几乎成了作家们争相角逐的目标。童话艺术类型的演变由单一到多样化，充分证明了各文体之间的吸收、借鉴是完全可行的，成功的借鉴非但不会取消童话的本质特征，而只会使这一幻想艺术达到更为出神入化的境界。

二、题材类型

当出版界已完全融入了商品经济的自由竞争以后，图书出版的包装形式就显得越来越重要，同样，童话的出版也不例外。尽管作家创作的时候未必会注意到题材的分类对其创作有多大影响，但出版界却在童话分类出版中看到了其巨大的商业潜力，于是原本并不为人注目的童话题材的分类，却在商业竞争中五花八门、渐趋形成。一开始类型的划分还比较粗，大致从美学角度出发，分为：热闹型、抒情型、幽默型、哲理型等。但后来就越分越细，从吸引小读者的各种角度去加以编排、包装，当然，主要的类型不外乎：科幻类、魔怪类、侦破类、动物类、武侠类、知识类、抒情类等等。而由此也延伸出一些更为具体的题材类型，比如：梦游奇遇类、荒诞怪异类、科学知识类、巨人怪兽类、魔法精灵类、星球魔幻类、幽默滑稽类、温馨抒情类等。

1．科幻类

科幻类的童话显然是将科学幻想的内容与童话艺术形式相结合的一种产物。应该说科幻童话与科幻小说既有相似之处，但又不完全相同，各自的侧重点有所不同。在科学幻想上，两者各有侧重，科幻小说的幻想是有关科学领域的预测及其幻想，以科学作为基础，重视科学的推理性和预测性，因此，科幻小说的一些科学想象往往能够在未来世界中得到实现，例如凡尔纳科幻小说中的好多想象后来都为科学所实现，比如热气球、潜水艇等等；而科学童话的幻想则更多地属于童话领域的幻想，重虚拟性和夸张性，以科学领域为想象的范围，通过一个迷人的童话幻想的意境，幻想式的人物的活动，来展示未知世界的神奇性与奇异性，所以其想象更多地属于文学的想象，而非单纯的科学想象。在文体上，科幻小说遵循的是小说文体的规律，而科学童话遵循的则是童话文体的规律。

比如李志伟的科幻童话《克隆风暴》就是有关生物克隆技术运用于克隆人而给人类造成意想不到的混乱的科学幻想。他在表现这一科学幻想的时候，就比较充分地发挥了童话幻想的大胆夸张与荒诞性，将克隆术大大神奇化，使整个故事充满了扑朔迷离的悬念。同样，冰波的长篇科幻童话《狼蝙蝠》也是大胆地运用夸张与荒诞，将对古生物复活的科学幻想成功地与童话幻想相结合，创造出狼蝙蝠这一奇异的童话形象，充分表现了科学幻想在童话领域中的独特韵味和广阔地表现空间。在幻想的自由度上，科幻童话显然比科幻小说拥有更大的施展空间，因为科幻小说更讲究科学的预测性，强调小说的现实性，而科幻童话则不必太拘泥于科学的推断性，强调的只是泛科学领域里的幻想性，因此，一般童话想象的荒诞无稽、异想天开、夸张神奇同样可以在科幻童话中大胆运用。近年来许多打着"科幻小说"旗号出版的科幻作品，其实更确切地说大都属于科幻童话，没有多少科学预测的含金量，运用的都是一种童话式的幻想思维模式。

2. 侦破类

侦破类的童话是近年来才开始在童话创作中崭露头角的，由于侦探小说独具的情节吸引力，因此，历来有着比较广泛的读者群。受此影响侦探题材的创作也就逐渐为一些讲究情节惊险曲折的童话家所关注。很显然侦探类童话是侦探内容与童话艺术形式相结合的一种产物，但侦探内容一旦进入童话领域就自然带上了童话想象和神奇的色彩，而且由于童话特有的夸张性与幻想性的特点，侦探童话探案的神奇性与神秘性更是被大大地夸张与发挥。当然，探案的基本模式主要还是借鉴了侦探小说的一些表现形式。

似田的《洛魔岛上的谋杀案》是一篇颇具科幻色彩的侦

破童话。故事写的是大医学家培斯博士运用他的智慧和发明的新式护身武器——遥感震脑器和能诱发人体"再生"能力的食品——"再生饼"，配合警察局一举破获了一起极为离奇的，利用高科技犯罪的谋杀案，抓获了真正的凶手，解救了被冤枉的画家。故事写得扑朔迷离，当然最为奇特的是培斯博士所发明的"再生饼"，居然能使被砍的头颅再生，使罪犯得以暴露。这就是侦破童话的神奇性，可以充分发挥幻想的奇异性与大胆夸张的特点，从而使侦破童话更富有想象力与奇特性。

彭懿的童话《爸爸的秘密摄像机》是一篇完全立足于现实生活的侦破童话，写的是父子两代人的矛盾冲突和侦破与反侦破的有趣故事。非常巧妙地将现实生活中的冲突融入侦破结构的叙事中，增强了童话的可读性与趣味性。

当然，侦破童话通常也用一些机警的动物形象来充当破案的主角，诸如猎狗警官、狐狸大侦探、黑猫警长等等。其中诸志祥的《黑猫警长》由于成功地拍摄成动画片而在小读者中产生过很大的影响。"黑猫警长"也因此成为最受小读者喜爱的童话侦探形象。

侦破类童话要想获得小读者的喜爱，必须坚持童话的基本原则，充分发挥童话幻想的优势与童话特有的"物性"特点，在侦破情节上强化其独特性与神奇性；此外，还要塑造好新鲜感强，形象可爱的童话侦探形象，这样才可能使侦破童话显示出其特有的美学魅力，而非简单地将侦破小说通常所用的手法"克隆"到童话故事中。

3. 武侠类

武侠童话也称为功夫童话。它的活跃大约也是在二十世纪八十年代以后，主要是受武侠小说的影响。作为通俗文艺的武侠小说拥有广泛的读者群，其中也不乏青少年读者。武侠小说之所以吸引青少年读者，主要是因为其独特的叙事品格，即以曲折离奇的故事情节和侠客超人的本领和无私无畏的侠骨柔情为最鲜明的美学品格。吸收武侠小说的这一基本特性，武侠童话结合了童话的特点对武侠作品有了新的演绎，主要在武侠人物和故事背景上突出了童话奇异性和幻想性的特点。

比如周锐的《赤脚门下》尽管演绎的也是武林中人比武之事，可却表现得趣味十足，让一个个假冒的"赤脚门下"出尽洋相，而真正的赤脚门传人——鞋匠的出场却演绎出人意料的神奇与独特，表现出了童话幻想的无穷魅力。

与侦探童话那样，武侠童话也通常让一些有趣的动物角色来充当武侠主角。比如武玉桂的《少林鼠》、王业伦的《少林铁头鼠》、吴梦起的《蛐蛐儿斗公鸡》等都是以动物作为侠客形象来塑造的。那么这些武侠童话就完全是一个童话的背景，突出的是与动物本身的物性特征有关的侠客的特殊本领，让两者融为一体。比如蛐蛐儿琴琴突出的是他出色的弹跳功，依靠身体敏捷，找准了公鸡的薄弱环节，从而战胜了貌似强大的公鸡（《蛐蛐儿斗公鸡》）。而《少林鼠》则是将少林功夫和原先弱小的小老鼠相结合，使"少林鼠"成为一个锄强扶弱、受人敬佩的小侠客。

　　武侠童话这一新型的童话类型还处于一种刚刚发展的起步阶段，水平还不高，在观念上人们也始终把它当作艺术品性不高的通俗文学来看待，并没有得到更多作家的关注与重视，客观上使它的发展受到了一定的限制。但正如武侠小说有着广泛的读者群，武侠童话同样也有着广阔的读者市场，其潜力大有可挖。因此，努力提高武侠童话的艺术品位，充分发挥武侠童话的艺术特点，武侠童话应是有着很好的发展前途的。

　　以上仅是列举几类当代童话新发展中比较瞩目的题材类型，事实上还有许多未列举的题材类型，应该说当代童话广阔的题材表现领域也决定了它的题材类型的多样化，其美学特征也是与各种题材的特点紧密结合的，并无一成不变的艺术特征。再者由于各体裁之间的互为借鉴，也使得童话的艺术类型日趋丰富，童话艺术类型趋于多元化也是当代童话艺术发展的必然。

第三章

审美构成：童话美学的基本表现形态

任何文学体裁都有其特定的审美品质，童话也不例外。在长期的艺术实践中，现代童话逐渐形成了它特有的审美品性。现代童话美学的基本表现形态既是承继了传统童话一些长久以来所形成的基本表现形态，同时又进一步发展了现代童话新的表现形态。由于童话的本质是幻想的，是以假定形式来表现现实生活，因此童话必然显示出与其他文体不同的审美特点。读《海的女儿》，我们既能感受到一种崇高的悲剧美，也能感受到一种荒诞、隐喻之美；读《豆蔻镇的居民和强盗》，我们又能感受到那种浓郁的荒诞、幽默情趣之美；读《夏洛的网》《小飞人卡尔松》我们还能感受到那种童心的纯真与盎然的童趣之美……现代童话的美学特征是多方面的，因为童话能够凭借幻想的翅膀，在广阔的时间和空间背景上活动，使常见的和罕见的、熟悉的和陌生的、真实的和想象的各种人物、事物、现象、概念，发出不平凡的奇异的光彩；或者把人们对于未来、对人生的理想信念编织成美丽灿烂的图画。正因为如此，才使童话充满了无穷的艺术魅力，令小读者如痴如醉。童话的美学特征尽管是多方面，但作为一种特殊的文体，必然有其突出的美学特征，即使在

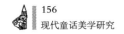

与其他文体相同的美学特征上也会有其独特的倾向性。我们大致可从荒诞美、象征美、喜剧美、悲剧美等几方面来认识童话美学的基本表现形态。

第一节　荒诞美

在小说、报告文学等写实文体中，人们追求的是一种真实感，越是接近生活本身，就越能激发读者的热情。而童话则恰恰相反，你越接近生活本身就越觉得没味，太缺乏想象了。童话就是要神奇瑰丽的幻想色彩，想象越奇异、越荒诞、越陌生，就越能激发小读者的阅读热情。奇异与荒诞是童话最重要的审美品质。《敏豪生奇游记》便是以其荒诞得大胆奇崛而成为世界名著的；《爱丽丝漫游奇境记》《木偶奇遇记》《假话国历险记》等无一不是以出色的奇异荒诞之魅力赢得了一代又一代的小读者。

这里所指的"荒诞"概念是一种美学意义上荒诞感、荒诞性，概念较为宽泛，与现实生活中所指的荒诞一词有所区别。它涵盖幻想、奇异、怪异、稀奇、善变、荒诞可笑、无稽之谈、难以置信等多种含义。正是这种宽泛意义上的荒诞性，才能使童话产生出趣味盎然的美学效果。

荒诞是儿童文学作家用以进行童话艺术创造的手段，

它的表现形式可以是多种多样的，但在童话中常常离不开强烈的夸张、离奇的幻想、扭曲变形和机智的反讽，其中夸张和想象是最重要的。在幻想世界中，什么样的事情都可能发生，不可思议的事也能当作事实的体验，按照无限的想象和丰富的表现，创造出一个完全不同于现实的奇幻世界。比如《大林和小林》所表现的世界就是一个极其荒诞的、贫富悬殊的世界。为了突出这个社会的荒诞性，作者极尽夸张之能，将人物扭曲、变形，将行为丑化，以极其荒谬的故事来揭示出剥削阶级不劳而获、贪得无厌的阶级本性。因此，荒诞的本质乃是透过表面的荒诞，体现出本质的合情合理，因为人们在形象的奇异中，看到和感觉到的是新的和谐统一。荒诞以牺牲"自然可能性"为代价，同时在保全"内在的可能性"中得到补偿，从而创造出一个蕴含着现实生活种种意蕴的，别开生面的幻想世界，因此，出色的荒诞创造的应是一种新的美学意义。

那么，什么样的荒诞才是出色的荒诞？出色的荒诞应该是荒诞得离奇、新鲜、美妙、机智幽默。

只有荒诞得离奇、新鲜、大胆才能出效果，否则步人后尘永远也不会给人以新奇感。孙子兵法上有一计"出奇制胜"，说的就是策略上的变化多端，以"奇"胜。同样，童话的荒诞也必须出奇，奇得超出了常人想象的程度，使想象和生活的真实造成一种强烈的反差，那么，荒诞的最佳效果就体现出来了。比如《敏豪生奇游记》中的故事就是以其离奇的幻想、大胆的夸张、荒唐得极其可笑而令人感到趣味无穷的。在一次攻城战役中，敏豪生这位奇想天才竟想出了一个骑炮弹潜入敌人要塞的办法。但正当他骑着炮弹飞在半路时，突然想到自己匆忙间竟忘了换制服，这样肯定会被敌人识破的。于是他当机立断，又从自己的炮弹上纵身一跃，跳到敌人打来的炮弹上，安然无恙地返回了自己的阵地。如此出奇的想象在这部"吹牛大王"的故事中举不胜举，如"半匹马上建奇功"；"用猪油当子弹，意外地打得一串野鸭子"等都是其中著名的荒诞故事。正由于这些故事的创造者敢于突破常人的思维定式，敢于荒诞，大胆荒诞，荒诞得透彻，才给人们留下了深刻的记忆，也使得它们的艺术魅力永存。

意大利作家卡尔维诺的《一个分成两半的子爵》，其想象力也是惊人的离奇：梅达尔多子爵在战场上被打成两半，这两半后来居然又都被救活了，一半干尽坏事，一半却尽做善事，后来两半又合二为一，与常人一样，有好也有坏。其荒诞的想象实则体现了人性多面的本质。

日本作家矢玉四郎的《晴天，有时下猪》的想象也荒诞得极其离谱。小男孩则安反感妈妈偷看他的日记，故意在日记中写下些荒诞离奇的事来吓唬妈妈。哪知这一切竟都变成了真实：厕所里果然躲着条大蟒蛇，反倒把则安自己吓得够呛；爸爸果然不可思议地吃下了妈妈煎出的"油炸铅笔"，还闹了肚疼，不得已又吞下了许多橡皮，才算止住了肚疼；最令人惊奇的是，晴朗的天空果然下起了无穷无尽的小猪，弄得满大街全挤满了嗷嗷乱叫的小猪，让则安惊慌得赶紧擦了写着"晴天下猪"的日记，一切才算平静下来。其荒诞的想象简直无以复加，令人惊叹不已。应该说只有新鲜、别致的荒诞才能给人留下深刻的印象。但新鲜、独出心裁之不易也正考验着童话家的敏锐性、机智感和创造力。

当然，荒诞有时候也可以美妙无比。人们有时候形容美丽的情景，总说就像进入了"童话境界一样"，充分说明在童话荒诞中的确也包含着许多美的因素。比如安徒生的童话《海的女儿》就淋漓尽致地展现了"海底人鱼世界"这一荒诞的美丽境界。当然，这美不光表现为意境的美，还应包括人情的温暖、心灵的美好、高尚的精神境界等等，都可以通过荒诞的幻想来加以表现。《海的女儿》通过小人鱼对爱情的执着追求和为爱而不惜牺牲自己生命的感人故事，来表现小人鱼崇高的精神境界和美好善良的心灵，其荒诞的美学含义十分丰富，令人回味无穷。

同样，英国作家罗·达尔的童话《慈善的巨人》也是表现美丽的荒诞。故事中善巨人用网兜捉蝴蝶的办法，收集了亿万个轻雾般飘游于空中的梦，分别装在亿万个瓶子里，然后把美好的梦、金色的梦，用吹梦器吹进千家万户熟睡的孩子们的卧室，让他们睡得甜美，做着幸福愉快的梦。

日本作家新美南吉的童话《去年的树》也是用美丽的荒诞来表现一只鸟儿和一棵树之间生死不渝的友谊。鸟儿和树是好朋友。当冬天来临，他们不得不分别的时候，鸟儿答应树，明年再来给他唱歌。可是到来年春天，鸟儿飞回来时，树已经不见了。于是，鸟儿追寻着树的踪迹，一步步寻访，当她终于找到已被做成火柴的树时，火柴也即将燃尽。但鸟儿仍不忘记对树的许诺，对着被火柴点燃的灯火，唱了去年唱过的那支歌。鸟儿那执着的爱所传达的是人类所共有的，最美好、最纯洁、最真挚、最恒久的情感，因此，它具有摄人心魄的艺术魅力。当然，它也是通过荒诞的美来创造的。

此外，荒诞还可以通过怪诞和滑稽表现出来。事实上怪诞和滑稽常常也是同时出现，表现一种意味隽永的笑趣。如挪威作家埃格纳的童话《豆蔻镇的居民和强盗》就是一篇妙趣横生、以滑稽反常出名的作品。童话中的三个强盗不是人们一般印象中的凶狠残暴的强盗，相反是三个童心味十足，又懒又笨，而心眼并不坏的强盗。他们的口号是："打倒洗碗！"他们的贼窝又脏又臭。为改变这种状况，他们把熟睡中的苏菲姑姑偷来做"管家婆"。但苏菲姑姑力图使他们自食其力的严厉管束，又使他们宁肯坐班房也不愿受管束。因此在她酣睡中又把她送回了家。后来强盗们被抓，但班房却是在民警家里。在善良的民警夫妇的教育帮助下，他们终于抛弃了强盗职业，改邪归正，并在一次救火中，为豆蔻镇立了一大功。整篇作品在荒诞的宽厚和仁爱的故事中弥漫着令人捧腹的滑稽笑趣，读来令人感到趣味无穷。

当然，要能体现荒诞中的滑稽谐趣与作家幽默的天性和机智的构思是分不开的，它是一种作品整体性的构思，包括环境、人物与故事情节的设置都应相协调，这样才能使怪诞和滑稽体现出更为丰富的内涵。比如《豆蔻镇的居民和强盗》中的"豆蔻镇"这一特殊环境的设置，以及三个怪诞而滑稽的又懒又笨的强盗、严厉而又好心的"管家婆"——苏菲姑姑等童话人物的创造和一系列故事的编排，本身都充满了怪诞和谐趣的意味，因此才特别耐人寻味。

当然怪诞有时候还可以用"反常"的手法来构思，即以一种完全违背现实规律的逻辑来思维，怪诞得超乎寻常，童话的奇异效果也就出来了。比如美国作家艾伦的短篇童话《西姆肯夫人的浴缸》就是以其完全出人意料的反常而令人称奇的，让现实生活充满了怪诞的色彩。

西姆肯家的一只没有脚的浴缸居然可以随心所欲地到处

移动，今天到了楼梯上，明天又到了厨房里，再接着又进入了地窖里，来到了草坪上，上了屋顶……而西姆肯夫妇对此却并不感到特别奇怪，而且还很喜欢这只怪异的浴缸的这些新花样。故事就在这样一个完全违背现实规律的不可思议中展开，由于其幻想是建立在完全荒诞的氛围中的，因此一切也就顺理成章，变得非常有趣。童话的奥妙也正在于它的这种不可思议的荒诞感和荒诞性的创造，而创造这种荒诞性是特别需要出色大胆的想象力和幻想力，去突破现实生活对我们固有思维的束缚。

在表现手法上，与作品夸张大胆的荒诞性所不同，而是尽可能以一种平静、无奇的语言、心态来叙述一个似乎是很平常的故事，而越是不动声色，实际上越是表现出了其与现实的距离感，因而也就越加显得怪诞离奇。

怪诞也时常通过"变形"的手法来体现，事实上"怪诞"与"变形"有时也难截然分开，是一种有机的并存。"变形"是"怪诞"的表现手段，而"怪诞"则是"变形"的艺术效果。所谓"变形"是指故意以异乎寻常的"艺术体现物"对艺术原型的特定本质作夸张式呈现的表现手段。在童话中的变形方式通常有两种：一种是"夸张变形"；一种是"幻化变形"。

"夸张变形"是指极力夸大客观对象的特定品质与形

态，以造成异乎寻常的形象体现。

比如意大利作家罗大里的童话《不肯长大的小泰莱莎》中对小泰莱莎的变形处理。小泰莱莎因不想知道现实的残酷而不愿长大，她果真就不再长大。但为了帮助生病的妈妈和衰老的奶奶，她又暗暗希望自己长大一点，她果真长大了些。为了对付凶恶的强盗，她又命令自己变成巨人，于是，她真的变成了个巨人，制服了强盗。最后，小泰莱莎又渐渐变小，成为一个中等身材的、全村最漂亮的姑娘。小泰莱莎的变形完全不凭借外力，而全由意念自如地变形，以一次次变形来发展情节，表达作家的主观意图：小泰莱莎不肯长大，一方面表现了她想逃避残酷现实的天真幼稚，一方面也谴责了战争带给儿童的心理创伤；她为对付强盗而变成巨人，说明一个道理：任何人只要敢于同坏人作斗争，就能成为一个顶天立地的巨人；而最后成为一个漂亮姑娘，则隐喻着心灵美好的人永远是最美丽的人。

所谓"幻化变形"是指作者的主观意识将客观世界加以幻化处理，而形成一种"虚幻的真实"。这种"幻化变形"产生的作品，呈示给读者的是一个完全编造的幻境。

比如英国作家金斯莱的童话《水孩子》、卡洛尔的童话《爱丽丝漫游奇境记》所创造的都是一个荒诞的幻化世界。《水孩子》中的小主人公扫烟囱的孩子汤姆因受冤而逃，不幸落入小河中，被水中的仙女所救，仙女把他变成了一个四英寸长的水孩子。从此以后，他便生活在温暖幸福的水下世界，增长了许多知识，也懂得了许多做人的道理。最后，汤姆成为一个热爱真理、心地善良、正直、勇敢、勤劳的大人。这部作品将人间生活的残酷无情与幻化境界的温暖幸福形成鲜明的反差，从而表现了作者人道主义的美好理想。

《爱丽丝漫游奇境记》则以梦幻的方式，让爱丽丝误喝了魔水，变成了几英寸长的小人而进入了一个奇妙的幻化境界，经历了一系列变化多端的险境，靠着勇敢和机智，爱丽丝一次次化险为夷。正当爱丽丝再一次陷入绝境时，她突然被惊醒了，原来这一切都是爱丽丝的梦。整篇童话幻境奇特，情节发展扑朔迷离、变化莫测，读来妙趣横生，能极大地激发小读者的想象力。其荒诞的幻境，一方面表达了作家美妙的想象力，同时，在无拘无束的幻想境界中，也不时流露出作者对英国维多利亚时代种种时弊的绝妙讽刺。

荒诞往往寓含着作家对现实生活深切的感受，是童话家表达对现实认识和见解的绝妙方式，因此最能检验作家的机智和创造力。任大霖先生在生命最后阶段创作的一篇童话《河马先生的熟食店》，堪称是一篇生命的绝唱。作家在生命的最后时刻关注的并不是自己个人的安危，而仍然是他一生所热爱的孩子。在作品中，作家用荒诞巧妙地沟通了现实与幻想两个世界，以荒诞的动物世界来演绎现实社会中孩子们课业负担过重的这一社会"热点"问题，为不堪重负的孩子们鸣不平。在童话世界中，作家将小动物们作业过多归结为河马先生熟食店的开张，使家庭主妇走出了厨房，让妈妈们有了更多的时间来管教孩子，督促他们做更多的作业。这种别出心裁的归谬充分体现了童话荒诞的逻辑推理，使小读者感到十分有趣。接下来小动物们针锋相对的对抗是更为荒诞的"小河马文化熟食店"的开张，经营范围居然是解答各科的作业。他们少吃点零食，一天的作业便全都可以买到，再也不怕妈妈们的逼迫了。把出售现成作业称之为"文化熟食"，实在是既荒唐又有意味，其比喻让人在荒谬中感受到它的贴切和机智，领略到童话荒诞性的绝妙。而妈妈们随之而效仿的和平示威，最终迫使森林王国政府出面干涉，合情合理地解决了这一问题。小动物们的反抗最终获得了胜利，他们终于从繁重的作业中解放出来。令人值得深思的是，这毕竟只是一个荒诞的童话世界，作家表达了他心中美好的心愿，祝愿孩子们都有一个快快乐乐的童年生活。但现实社会中的实际情况可能并不能完全如作家的愿望一样，尽管社会上一再呼吁解决中小学生课业负担过重的问题，但实际上教育体制的局限，使得这一问题至今尚未得到根本的解决。从这一角度看，作品所寓含的现实意义的确是十分尖锐而深远

的了。这或许也就是童话在荒诞中蕴含深刻现实批判寓意的
艺术魅力所在吧！

　　记忆总是无情地不断地淘汰着那些平庸的、缺乏智慧的
想象、故事和人物形象，而不能忘却的又总是那些荒诞得奇
中出妙、奇中出彩的想象、故事和人物。出色的荒诞美迫使
童话家苦苦地求索。

第二节　象征美

　　作为一种美学形态，象征通常是指以独特、完整的形象
体系为基础，进而表现或暗示出一种超越这一形象体系的丰
富、深邃的美学意境的表现方法。因此，象征艺术的基本特
征应：首先具有独特、完整的形象体系，而不是只有局部、
甚至孤立的细节形象；第二，它应能表现或暗示出超越这一
形象体系的深邃、丰富的美学意境。也就是说，它不能只是
一个形象的简单比附、单向譬喻，而要有多义性的哲理内
涵，应是具象与抽象的深层融合。

　　我们知道童话幻想最鲜明的特征就是它超现实的、幻想
世界在现实生活中并不存在，但透过表象看本质，我们会发
现，在这些奇异的世界中又处处闪耀着现实社会的折光，渗
透着现实生活的哲理和思想情感。无论是安徒生所创造的海

底"人鱼世界"（《海的女儿》）；还是张天翼笔下的"唧唧王国"（《大林和小林》）；或是郑渊洁所畅想的"魔方城"（《魔方大厦》），都具有很深刻的现实象征寓意。

因此，我们说童话应是最具有象征含义的文体类型，童话的象征隐喻之美几乎是与生俱来的美学特质。这一特质可能与童话和寓言同出一源有关。在中国古代，童话与寓言原本混淆，在最初的古代寓言中包容着很多童话性很强的作品，只是后来才将那些故事单纯、喻义鲜明的作品划归为寓言，而将那些故事性强的作品划归为童话，并开始了分道扬镳的各自发展，但寓言的象征隐喻之美却为童话所保留下来，成为童话的又一突出的美学表现。当然，童话既然脱离了寓言，其象征的美学含义也必然有所不同。寓言的象征更倾向于运用比喻，通过喻体和被喻体之间的某种相似性来体现其象征性。而童话的象征是整体寓意和抒情经由一个象征性的形象体系而获得实现的。幻想和现实熔铸成一个象征的实体，含蓄、凝练、深沉、隽永，象征的结构形态有机地牵织着童话的题旨与美学价值的实现。《海的女儿》中的那个美丽的海底世界不正是表现了人类对于美好爱情和崇高精神品质的渴望与追求吗？《大林和小林》中的那个光怪陆离的"唧唧王国"不正是对资产阶级贪得无厌、不劳而获的丑恶本质的最深刻地揭露吗？就是那个《魔方大厦》中变化多端的"魔方城"也是表现了现实中孩子们对自由快乐的游戏精神的倾心向往和自由追求。这些富有想象力的描写都极其自然地构成了这些童话的意蕴中心或思想灵魂，使童话中所传达的人情与哲理都更加深化了。

以整体所具有的象征美学意蕴为前提，童话中的象征在不同的作品中常呈现两种类型：一种更倾向于具象象征；一种更倾向于总体象征。

所谓具象象征，一般是借助于一些特定的具体形象并以之为核心，来组织作品的整体形象体系。它既是童话有机构成中不可缺少的外在成分，更是童话内容的运作原动力，童话中各种场景、人物与情节、故事都是围绕着这一具象来展开，具有一种潜在的磁场吸引力，进而使整篇作品体现出整体的象征寓意。比如《大林和小林》就是以"大林"和"小林"这两个童话人物为核心来构筑作品的整体形象体系的。这两个童话人物分别代表了剥削阶级和工人阶级的具象体现。于是围绕着他们之间发生的许多光怪陆离的奇遇故事，作品深刻地揭示出两大阶级阵营之间尖锐的矛盾冲突，于是整个形象体系也便显示出深刻的现实寓意。

德国当代儿童文学作家甘特·斯本的短篇童话《向日葵大街的房子》，也是一篇运用具象象征来体现现实寓意的典型作品，写了一幢很有意思的老房子。作品以富有灵性和执着情感的"老房子"为核心来构筑童话的整体形象体系，可谓别出心裁。老房子与主人伯姆泼利先生一家世代相居，因此感情深厚，几次从危难中解救和保护了主人一家，对主人始终忠心耿耿。然而伯姆泼利先生并没有因为老房子的忠心而心怀感激，相反，他却嫌老房子旧了，要卖掉它，买幢新房子。老房子很伤心，不愿离开主人，于是，想尽一切办法来阻止主人出售。它的种种鬼把戏吓走了一个又一个的买主，然而，却引起了一对喜爱新奇的新婚夫妇的极大兴趣，非要买下老房子不可。老房子在万般无奈之下，只得选择出走。最后，伯姆泼利先生千辛万苦才找回了老房子，当然，他也就此真正醒悟到老房子的珍贵，决定不再出售，并把老房子装饰一新，决心永远与忠诚的老房子为伴。

当然，这篇童话的出色不光表现在作者以荒诞的手法，塑造了这么一个别出心裁的童话形象，赋予老房子以神奇魔变的能力，更主要的是体现了老房子忠心不二的精神品质，相比较伯姆泼利先生就有些忘恩负义的味道，当然，伯姆泼利先生最后还是醒悟到了自己的错误而加以改正。可见，作者通过对这一新鲜奇特的童话具象的塑造和围绕它而展开的一系列故事，意在赞扬一种朋友间的忠诚守信，哪怕遇到任何意外变故也不变心的为人的高尚品质，其现实象征寓意是不言而明的。

第二类总体象征：这一类童话的象征含义并非来自某一特定具象的提携或渗透，而是来自总体形象体系本身。这总体形象体系同时具备作品的表象演绎与内涵体现两方面品质。比如《海的女儿》中所描写的"海底人鱼世界"，这里所发生的一切故事，实际上都隐含着现实社会中人类生活的百态及其观念品质，一个"人鱼世界"就是现实社会的一个缩影。当然，它最突出的还是体现了人类对美好爱情的追求和向往以及人性中最珍贵的精神品质。其深刻的象征含义是通过作品整个形象体系表现出来的。但"小人鱼"本身也是一种完美人格和高尚精神的具象象征的体现。

这一类作品还有很多，如张天翼的《秃秃大王》《金鸭帝国》都是运用这一手法创作的。一个充满了丑恶、残酷、血腥的"秃秃宫"就是当时黑暗统治社会的缩影；一个荒唐无聊的"金鸭帝国"更是一部资本主义罪恶的发迹史的童话式的演绎。作品的表象演绎与内涵体现都鲜明地构成了童话总体抨击现实的象征寓意。

《小狐狸阿权》是日本战时最著名的童话家新美南吉的童话名篇。它十分鲜明地体现出新美南吉优美而感伤的艺术情调，是他"求爱"文学的代表作，具有很浓厚的情感象征寓意。作家认为：人与人之间是孤独的存在，并非轻而易举就能相互结合的。而"爱"则起到了使其实现结合的桥梁作用。但作家在表现对爱的追求时，大都着意于这追求的艰难，为爱而付出的沉重代价。因此特别具有震撼人心的艺术感染力。

小狐狸阿权对爱的希求从一开始就是悲剧性的。阿权独自生活在山林中，生性顽皮，常搞些恶作剧，如把地里的山芋刨得乱七八糟；把农民挂着的辣椒揪下来等等。有一次还把兵十辛辛苦苦捕捞的鱼儿全都放跑了。这一系列恶作剧使人们深深地误解了它。阿权其实心地善良，本性不坏，当它得知兵十的母亲去世后，对自己的淘气很后悔。为了弥补自己的过错，从此以后，阿权每天都在暗中给兵十送去栗子、蘑菇等食物。兵十以为是神的恩赐。一天，当阿权又带着食物去兵十家时，被兵十发现，误以为阿权又来捣乱，拿起火绳枪把它打死了。后来兵十才明白一直给自己送食物的原来是阿权，这才追悔不已，但一切已无法挽回。作品以阿权的死为代价，使爱实现了结合，充分体现了"生存所属不同世界"的人与动物之间的爱的实现是多么的艰难！

作品成功地运用了误会法，通过一次次的误会，使人与动物之间的沟通始终无法实现，而最终导致悲剧的酿成。但这一悲剧留给我们的思考却是多么的深远！它所传达的人类在寻求与大自然的和睦相处过程中的艰难与困惑的现实象征寓意也特别耐人寻味。

　　尽管童话象征的美学意蕴几乎是与生俱来的天性，但要运用好象征的艺术表现却也不易，这里特别要注意的：一是艺术形象与哲理要有机融为一个整体。即艺术形象的圆满充实要与思想理念的表达演绎完美地交融起来，而不是互相分离。常有一些被称为具有"象征"意义的作品，或者艺术形象表面的充实、完美，而无作者深层艺术思考的潜入，其实是缺乏象征所必须具有的深层内涵美学意味的；还有的则过于想表达某种理念而忽略了艺术形象体系血肉的丰满、鲜活，结果使作品成为抽象理念的概念化的传播。真正优秀的象征意蕴的美学体现应是两者的水乳交融。

　　二是童话象征要求意蕴深邃、丰富，但也并不等于可以故作高深，弄得寓意晦涩、扑朔迷离，令人百思不得其解。尤其童话的读者对象是少年儿童，其理解力有一定的限度，所以一定要把握好寓意深浅的度，否则单凭自己闭门造车，故弄玄虚，弄出一个玄而又玄的"迷"，让小读者去猜，其实恰恰是对象征艺术的误解和对少儿读者的不了解，其效果肯定是与象征的审美特性相反的，可谓南辕北辙了。

　　此外，童话与生俱来的象征美学特质并不等于任何童话都必须具有象征隐喻之美，它可以成为作家主要的美学追求，使作品具有突出的象征隐喻之美；也可以淡化象征的美学意蕴，而突出其他的美学意味，一切应从表现主题与内容

的需要和作家本身的艺术风格特点出发，顺应自然，切不可
强求。

第三节　喜剧美

喜剧的美学含义在最初是以揭露丑的嘲笑为其特征的，
在笑声中烧毁一切无价值的、虚伪的、丑恶的东西。但随着
文学艺术的发展，喜剧有了更丰富的内容。如既有揭露批判
嘲讽的笑；也有善意讽刺的笑；还有纯粹是娱乐幽默的笑
等。童话中的喜剧方式通常更多地表现为童趣与幽默的美学
特性，这是由童话特定的读者群的年龄特征所决定的。

在喜剧中，讽刺是重要的美学范畴。对于喜剧童话来说
讽刺同样是把锐器。安徒生的童话《皇帝的新装》是讽刺童
话最杰出的代表。它把讽刺的矛头直指封建王朝的最高统治
者。但我们又不难体会到这出讽刺喜剧所特有的童趣意味。
首先作家以辛辣的笔触塑造了一个荒淫无度的昏君，既爱慕
虚荣，又糊涂得可以。正因为如此，才被两个骗子钻了空
子。而围绕着昏君周围的又是一群只知道拍马奉承的小人，
明知这两个骗子在行骗，但为了讨好皇帝，也不加以揭穿，
反而顺着皇帝虚伪地夸赞什么也没有的布"真是美极了！"
充分暴露了这群走狗不辨是非，只知奉承拍马、保官保命的

丑恶灵魂。既然大家都把无当有，皇帝也就不得不把这出戏唱下去。在众大臣的前呼后拥下，皇帝就穿着这什么也没有的"漂亮衣服"在大街上游行。老百姓见了，虽然谁都清楚皇帝完全是赤身裸体，但却没有一个人敢揭穿。这里实际上也暗示着统治集团平时的高压统治给老百姓心理造成的无形畏惧，使得他们敢怒不敢言。这时候只有一个天真的孩子大胆地发出惊叹："皇帝没有穿衣服！真的，他什么也没穿！"一语道出了童心世界的纯真无邪，也道出了童趣的无所顾忌，它就像一道强烈的、穿透乌云的阳光，将这个虚伪的、黑暗的世界照得透亮。于是，人群中才爆发出一阵由衷的笑声："皇帝没有穿衣服！哈哈哈哈……"由一个天真的孩子来撕破皇帝有失体统的丑态，将喜剧的矛盾冲突推向高潮，这正是安徒生对童话喜剧美中的童心和童趣特点的最准确地把握，也充分体现了喜剧将对丑的讽刺和嘲笑作为其鲜明特征的表现，没有比孩子和老百姓毁灭性的笑声更具有嘲讽和批判力的东西了。

同样，张天翼的《大林和小林》也是一出充满了童趣色彩的喜剧，通过大林和小林这对双胞胎兄弟俩不同的人生道路来揭示两个阶级尖锐的矛盾冲突。对童话人物的设计，作家充分体现了儿童化的是非观，即对劳动人民的正义一方是用灵肉正常的普通人来塑造的；对剥削阶级的邪恶一方则极尽丑化、夸张之能，整篇故事情节充满了童心童趣的色彩，令人忍俊不禁。而其嘲讽中的深刻的揭露性和批判性的现实意义也鲜明地体现出来。

从这两篇童话我们也不难看出，童话喜剧美的特点是与儿童化和童趣化不可分割的，但童趣化并不意味着童话的主题和内涵是浅层次的，在表面热热闹闹的童趣中，实则隐含着非常深厚、丰富的现实寓意，这便是童话家高超的艺术技巧和对童话喜剧美的独特理解所然。从《皇帝的新装》《大林和小林》中，我们都能看到作家这一深厚的艺术功力。

当然，童话中的喜剧也并非都是讽刺敌对的或坏人的，也有对人民内部或孩子身上的缺点进行善意讽刺的，同样可以表现得童趣盎然。比如米哈尔科夫的《狗熊捡了一个烟斗》，讲述了一个狗熊抽烟上瘾，以致最后瘫软，束手受擒的有趣故事。童话的想象从一开始便赋予了喜剧的谐趣意味——作家把童话主人公选择为体壮力大、爪牙锋利，天赋条件不错的笨狗熊，可谓绝妙。然后，通过各种细节描写了狗熊如何抽烟上瘾，而又如何一再戒烟，又缺乏必要的意志力，终于一天天把良好的天赋条件糟蹋殆尽，而最终成为守林人不费吹灰之力俘获的战利品。那种意味深长的讽刺幽默趣味，的确让人既好笑，而又品味再三。

作品充满了寓言式的哲理意蕴，然而通篇又无一句说理，完全通过诙谐、充满了喜剧味的故事来表达。对狗熊懒散、笨拙、缺乏意志品质的个性特征的讽刺性的细节描写十分精彩、传神，使小读者不难从狗熊身上体验到作家隐含在这个童话人物身上的某些人性的弱点，其善意的辛辣嘲讽着实让人警醒。

金近的《狐狸打猎人》也是一篇充满了喜剧味的讽刺性童话，嘲讽的是一个胆小如鼠的年轻猎人。年轻的猎人平时好吃懒做、不好好学本领，只会背着枪装装样子，连狐狸假扮的怪狼都分不清。以至被狡猾的狐狸缴了枪不说，还被逼着上山去教它们枪上膛。幸而被老猎人所救。为突出年轻猎人的胆小，作者极尽夸张之能，将他胆小的丑态表现得淋漓尽致。让小读者在他的丑态中，充分认识到胆小而又没有本事的危害性。当然，其尖锐的嘲讽仍然是善意的，寓含着深刻的生活哲理。

除了讽刺性的喜剧，童话中喜剧美的体现当然更多地还是通过童心和童趣表现出来的。比如周锐的系列童话《大个子老鼠和小个子猫》就是一部童趣味十足的喜剧童话。作者运用反向思维法故意将老鼠和猫的造型来个颠倒，这使得作品本身就隐含了幽默的喜剧味。试想一个比猫大的老鼠居然成了小个子猫的朋友，而且又同在一个班里学习，那么他们之间发生的故事能不有趣吗？况且作者又把他们的性格设计成截然不同的两类，一个憨厚傻气；一个聪明伶俐，所以更增强了故事的趣味性。比如其中一则《喷嚏王》，这个故事写的是大个子老鼠为整治大家的感冒打喷嚏，而主动当上"喷嚏王"的有趣故事。马老师得了感冒，为避免他的喷嚏传染给大家，分给每个同学一只口罩。大个子老鼠为照顾体弱的小个子猫，把自己的口罩给了小个子猫。但其他同学还是被马老师强大的喷嚏打倒了。为救大家，大个子老鼠主动去找面包店"喷嚏王"熊老板，让他把喷嚏传给自己。在吃下一个"喷嚏王"的面包后，大个子老鼠便也成了"喷嚏王"。他到处发射喷嚏王，消灭了大家大大小小的喷嚏，但自己却因打喷嚏声音太响影响大家，而被马老师劝说回家休养一个月。正当他为此而发呆不知所措时，听到小个子猫说会来为他补课，又高兴起来。其实打喷嚏的故事本身是很荒诞的，但作者对童心和童真的把握却是真实感人的，从大个子老鼠憨厚可笑的行为中，我们感受到儿童纯真善良的本质精神。所以在童真童趣的喜剧中，也许故事本身并无多大的意义，但童趣中闪耀的童真光辉却熠熠闪光，让人回味。

当然，童话中的喜剧美有时候也并非一定要用闹剧的形式体现出来，它甚至还可以用浪漫的诗情来演绎。比如美国作家里昂尼的童话《菲勒利克》，就是一篇充满了浪漫童趣色彩的童话，写了一只富有诗人气质的小田鼠——菲勒利克用他美妙的想象给家人带来快乐的小故事。

在冬天来临之前，正当田鼠一家日夜忙碌着采集过冬的食物时，菲勒利克却什么也不干，在那里想入非非。问他，却说："我正在为寒冷而黑暗的冬天采集阳光呢。"或"我在采集色彩，因为冬天一片灰暗，太单调了。""我在采集故事，因为冬天很长，我们应该有足够的聊天资料。"菲勒利克的确与众不同，大家也并不计较他。但当寒冷的冬天来到，他们躲在墙洞里，吃光了大部分的食物，还感到冷极了时，他们想到了菲勒利克曾说过的他采集阳光、色彩和故事的事。于是，大家问他："你采集的东西呢？"菲勒利克让他们闭上眼睛感觉一下，于是用他充满激情、美丽、浪漫的诗句，让他们真切地感受到了温暖的阳光、多彩的颜色和变化着的季节，仿佛就在他们身边，使他们完全忘却了冬天的寒冷。最后大家由衷地称赞菲勒利克："你真是一个诗人！"菲勒利克却害羞地脸红了。

这篇作品使我不由地想到了中国一篇很有名的童话《寒号鸟》，写的是寒号鸟贪玩，在冬天来临时不垒窝，而在寒冷的冬天挨冻的悲剧故事。应该说这两篇作品非常典型地代表了东西方文化美学观念的差异：勤劳朴实的东方民族更注重于脚踏实地的实干精神，因此反映在童话中，不肯实干的寒号鸟，自然会受到严厉的惩罚，作者用的是一种悲剧式的表现手法；而浪漫富有幻想的西方民族却更注重于在现实生活中注入更多的文化精神的消遣。因此反映在童话创作中，他们能够容忍菲勒利克这样不干活，一心一意作诗，沉湎于幻想世界的"诗人"。并且在物质匮乏、难以忍受寒冷的冬天，让他用浪漫、美丽的幻想，来使大家忘却寒冷，得到快乐。作者用的是一种喜剧式的表现手法。这里作者并非否定其他小田鼠辛勤的劳作，而是赞美一种乐观昂扬的"精神胜利法"，在艰苦的环境下，有时候似乎更需要这种精神的力量来激励、鼓舞人们战胜困难。也就是在生活中，我们既需要有物质支持，同时也需要有浪漫的精神文化并存，这样才会使我们的生活更精彩、更丰富。

东西方不同的文化背景使同类题材表现出两种截然不同的美学观念。与本篇作品所表现的典型的西方美学思想相吻合的是，作品的语言风格也充分体现出了浪漫主义的美学风格。简洁、优美，童趣十足。在冬天艰难的境况中，作品突出的是菲勒利克乐观想象中的美丽境界，并且用优美的诗句来强化这种美学效果，使作品整体表现出一种童趣盎然，而又浪漫美好的独特的童话喜剧美学风格。

童话喜剧美的色彩还可以通过转换视角的手法来加以体现，比如用儿童的视角或用动物的视角来观察社会。当作者完全视儿童或动物的视角为正宗时，那么原本正常的世界就会变得充满了喜剧味。比如美国作家路易斯·发迪奥的《快乐的狮子》就是这样一篇非常富有喜剧味的童话。一头快乐的狮子，由于管理员的疏忽，从动物园走了出来，来到大街上，因而引起了街上人们的一片恐慌。作品巧妙地运用了童话式的反向思维法，从狮子的视角和狮子的思维出发来看现实中的人，这样一切便显得不可思议。当然，它的前提是：这是一头已经在动物园里被驯化了的快乐、温和的狮子。

当狮子从笼中走出，带着友好向它的动物园中的同类——动物们打招呼时，它们也都很友好，毕竟它们是同类，能够互相理解。但当狮子带着同样的友好，向街上以往它所熟悉的人们打招呼时，却引起了人们极度的惊慌，人们惊恐得跌跌撞撞，惊叫着四处逃窜。以至于狮子不得不想："这些人的行为，在动物园里和不在动物园里很不一样。"的确，从狮子的视角来看，它很难理解人们的反常行为。这便产生出了一系列由误解带来的喜剧冲突，由此给作品带来了情趣盎然的艺术效果。正当矛盾冲突发展到人们几乎要用救火车来对付它时，管理员的儿子弗郎科斯出现了，他是唯一能真正理解狮子的人。于是，狮子跟着他愉快地回到了动物园。而且，从此再也不肯出去漫游了。所以，作品最终还是体现了人与自然如何和睦相处的现实主题。

这篇作品除了视角比较独特，在故事结构上也很注意喜剧波澜起伏的巧妙设计，由意外出发，让狮子经过一次次碰壁，将故事推向高潮。正当它面临危急关头，而又毫不知情时，突然峰回路转，出现了它的好朋友——管理员的儿子弗朗科斯，于是一切问题也就迎刃而解了。喜剧冲突的设置最讲究出人意料，一切情趣尽在这戏剧性的矛盾、误解和冲突中显现。

童话中的喜剧美也可以用纯粹趣味性的表现手法来体现，不强调作品的主题意义，而只是让孩子们在笑声中得到快乐，注重的是一种愉快的游戏精神。比如美国当代作家特琳卡·艾纳尔的童话《赫伯特变魔术》就是这样一篇喜剧味十足的作品。作者借助于杂技中"丑角"形象塑造惯用的夸张、笨拙、滑稽的表现手法，塑造了一个傻得可爱而又好笑的魔术师赫伯特的童话形象。赫伯特是一个笨拙可笑的魔术师，会变一点魔术，可又常常莫名其妙地出错，以至在众人面前大出洋相，令人捧腹。他想变朵蓝色的玫瑰，可变出来的却是朵菊花；他想重新变一下，哪知魔术棍却误碰在老太太的鼻子上，使老太太的鼻孔里开出了两朵黄色的菊花，让老太太愤怒地想去法院告他。他只得再变，可菊花又变成了仙人掌……正当赫伯特因拙劣的表演混不下去，而走投无路之时，作品却突然来了个峰回路转，让赫伯特遇到了国王的大臣，请他去王宫里给国王的花园变仙人掌，赫伯特的命运

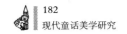
从此有了转机。

这篇作品并没有表现多么有意义的主题，而主要是给小读者以趣味和快乐，因此，作者把立足点放在对赫伯特这个可笑而又可爱的滑稽形象的塑造上，为强化滑稽、谐趣的效果，作者还特意在赫伯特身边设置了一只自以为是的多嘴乌鸦，使这对小人物相互映衬，更具有娱乐性的欣赏意味，其幽默谐趣的喜剧意味是全方位的。

喜剧美在幼儿童话中的表现又通常通过童话人物稚拙的言行举止和心理活动来体现一种大巧若拙、趣味盎然的艺术韵味。比如美国当代童话家劳伯尔的微型童话《母鸡与苹果树》就是很典型的作品，具有浓郁的寓言色彩。

一夜之间，母鸡突然发现她的后院里长出了一棵奇怪的苹果树。故事一开头作者就为我们设下了这个悬念，更为惊奇的是，这棵苹果树居然还能开口说话。且看它们之间的一段有趣的对话：

"真奇怪，"母鸡说，"昨天，那地方还没有任何树呢！"

"我们苹果树当中，有些树长得很迅速的。"

母鸡看看树的底部。

"我从来没有看见过这样的树，"她说，"树脚上竟长着十个毛茸茸的脚趾。"

"我们苹果树当中，有些是长脚趾的。"树说，

"母鸡，出来吧，到我的树底下来，我这多叶的树枝下有凉爽的树荫。"

随着母鸡的疑问，"树"的狡辩，我们看到狡猾的狼的伪装在被层层剥去。最终，机智的母鸡终于使狼现出了原形。而母鸡则早有防备，进了屋，关上门窗，并上了锁，使弄巧成拙的狼，只能灰溜溜地离开。作品的结尾，作者点明了寓意：靠伪装是蒙混不了的，最后将一事无成。

作品的精彩就在于，作者以一种不动声色的幽默语言与性格塑造，将母鸡大巧若拙的机智和幽默表现得淋漓尽致，同时又将"靠伪装是蒙混不了的"的生活哲理生动形象地显现出来。这便是劳伯尔童话特有的喜剧艺术魅力。

喜剧美的表现方式是多种多样的，在童话中也并无定律，但总体来看，其本质多少总是与笑、与趣味、与幽默是分不开的。

第四节　悲剧美

亚里士多德最初在解释悲剧时指出：悲剧是人生中严肃的事情，它不是悲哀、悲惨、悲痛、悲观或死亡、不幸的同义语，它与日常语言中的"悲剧"一词的含义并不完全相

同。作为美学对象的悲剧，必须是能使人奋发兴起，提高精神境界，产生审美愉快的。悲剧通过丑对美的暂时的压抑，强烈地展示了美的最终和必然的胜利。所以 实际上悲剧美所显示的审美特性必然体现出一种崇高之美，更具有震撼人心的力量。比如被称为悲剧典范之作的古希腊悲剧《被缚的普罗米修斯》，作品所表现的普罗米修斯为正义而甘受酷刑的不屈不挠的精神，展示出一种可歌可泣的悲壮崇高之美。

二十世纪二十年代鲁迅先生也曾提出过一个悲剧的著名命题："悲剧将人生有价值的东西毁灭给人看。"这里揭示的悲剧艺术的特征是"人生有价值的东西"，而不是生活中一般的悲哀、悲痛和悲惨。悲剧的审美价值是以人生的社会价值作为基础的，而其表现的手段则是"毁灭给人看"，美好的有价值的东西遭到毁灭，它给人的感受应该是极具震撼的。这是鲁迅悲剧观的核心。也成为中国现代文学悲剧理论最有代表性的观念。

那么对于儿童文学、对于童话是否具有真正意义上的悲剧美学意味呢？尽管儿童文学的总格调是倾向于欢快明朗的，但也并不排斥反映生活中悲剧的一面，因为生活中总是存在着种种不尽人意的方面，悲剧是难免的，即使儿童生活也不例外。关键是如何表现和怎样表现悲剧。对儿童文学和童话来说，或许更多的不是采取将"人生有价值的东西毁灭给人看"，而主要是通过悲剧来展示一种崇高悲壮之美，体现一种精神的力量。所以它更倾向于亚里士多德对悲剧美的注解。而且对悲剧人物命运的展示，还尽量采取一种弱化或淡化悲剧性的表现手段。不像成人文学那样尽量来强化悲剧的激烈冲突。

安徒生的《海的女儿》和王尔德的《快乐王子》是童话中最具典范意义的悲剧童话。但这两部童话都写得极美，"小人鱼"为爱而付出了沉重的代价，但王子却浑然不觉。最后在为爱而做出的生死抉择中，"小人鱼"又为了成全他人幸福甘愿使自己化为泡沫。这里"小人鱼"的悲剧命运被尽量弱化了，突出的是她对爱的执着追求以及为爱而献身的纯洁、高尚的精神品德，表现出美学理想的崇高境界。

同样，"快乐王子"也是为爱而献身的，他是为了关心帮助穷人而献出了自己所有最珍贵的东西，最后又由于同情曾帮助过他的小燕子，悲痛得铅心爆裂而最后被毁。这里突出的也并非是"快乐王子"的悲剧命运，而是"快乐王子"善良、高尚的美德以及为爱而献身的崇高精神境界。这两部作品可以说是表现童话悲剧理想的最具代表性的作品。

童话中的悲剧美的表现也可以用浪漫主义的理想化手法来展示其崇高悲壮之美，突出其理想的精神境界。比如英子的短篇童话《到非洲去看树》就是一篇特别富有浪漫幻想色

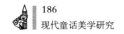
彩的悲剧作品。

小企鹅代代，生活在终年冰雪覆盖的南极，除了冰雪，它想象不出还有另一个天地。史密斯船长关于树的一番话，激发起它到非洲去看树的愿望，而且是那么的强烈与执着。终于有一天，它把自制的"果树号"冰船推入大海，带着那美好的理想，朝着非洲方向漂去。

作品并没有写出结局，当然，聪明的小读者谁都不难猜测它必然会有的悲壮的结局。事实上，小企鹅永远也到不了非洲，永远也看不到非洲的许许多多的树，因为小小的冰船根本承受不了汹涌的大海的冲击，离开南极逐渐上升的气温，也足以让梦想如冰雪般融化。但小企鹅代代不懂，它心中唯有那美丽的梦想，以及为实现这一梦想的无畏与执着。正因为如此，它才什么都不顾，什么都敢做。哪怕它终究是失败了，我们仍然会为它的这种精神所感动所赞叹。这何尝不是一种人类科学探索献身精神的写照！正是由于科学家的种种美丽的想象，以及为实现理想的执着探索，才有了今天的宇宙飞船飞上太空，人类在月球登陆等等奇迹的实现。因此，当代代推下冰船，最后一次深情地回望它所热爱的家乡，让心中的理想伴它远航时，我们感受到的绝不是荒唐可笑，而是一种感动，一种对理想信念执着无畏的感动。童稚的天真与崇高正融化在这诗一般的优美意境中，当如此美丽的执着将注定会成为一个悲剧的时候，作品的艺术美也就上升到了一个新的、崇高的精神境界了。

童话有时候也表现一些儿童生活中的悲剧，其表现更是采用弱化悲剧结局、注重情感与精神境界的渲染。这一点在幼儿童话中特别突出。如谢华的幼儿童话《岩石上的小蝌蚪》就是以其悲剧美的心灵与情感的巨大冲击波征服着小读者，给他们留下了难忘的深刻印象。

烈日下，两只被小男孩遗忘在岩石洼中的天真可爱的小蝌蚪，在满怀希望地等待着曾答应来带它们离去的小哥哥，但粗心大意的小哥哥居然把这事给忘了。然而，信守诺言的小蝌蚪却在烈日下的苦苦等待中渐渐地死去。作品紧紧围绕着两只小蝌蚪的命运的悬念展开，先是来自岩石老公公的关怀；既而是小花狗的冒失与关切；然后再是大花鸭的愿意帮忙，然而为了遵守诺言，小蝌蚪都放弃了，最后的结局尽管令人非常伤感，然而作者却把这个悲剧的结局写得非常的含蓄、非常的美。作者并不因为小蝌蚪的死而竭力渲染一种悲哀的氛围，而是极富情感地描写了小蝌蚪美丽的梦，着力衬托出一个充满希望的美好意境，从而使悲剧不"悲"，表现出一种崇高的精神境界。

小蝌蚪信守诺言，忠于情谊的纯真、善良的品格，近于痴情的等待，给小读者留下了难忘的印象。而小哥哥的粗心、失信也很真实，因为生活中的孩子就是这样，常常会粗心大意顾前不顾后，他们往往是无意犯错，是可以原谅的。正因如此，才更能激起小读者对小蝌蚪悲剧命运的同情，在心灵上受到震撼。

悲剧童话有时候也寓含着作家对现实的深刻感悟和理想，因而特别耐人寻味。意大利著名童话家贾尼·罗大里的短篇童话《瓦泰里那的泥瓦匠》，就是这样一篇寓含着深刻现实意义的悲剧童话。

这个故事原本是个很悲惨的悲剧，然而作者却将悲剧悲伤痛苦的一面尽量掩饰，而突出表现了童话主人公乐观豁达，为他人的幸福而幸福，为他人的痛苦而痛苦的高尚精神品质。因此，可以说作者追求的是一种精神美的表现。马里奥因意外事故，跌进了钢筋混凝土中，而成了大楼柱子的一部分。尽管他的肉体已死了，然而他的意识和心灵并没有死。他与这幢大楼里的人们朝夕相处，时时刻刻关注着他们，似乎他们的生活就是他的生活，他们的欢乐和痛苦就是他的欢乐和痛苦，马里奥完全忘记了他自己的痛苦。然而，战争的爆发，不仅摧毁了这幢大楼，也摧毁了马里奥生命的支撑点，只是在这时候，马里奥才真正地死了。因此，在赞美马里奥乐观高尚精神的同时，我们能够感受到作者对战争给人民带来的灾难与痛苦的愤怒谴责。

作品的想象十分奇特，运用了宗教神秘主义的灵肉分离的表现手法，让马里奥的灵魂和精神活着，去感受人间的温情。而后又用对比的手法，将战争的残酷与这和平的温馨相映照，更强烈地表现出了作者热爱和平和人民的反战思想，现实含义十分深刻。

　　当然，童话的悲剧美还可以用喜剧化的手法来表现。也就是故事本身充满了喜剧味，然而，悲剧性的结局却又十分耐人寻味。比如前面我们提到的俄罗斯儿童文学作家米哈尔科夫的童话《狗熊捡了一个烟斗》，就既是一篇充满了喜剧味的十分幽默谐趣的童话，而同时它的结局又是悲剧性的，以悲剧性的结局来告诫孩子们一定的生活哲理。狗熊抽烟上瘾，恶习难改，以至终于一天天把良好的天赋条件糟蹋殆尽，而最终成为守林人不费吹灰之力俘获的战利品。狗熊的悲剧结局的确让人既好笑，而又品味再三。

　　作品充满了寓言式的悲剧哲理意蕴，然而通篇又无一句说理，完全通过诙谐有趣的故事来表达，我们不难从狗熊身上感悟到作家对隐含在这个悲剧人物身上的某些人性弱点的善意的批判。

　　从以上对几部悲剧童话的分析中，我们不难看出悲剧童话所特有的美学意味：首先，童话中尽管不乏悲剧之作，但应该说，童话还是不具备真正意义的悲剧观念，也就是说，它与成人文学的悲剧观念还是有所不同的。尽管它也有悲剧性，也有亚里士多德所强调的崇高性与悲壮性，但在表现方法上仍有着明显的差异性，它并不强化悲剧残酷性与悲哀性的过程描述，以及给人心灵上造成的强烈的恐惧感和悲痛感而受到的震撼；相反它却是尽量弱化悲剧性的过程，以及带给人可能的恐惧感与悲痛感，用一种理想主义的美或是乐观昂扬的精神来体现悲剧美的精神实质，从而使悲剧并不"悲"，格调高昂。这是童话悲剧美特有的表现手法，与儿童文学总格调的欢快明朗是一致的。这也是从儿童读者阅读的审美特性出发的，应该说儿童读者还不具有真正能消解悲剧美学的丰富含义的水平，但这也并不能阻碍他们对悲剧作品的欣赏和基本层次的理解。为满足这一审美的需求，儿童文学采取的变通手法，即是尽量弱化悲剧的悲惨过程，体现主题所显现的崇高美的精神境界和寓含的生活哲理。如《海的女儿》《快乐王子》《到非洲去看树》，还有《岩石上的小蝌蚪》《瓦泰里那的泥瓦匠》《狗熊捡了一个烟斗》等等。即使像《卖火柴的小女孩》这样一个悲惨的故事，作家也尽量把它写得非常的美，充满了理想主义的幻想色彩。小女孩在平安夜，冻死、饿死在距烤鹅橱窗咫尺之遥的街头。但她却是在美好的希望憧憬中死去的，在美丽的天堂，她是那么的幸福、快乐！这种强烈的对比手法，更深刻地揭示了现实的残酷，激发起小读者强烈的同情心和怜悯心。这种寓悲于美，寓悲于快乐，寓悲于理想，或许是童话最具独特韵味的悲剧美的表现方法，它使童话的悲剧美有了自己独具的品格和特征。

第四章

风格美学：童话艺术流派与艺术个性

风格历来是美学中一个令人颇为关注的重要课题。它是作家在创作时间过程中逐步形成起来的、是作家独特的审美见解通过独特的审美传达活动表现出来的、在大多数作品中反映出来的基本特色。在艺术风格中鲜明地烙有作家的审美个性。从美学的角度来考察，作家对生活的独特的审美感受是风格形成的基础。而在一个时期里众多观点相近、艺术风格相似的作家的出现，则有可能形成某一种具有一定影响力的艺术流派。比如十九世纪欧洲的"浪漫主义"和"现实主义"的文学流派；二十世纪西方的"象征主义""超现实主义""现代派"；拉美的"魔幻现实主义"等文学流派，都是具有世界影响力的文学流派。那么，在儿童文学界是否出现过真正意义的文学风格流派呢？

　　说起来颇为奇特，儿童文学的形成历史不算短了，然而却很少有人对儿童文学的各种风格流派认真地关注过。是儿童文学作家寥寥无几，不足以形成有一定声势的文学风格流派吗？的确，儿童文学作家比之成人文学作家在数量上是要少得多，且力量也较分散，但这并不等于儿童文学就没有自己的流派了。观点相近、艺术风格相似的作家也并非绝无，否则也就不会有人提出什么"热闹派""抒情派"童话了。关键是很少有人对这些文学现象加以总结、评说，引起文学界足够的重视。现在应该是到了认真梳理和总结的时候了。以下我想尝试着对童话风格流派问题作一点探索和梳理。

也许大家已经注意到了，与儿童文学本身的特殊性一样，儿童文学流派的形成也有不同于成人文学的一些独特现象：首先由于儿童教育的普遍意义，各个不同地域、不同社会制度的国家，他们对儿童的基本道德品质、良好习惯、为人处事的行为教育大体有着比较一致的认识。从某种角度来说，儿童文学比之成人文学也较少地受到政治的左右，有相对的稳定性。因此，这也就使与儿童教育密切相关的儿童文学也具有了较普遍的世界性意义；第二，儿童文学由于所受重视的程度远逊于成人文学，其作家相对来说比成人文学作家要少得多，且起步亦迟一些，繁荣兴旺的局面极少出现，所以其流派的形成相对来说亦较缓慢，甚至是跨时代、跨地域，经过了相当长的历史时期才逐渐形成的。也许正由于这些因素，儿童文学的流派问题也就一直为人们所忽视。但这并不能说明儿童文学的各种流派就不存在了，对童话流派的考察，正足以表明儿童文学流派的存在和发展。

第一节　"热闹派"童话源流琐探

首先，探究"热闹派"一名的来源，依刘崇善先生所说："其名源出于任溶溶的《外国童话漫谈》，他在阐述外国童话作家各种风格的前提下，把童话分为两大派，其一名之曰热闹派。"① 所以任溶溶似乎是国内最早提出"热闹派"这一名称的人。不管这一说法是否肯定，但提出"热闹派"一说肯定是在新时期童话复苏与开始繁荣的时期，这一点是不容置疑的。因为在思想被严重禁锢的时代，是不可能有人敢明目张胆地为这一充满了大胆的游戏精神的童话流派来大肆鼓吹的。国外是否有人提及或冠之以别的名称，因资料所限还无从考察。不过，其名虽得之甚晚，然而此风格的形成却由来已久。这一点我们不难从下文得知。

第二，为了弄清"热闹派"童话源流，我们得先来剖析一下被称之为"热闹派"的童话究竟有何特征，否则就难以追根溯源。毫无疑问，"热闹派"童话得名，首先得之于它的释放量极大的"闹剧"效果，这"闹剧"效果与作家大胆使用夸张、怪异、象征等艺术手段是分不开的。他们"运用瞳孔极度放大似的视点"，"追求一种洋溢着流动美的运动

---

①刘崇善：《热闹派童话及其他》，《儿童文学选刊》1986年第6期。

感，快节奏，大幅度地转换场景"①，用漫画式的幽默、讽刺、变形等喜剧化的表现形态，寓庄于谐，使孩子们在笑的氛围中获得审美快感。他们以丰富奇妙的幻想力来"作种种天马行空的无羁行动和人、物组合，作种种玩忽现实的时、空安排"②，给儿童一种奇异独特的、超现实的感觉，以满足儿童无限的幻想力的心理需求，大大拓宽了他们幻想的视野。当然，假如单从艺术表现形态、表现手法的外部特征去衡量，那么"热闹派"童话的渊源甚至可以上溯到童话的起源——古神话。古神话中的夸张、变异、离奇的幻想，比之今天的"热闹派"童话几乎可以说是有过之而无不及。例如《羿射九日》中的羿，一箭怒射九日；《夸父逐日》中的夸父，一口喝干了黄、渭两条大江的水，甩出手杖，顿时化为一片郁郁葱葱的桃林……还有长期以来活跃在民间的传说、童话中这种大肆夸张、变形、魔幻的手法运用更是普遍。所以并不能单从表现手法这个外部特征一方面来判定"热闹派"童话的特征。无疑，神话、民间童话的各种表现方法对"热闹派"童话有着深刻地影响，但它们仍具有本质上的区别。判断"热闹派"童话的另一鲜明特征应是它强烈的时代意识，现实主义的精神实质，直面人生的深刻内涵，通过童

---

①彭懿：《"火山"爆发之后的思索》，《儿童文学选刊》1986年第5期。
②班马：《童话潮一瞥》，《儿童文学选刊》1986年第5期。

话外部夸张变形的折射，隐讳地解剖现实，针砭时弊，给人以哲理的启迪。所以"热闹派"童话看似"热热闹闹""天马行空""荒诞离奇"，实则寓含着对人生清醒的认识和丰富的时代社会意义。这也正是人们绝不会把"热闹派"童话与神话、魔幻的民间童话混为一谈的根本之处。此外，艺术流派也是众多作家艺术风格的集中体现，它既有某一风格流派的共性特征，同时又有作家鲜明的艺术个性的体现。所以，它应是文学童话，即艺术童话开创以后的现象，而不会是口耳相传的神话、民间童话发展的时期。

一、《爱丽丝漫游奇境记》对"热闹派"童话的开创

依据这几个主要特征来追溯童话创作的历史轨迹，"热闹派"童话的开创也许首推创作出《爱丽丝漫游奇境记》(1865年)、《爱丽丝镜中奇遇记》(1871年)姊妹篇的英国童话家刘易斯·卡洛尔。卡洛尔原先是位才华横溢的数学家，长期在举世闻名的牛津大学工作。偶然的契机，他写下了《爱丽丝漫游奇境记》。

这部童话通过爱丽丝这位聪明可爱的小姑娘梦中"漫游"奇境，一方面幻化出五光十色的太虚幻境、神秘的兔子洞、奇妙的能使人变大变小的魔药水、荒诞的法庭审判等，极富魅力地把孩子们引进了一个现实所不能到达的遥望世

界；另一方面，作者又以童心，孩子般天真的目光去揭示当时社会的种种现象。这些童话中的荒诞现象，正是英国维多利亚时代丑恶现实通过讽刺方式的体现：古板迂腐、凝滞僵化、陈旧落后的学校教育体制和教学方式；早已僵化了的中世纪法制形式；统治者以权谋私的种种丑行……而这一切，卡洛尔都把它们寓于离奇的梦境之中。正因为写的是梦幻，作者才便于采取夸张、变异的手法，运用荒诞离奇的笔墨来结构故事、刻画人物，在梦幻的舞台上，演出了人生的一幕幕悲喜剧。此外，英国文学中那种特有的不动声色的幽默感，使作品的语言极富感染力。因此，作品一出来，便深得孩子们的喜爱。意外的成功，使卡洛尔开始"试图探索新的童话创作路子"，这条路子就是：童话的幻想成分比安徒生童话浓重许多倍；利用当代科学成果和当代人的思维方式；还有让童话奇境紧紧联系现实生活，使童话带上些寓含和象征意味。以今天的眼光看，这条童话创作的路子，也正是多少年来"热闹派"童话探索的道路。它的特征，也正是"热闹派"童话最显著的特征，卡洛尔后来的童话创作也都是沿着这一轨迹前进的。姊妹篇《爱丽丝镜中奇遇记》及《幻影》《西尔维亚和布鲁诺》等作品保持了《爱丽丝漫游奇境记》的风格。可以说卡洛尔无意之中成了开创了"热闹派"童话的先锋，而且在一开始就使"热闹派"童话的风格特征得到了淋漓尽致地展现，为"热闹派"童话作了一个良好的开端。他的作品影响极广，是继莎士比亚之后，作品被译介到国外最多的一位英国作家，直到二十世纪还有对他的作品的"仿作热"与"拍片热"。我国二十世纪三十年代沈从文的《爱丽丝中国游记》、陈伯吹的《阿丽思小姐》便是受卡洛尔的影响写作的"中国爱丽丝"。可见卡洛尔作品的影响之广和他所开创的童话风格对后人的深刻影响。

二、科洛迪的《木偶奇遇记》对"热闹派"童话的发展

卡洛尔之后，"热闹派"童话风格体现的最突出的莫过于意大利著名童话家，长篇童话《木偶奇遇记》的作者科洛迪。说他的童话具有"热闹派"童话的风格特征，是因为他的作品想象丰富奇特，夸张离奇大胆，并创造了匹诺曹这个具有木偶和现实生活中的顽皮孩子双重特性的童话形象，深得小读者的宠爱。匹诺曹每说一句谎话，他的鼻子就要长一截，逃学贪玩长出了驴耳朵；被送进马戏团吃尽了苦头……最后他改好了，就从木偶变成了一个真正的孩子。作者通过这些荒诞的夸张和奇妙的幻想，告诉孩子们许多做个好孩子的基本道理，它的现实教育意义之强，绝非是纯说教式的训斥所能达到的。科洛迪的童话除了《木偶奇遇记》还有《小手杖漫游意大利》《愉快的符号》等。

科洛迪的童话不仅与卡洛尔的童话一样具有"热闹派"童话的特征；而且还发展了卡洛尔童话的现实主义表现方法。假如说卡洛尔的《爱丽丝漫游奇境记》还必须借助于传统的梦幻形式来体现现实主义含义的话，科洛迪的《木偶奇遇记》则已完全地让幻想式的童话人物——木偶匹诺曹生活在现实生活中，并且使他具有真人和木偶的双重属性，大胆的夸张和离奇的幻想在完全真实的生活背景下更显得色彩奇异。创造了一个幻想和现实相交融的、没有明显界线的童话意境，这不能不说是科洛迪对"热闹派"童话的一大发展。以后的"热闹派"童话家大都继承了科洛迪的这一创作手法，并且使幻想和现实的交融达到更为出神入化的境界。

三、中国"热闹派"童话的先驱——张天翼

西方现代"热闹派"童话的作品对我国现代童话创作的影响极大，其中张天翼可首推我国现代"热闹派"童话创作的代表。尽管张天翼似乎是无意识地继承了卡洛尔、科洛迪的"热闹派"童话的风格，但是他那看起来荒诞离奇，实则包含着深刻的社会批判内容的童话，却是"热闹派"童话在中国的开创。他那讽刺、幽默、好幻想的天性，使"热闹派"童话的特征得到了淋漓尽致的发挥，将现实"真的世界"和童话"幻想的世界"自然交融一体，达到了完美的统

一。"热闹派"童话那种天马行空般的大胆、奇异的幻想特征，成为张天翼要隐讳地揭示现实社会的最有力的武器。而以出"奇"制胜，以"奇"吸引、感染小读者也成为张天翼童话最突出的特征。他简直可以信手拈来，便已使人忍俊不禁。《大林和小林》中的"唧唧"因过着像寄生虫一样的生活，结果胖得连牙齿上、指甲上都长肉；和乌龟、蜗牛五米赛跑，得了个倒数第一；《秃秃大王》中的秃秃大王生起气来牙齿疯长可顶住月亮……这些大幅度的夸张大大增强了张天翼童话的尖刻的讽刺性。在令人捧腹的夸饰中包孕着作者清醒地意识到的历史内容，正因如此，我们才能在他的童话所创造的奇奇怪怪的荒诞世界中，找到贫富悬殊的差异，尖锐的阶级矛盾冲突（《大林和小林》）；垄断资本家肮脏的发迹史(《金鸭帝国》)；独裁统治的最终毁灭(《秃秃大王》)等深刻的现实历史图卷。张天翼的这些童话创作将童话艺术推向了新的高峰，将现实主义童话反映现实的深刻性和展示幻想世界的丰富性得到了最充分的展现，开创了中国现代"热闹派"童话，对中国现代及当代童话都有着颇深的影响，张天翼的童话能毫不逊色地与世界"热闹派"童话大师的作品相媲美，只不过由于我国的童话向世界介绍太少，所以才没像那些大师们一样在世界小读者中造成广泛的社会影响，这实际上也向我们提出了一个中国童话如何走向世界的问题。在二十世纪三四十年代的社会土壤中，尝试以"热闹派"童话手法写作的作家不少，比如陈伯吹、贺宜、金近、苏苏、仇重等等，大都采用这种表现方法。但在表现幻想的离奇大胆上可能无人能超过张天翼的童话的。

四、当代外国"热闹派"童话的代表——林格伦、罗大里及其他

继卡洛尔、科洛迪等人的"热闹派"童话之后，在当代外国儿童文学中能继承并发展这一派创作风格的，最有影响的莫过于瑞典女作家，写下《长袜子皮皮》三部曲和《小飞人卡尔松》三部曲等名作的阿·林格伦以及意大利童话大师贾尼·罗大里(他曾以《洋葱头历险记》《假话国历险记》《蓝箭号列车历险记》等长篇童话享有世界声誉)。他们将"热闹派"童话发展到巅峰状态，以强烈的现代意识给人以耳目一新之感，使"热闹派"童话赢得了世界最广泛的小读者。尽管林格伦与罗大里的童话都可称之为"热闹派"童话，但他们各自的风格及擅长的题材领域却又截然不同。林格伦十分善于捕捉现实儿童生活细节，特别是表现那类淘气儿童形象。她运用自如地将他们的淘气，甚至恶作剧大大夸张，赋以离奇的想象，幽默的儿童情趣，以表现少年儿童被压抑着的最狂野的幻想，体现了孩子们许多十分关切的、想

说而没有说出来的愿望，因此深得小读者的宠爱。

而罗大里则善于深深地探进现实社会的客观存在，在广袤的社会背景下，通过奇异的童话世界，来揭示社会真理。在他大胆、夸张地用童话形象和童话手段描绘现实社会的客观存在中，毫不隐晦地表明了他作为一个共产党人作家的鲜明的政治倾向。因此读他的作品，总给人一种充满信心的鼓动力量，鼓舞人们去为友谊、平等、自由、善良、真理、正义而作勇敢的斗争。他笔下的那些著名的童话形象：洋葱头、小茉莉、小香蕉、狗熊、瘸腿猫等都带着现实社会各阶层人物的深深的烙印。罗大里特别崇拜童话大师安徒生的一句名言："世界上再没有比生活本身给人讲的童话更好的童话了。"他正是最充分地挖掘了生活本身的童话因素，给生活插上了想象的翅膀，才使他的童话赢得了广泛的小读者。

当代外国童话中追随卡洛尔、科洛迪的大有人在，"热闹派"童话极为盛行。美国作家鲍姆的关于《奥茨国的故事》系列童话：《奥茨的国土》《奥茨国的翡翠城》《奥茨国的稻草人》等。美国儿童文学史家将鲍姆的童话与科洛迪的《木偶奇遇记》相比，说"它的故事和人物对儿童具有明显的普遍而持久的吸引力"。此外，苏联作家尼·诺索夫的关于"小无知"的系列童话：《小无知漫游太阳城》《小无知游月球》《小无知游绿城》等作品，在大胆的夸张幻想中包含着许多现代科学知识，并特别具有现代人的意识。他的作品与我国新时期"热闹派"童话的现代意识颇为接近。

五、中国当代"热闹派"童话的崛起和繁荣

我国当代"热闹派"童话的盛行当归之于新时期。以郑渊洁为代表的"热闹派"童话几乎风靡刚刚从十年"文革"的禁锢下复苏的新时期童话领域，并带动了一批青年童话家致力创新，推动了"热闹派"童话的发展。为什么进入当代儿童文学三十多年来"热闹派"童话一直不为人们关注，能显示出这一童话风格的作品实在不多，能继承并发展这一风格的童话作家更难列举，而直到新时期，"热闹派"童话才重新脱颖而出，并迅速占据绝大部分童话领域呢？这不能不说与新中国成立以来历次政治运动总是太多地干扰了童话创作有关，强烈的政治观念左右了作家的创作，捕风捉影的批判束缚了作家的手脚；像"热闹派"童话多多少少有点自由、放纵、不受拘束的风格自然难以发挥。粉碎"四人帮"以后，在较为宽松和谐的自由创作氛围下，"热闹派"童话才能重新获得新的生命力。

才思敏捷的幻想家郑渊洁，率先突出重围，以漠视陈规的强烈反叛和大胆想象推出新时期第一批被称之为"热闹派"的童话作品，令人刮目相看。他的童话以其丰富的想

象、强烈的游戏精神和敢于为孩子们说真话，而赢得了广泛的小读者，并且为孩子们留下了许多栩栩如生的童话形象：皮皮鲁、鲁西西、乔麦皮、舒克、贝塔、牛魔王、大灰狼罗克等等。这些既有生活中孩子的影子，又有丰富幻想色彩的童话形象成为孩子们最要好的朋友。继郑渊洁之后，又出现了彭懿的令人眼花缭乱的，带有现代魔幻和科幻色彩的，注重迅速推移、转化突变的，被称之为"狂想型"的童话。他的童话尽管狂放，然而现代意识却特强，我们可以从他的童话中接收到各种各样的时代信息，无论是他根据《阿里巴巴和四十大盗》中的人物写成的《四十大盗新传》；还是根据男女孩子特点写成的《女孩子城来了大盗贼》《男孩子城来了小矮人》；以及《全球智慧人》《追回青春的一列车》等作品都可以感受到浓郁的现代社会气息。就现代意识来说，与诺索夫的"小无知"系列童话十分相似。这也正是彭懿童话比较受到当代儿童欢迎的重要因素。彭懿后来留学去了日本，研究现代西方幻想文学，回国后又致力于"中国大幻想文学"的倡导，其作品则在大胆幻想的基础上，更融入了现实神秘与幽灵文学的色彩。

而当时与彭懿并驾齐驱的还有周锐的颇有点"荒诞""滑稽"色彩的，被称之为"荒诞型"的童话。他的童话夸张奇崛、怪异，几乎近于荒诞。例如《勇敢理发店》居然视拔光男孩、女孩的头发为勇敢；《阿嗡大夫》中给每个人肚脐眼上安上个活塞，若遇上争执气盛，只要拔去塞子大家便气消和解了……这些童话尽管看似荒诞、离奇，但在这些构思奇特、妙趣横生的幻想中却隐含着深邃的寓意，充满着社会和人生的哲理。他的童话几乎都来自现代社会生活的"触发"：一辆救护车撞倒了一位大夫，于是就有了《阿嗡大夫和救护车司机》；上班挤公共汽车,挤得苦不堪言,于是就有了《挤呀挤》；楼房邻里间的纠纷被他搬上了神话中的九重天,于是就有了《九重天》；就连电话串线这类生活中偶发的小事,也会牵引出他的一系列绝妙的想象,而写出有趣的《电话大串线》……寓严肃于荒诞之中,寓辛辣的讽刺于玩笑趣味之中,正是周锐"热闹型"童话的特色。

与彭懿、周锐比较起来,金逸铭那时候的童话则特别追求一种"神秘"的色彩,追求来自心灵的感觉。正如他自己所说, "我的童话和小说", "始终带有一种预想性,一种幻想色彩,一种浪漫情绪"[①]。这种光怪陆离的感觉,使他不得不追求一种奇异的手法,因此他的笔下就出现了许多"童话＋小说"式的混合作品,如：《海上漂来一钩蓝月》《一岁的呐喊》等,当然也有一些是纯童话的,如《宇宙鲸鱼》

①金逸铭：《我写我所没有的》,《创作之友》第8辑。

等。尽管他的作品飘逸、迷幻、神秘兮兮的，但他的感觉却来自浓厚的现代意识，寻求人性本质的情感，善良、纯正、勇毅……当然也许有的感觉作者自我意识太强，对少年儿童来说还过于深奥了些，但他们仍能从他的神秘世界中发现他们所能理解的东西。

无论是"狂想型"童话、"荒诞型"童话，还是"神秘型"童话，其实它们都是"热闹派"童话的派生与创新，就它们的本质及"热热闹闹"的外部特征都同出一辙。与卡洛尔在一开始就追求的：浓郁的幻想成分、当代人的思维方式、包含的寓意和象征意味等乃是同一条道路。但是它们毕竟带有不同时代的色彩以及不同作家的多姿多彩的风貌，这些充分说明"热闹派"童话持久的生命力和广阔的发展前景。中国"热闹派"童话尽管最初似乎是受西方影响的，而且几十年来新的也仍在不断引鉴，但是中国童话中那种古老而悠久的潜在影响，时代、社会的适宜土壤却是真正使得"热闹派"童话得以勃发，并在不同的社会环境中呈现出不同的特色，决不满足于单一的色调，而是勇于开拓，敢于创新，这不能不说是"热闹派"童话的富有时代意义的收获。

"热闹派"童话在二十世纪九十年代更是新人辈出，饶远、谢乐军、武玉桂、李志伟、安武林等等。他们以各自对"热闹派"童话的理解来继续为"热闹派"童话续写篇章。

比如被称之为"城市环保童话大王"的饶远，以一系列城市环保童话表现出了作家对新兴城市家园的热情关切。《迪斯科旋风》就是这一系列中的一部短篇童话集。

这是一部在经济发达的南方城市孕育生长的童话集，内容上有着浓郁的特区生活气息，作者以强烈的当代城市意识来关照现代城市在发展中的方方面面，将城市的生动与鲜活、繁华与嘈杂、困惑与苦恼、新与旧的冲突等等，统统都以夸张变异的童话形式和话语来体现和表达，尤其对城市发展中日益突出的环保问题，更是提出了许多发人深省的疑虑。作品精心描绘和着力塑造的是一群虎虎生气勇往直前的孩童形象，他们才是城市真正的灵魂、未来城市的主人！ 马乔乔是饶远童话精心塑造的一个童话式的当代城市少年的典型形象，在他的身上既体现了作为一个当代城市少年所特有的机敏、才智和勇气，有着强烈的当代城市意识，同时又不乏作为一个童话形象所具有的童心与童话式的思维与行事方式。比如在《迪斯科旋风》中马乔乔为将迪斯科旋风刮进溜丢市而采取的行为方式是十分怪诞的，完全是一种孩童式的异想天开。最后当迪斯科旋风在溜丢市疯狂刮起来后，马乔乔又以他的智慧，将人们引出这疯狂的旋涡而走入兼收并蓄的正轨。当代城市意识还表现在作者对人类共同家园的忧患意识的体现上——人口问题、环保问题、战争、 毒品等等这些与人类生活息息相关的诸多问题都在饶远作品中得到了生动的反映，充分表现了作者对城市家园的热情关注与终极关怀，共同构筑起饶远城市童话的当代性。

在表现手法上，作者也表现出鲜明的当代意识，运用了许多现代派的表现方法来体现出现代童话所特有的艺术魅力。例如荒诞性的竭力表现；大胆的夸张与变形；神秘的现实主义魔幻；蒙太奇的电影艺术手法等等，都与八十年代的"热闹派"童话如出一辙。当然，也由于作者长期生活在南方沿海开放地区，对特区生活的熟悉与对当地风土人情、历史文化传统的熟悉，使他的作品也表现出浓郁的南方城市的亚热带地域风味。作品的语言既有城市的快节奏、热闹的喧嚣味，也有亚热带美丽的抒情色彩，表现出了"热闹派"童话风格的多样性。

再如被孩子们称为"魔术老虎叔叔"或是"奇怪大王叔叔"的青年童话家谢乐军，也是九十年代风头遒劲的"热闹派"童话的一位代表。《魔术老虎》和《奇怪的大王》是他比较有代表性的两部作品。

这两部童话既有相似的共同点，又有各自不同的特点。相似之处在于它们都是以系列的方式来构筑童话的基本框架的，每篇故事都能独立成篇，但上下篇之间又存在着某种联系，或构成悬念，这也是系列童话的一个显著特点。但它们的不同之处在于，前者是以"魔术老虎"为主人公贯穿系列童话的始终，故事也主要是围绕"魔术老虎"这一童话人物的活动展开的；而后者则并没有一个贯穿始终的童话主人公，每篇故事的主人公都是不同的，即以谁当森林王国的大王，谁就是这篇故事的主角，故事也就围绕着这一童话主角展开。这显然是谢乐军所尝试的一种系列童话的写法，一般系列童话大都有一个贯穿始终的童话主人公，而以一个共同的主题来塑造不同的童话主角，以此展开故事，这样的系列童话的写法的确还不多见，而且也不容易写好，极易陷入某种套路，而使故事显得僵化。当然，《奇怪的大王》在处理这一矛盾时把握得还是相当不错的，作者力求在不变中求变化，即在同一个"如何当大王"的中心议题下，力求写出每个故事的不同特点。于是，森林里的动物都有了一个当大王的机会，当然这个机会有的是靠天经地义轮来的，比如胡子鼠，鼠年到了，也就轮到了老鼠当大王了；有的是靠智慧取得的，比如小白兔，用智慧战胜了强敌老虎，而夺得了王位；也有的是靠不择手段，阴谋夺取来的，比如眨眼狐狸，用欺骗的手段气走了穿山甲大王，而夺得了王位……除了以丰富的想象精心设计每个大王不同的登位方式，对每个大王的作为，作者更是根据每个动物的不同个性特点和本质特征加以巧妙地安排，以使故事来得精彩而富有变化。其中既融会了动物世界弱肉强食的本质特征，又融会了人类社会生活的内涵与哲理。比如胡子鼠，一上台就千方百计地利用手中的权势去报复原先对它构成威胁的老黄猫，结果却反而弄巧成拙，被赶下了台；再比如铁蹄白马坐上了王位，由于听信了猴子阿三的谗言，迷信自己有神奇气功，乐于别人的奉承拍马屁，以致最后弄得身败名裂，不得不让出王位；当然，也有登上王位后，尽力想为森林王国做点好事的。比如小熊当上大王后，千方百计帮助小动物们增强勇气，创办了"勇气学校"；青蛇当上大王后，为了消除动物们的误解，宁愿变身为一条拔河绳，让大家得到锻炼和快乐……

不难发现，在这些别具一格的当大王的幻想故事中充满了儿童式的幽默、幻想和游戏精神，力争表现得轻松、有趣、好玩和有意思，让孩子们从中得到快乐，在快乐中也能得到某种启迪。这也正是"热闹派"童话所追求的。

二十世纪九十年代另一位风头正劲的青年童话作家是江苏的李志伟。他的童话以数量之多和想象之丰富大胆，被认为是当时最具代表性的"热闹派"童话的后起之秀，其创作势头几乎可与新时期之初的"热闹派"童话的代表郑渊洁相媲美。当然，由于他毕竟是活跃于更注重高科技和未来发展的九十年代，且又是一位学物理出身的中学教师。因此，他的童话的想象更多地驰骋于科幻领域和未来世界。用他的话来说，即是投身于"科幻冒险的蹦极跳"。他的想象也就像那"蹦极跳"一样，跳得大胆，跳得酣畅淋漓。比如你设想一下，要是克隆技术被滥用，会是一种什么样的结果？探长被克隆了，镇长被克隆了，就连侦破者也被克隆了……面对如此真伪难辨的复杂案情该如何破案呢？（《克隆风暴》）；突然之间全城人都失去了记忆，那又会发生一些什么奇怪的事呢？（《失忆之城》）；还有更奇怪的现象，活人突然像雪糕一样融化了，你周围的建筑也在慢慢地融化，下一步会怎样呢？（《融化的世界》）……他以出色的想象，在现实与未来之间架起了一座幻想的桥梁，引领孩子们在奇异世界中漫游。比之八十年代的"热闹派"童话家，九十年代的"热闹派"童话家的思想更具有开放性、自由性，以及注重娱乐性和游戏精神的体现。抛弃了历史的那份沉重，他们充分感受到宽松的时代氛围给他们创作带来的无限生机。这也是"热闹派"童话发展的最好的时机。

"热闹派"童话从它的出现到当今的繁荣发展，已跨过了一个多世纪，在这漫长的岁月中，留下了数不清的名篇，成为深受世界儿童喜爱的童话流派之一。"热闹派"童话之所以赢得了广泛的小读者，究其原因首先是它充分发挥了童话特有的手段，童话幻想的变幻莫测、扑朔迷离给童话作家的想象插上了腾飞的翅膀，使他们可以在童话王国中自由游弋，创造一个个神奇而美妙的幻想世界；极其夸张的描绘又使童话抹上了滑稽、有趣的色彩，似真非真，具有巧妙的隐晦性，可以含而不露地揭示现实。此外，"热闹派"童话注重情节迅速推移的快节奏和曲折性等都十分符合小读者的欣赏心理。"热闹派"童话还以其丰富的幻想、开阔的视野，大大打开了孩子们幻想的天地，丰富了他们的知识、情趣。同时"热闹派"童话蕴含的现实社会的深刻意义，也使小读者在潜移默化中认识了世界的多面性和生活的真实。这些也正是"热闹派"童话历经百年沧桑而不衰的根本之处。然而在当前"热闹派"童话繁荣兴旺的局势中，我们也看到了一些令人担忧的不良倾向：一些作者片面理解了"热闹派"童话的本质特征，仅一味将其外部特征大大发挥，而忽视了其最根本的现实主义精神实质。远离现实，仅凭头脑中的臆想，漫无边际地随意夸张、编织离奇的情节，故弄玄虚，有的甚至流于庸俗、无聊，失去了童话应有的严肃性和必要的逻辑性。这实在是曲解了"热闹派"童话的实质。童话大师罗大里认为：童话应该是启动孩子想象的小马达，这个小马达能将孩子的想象牵引上一条"绿色的道路"；童话又应该是一把钥匙，打开门就在孩子们眼前展现他们见所未见的人生世界，这个人生世界既广无涯际，又复杂纷纭，它的构成既奇妙，又平常。罗大里的童话正是他的理论的实践，也是幻想与现实结合的典范。他对童话的认识也值得"热闹派"童话的作家们深思。

"热闹派"童话为新时期以及八九十年代的童话园地增添了令人艳羡的色彩，它与"抒情派""民族派"等众多不同风格的童话各领风骚、争奇斗艳，令小读者迷醉。相信"热闹派"童话在经历了风风雨雨后会更成熟、繁兴起来。

第二节 "抒情派"童话风格的形成和发展

所谓"抒情派"童话的提出其实是与"热闹派"童话相对而言的，均出现于二十世纪八十年代初。与"热闹派"童话注重幻想的大胆夸张与热热闹闹的故事性效果所不同的是，"抒情派"童话则是以语言的优美典雅、意境的蕴含丰富见长的；注重的是浪漫的、美丽幻想的抒情性的效果。对抒情体童话来说，重要的不是展现一个故事情节，而应该是一种流贯于全篇的情感和情绪的波动。

八十年代初，最早引人瞩目的抒情童话作家是初出茅庐的青年童话家冰波。在当时一大批势头正猛的"热闹派"青年童话家的"热闹派"童话作品中，冰波的《夏夜的梦》《窗下的树皮小屋》《秋千，秋千》《桃树下的小白兔》等一批清纯、优美、意境幽远而略带感伤色彩的抒情童话显得是那么与众不同，恰恰构成了与"热闹派"童话截然不同的艺术风格，因此，"抒情派"童话的提出也就相得益彰。尽管"抒情派"童话的提出是在这样的背景之下，但抒情型童话的出现却由来已久。从抒情型童话的特点去追溯其由来，我们甚至可以追溯到为现代童话的开创做出过出色贡献的安徒生、王尔德等一批著名的童话大师的艺术创作中。

一、安徒生抒情童话风格的开创

正如汤锐在她的《北欧儿童文学述略》中所评价的："十九世纪丹麦的童话大师安徒生，其作品的浪漫气息之浓厚，堪称世界儿童文学史上的典范，他在童话中营造了一个优雅、浪漫、蕴含着忧愁、充满古典美的诗的王国，这个王国有着北欧冰雪旷原一般晶莹、广袤、深邃的内在艺术空间，像《海的女儿》那样凄美的千古绝唱已成了北欧儿童文学走向浪漫主义巅峰的标志。"① 而他浪漫主义的抒情风格也带动了北欧童话创作的一批后来者，比如芬兰著名作家特贝柳斯的诗歌和童话，被认为是第一个将激情倾注在这片冰雪大陆上的诗人，其作品浓厚的浪漫主义情怀和芬兰特有的民间文学风韵，无不深深打动着北欧少年儿童的心灵；再如第一个以儿童文学的作品获得诺贝尔文学奖的瑞典女作家拉

①汤锐：《北欧儿童文学述略》，湖南少年儿童出版社1994年版。

格勒夫，居然将瑞典教育部委托撰写的小学地理教辅读物写成了一部闻名世界的长篇童话，这又需要多么丰富的幻想力和浪漫主义的创造激情啊！

形成安徒生童话特有的浪漫忧郁的抒情风格，既与安徒生独特的艺术创作历程有关，也与他深受北欧悠久深厚的文化传统不可分割。安徒生一生经历坎坷，然而，父亲和祖母从小在他心灵播下的酷爱艺术的种子，使他始终坚定地与命运抗争，并终于找到了最适合于自己的艺术道路——童话创作。此时，他从小所受的北欧传统文化气质和内蕴影响的烙印更在他的作品中显现，即：最瑰丽的浪漫情怀与最富宿命感的忧患意识融为一体；以及富于哲理感和幽默气质的丰富的浪漫幻想。再者，安徒生从本质上讲还是个地地道道的诗人，他个性敏感而多忧，感情丰富而细腻，心中充满了对美好人生的渴望和对真善美的追求。当他最初踏上文坛时，他首先选择的就是诗歌创作。这种诗人的独特气质也给他的童话带来了浓郁的诗意。正如叶君健所说："他的许多童话实际上是诗。"[1] 那种浓郁的古典诗意美可以说无处不在：《海的女儿》《丑小鸭》《天国花园》《小意达的花》《卖火柴的小女孩》《光荣的荆棘路》《祖母》《蝴蝶》等都是诗意美的代表作，集中体现了安徒生崇尚自然、朴素、典

---

[1]叶君健：《译者前言》，《安徒生童话选》，少年儿童出版社1986年版。

雅，追求诗意般的美学意境的鲜明风格。

这种诗意美的特点贯穿于作品的多方面：首先表现在创作思想和内容上温暖的人道主义美学特征，这使他的叙事和抒情很自然地都染上了浓浓的抒情色彩。他的童话一开始就放在这样的基点上：要为那些穷孩子"写些美丽的东西，富有现实意义的东西，使他们凄凉的生活有一点温暖。同时，通过这些东西来教育他们，使他们热爱生活，热爱美和真理。"因此，他常常选择那些温和善良的动植物作为童话的主人公。他对笔下被损害、受侮辱的人们倾注了自己全部的温暖和同情，努力在童话中建造一个"天国的花园"。他刻意用暖色调来歌颂人，歌颂美的和善的事物。他认为，凡是够得上"人"的称号的，都应该有一个高尚的灵魂，这个高尚的灵魂是不死的、永恒的。这是因为人身上有着一切除人以外的生灵所不具备的美德：善良、纯洁、聪明、勇敢。《海的女儿》即是安徒生这种思想集中的形象体现。小人鱼为了追求她心中的美好爱情，宁肯放弃海底华贵恬逸的生活和三百年的生命，把美妙的歌声丢弃在恶毒的海巫手里，忍受住把鱼尾变成两条美丽人腿时的钻心疼痛。最后，又为了成全他人的爱情，放弃了自己的爱情，用她的心和年轻的生命，去追求那永生而崇高的人的灵魂和永恒的幸福。

对劳动人民及其子女的不幸遭遇和苦难，他更是充满了人道主义的深切同情和温暖关照。对黑暗势力和丑恶的社会现实，则予以愤怒地鞭挞和深刻地揭露。当然，安徒生的同情与揭露有其独特的表现方式和方法。正如杜勃罗留波夫在《安徒生童话》一文中所说："现实思想在童话中获得了极富诗意的幻想色彩，然而并没有各种可怕的怪物和黑暗势力使儿童的想象力受到惊吓。"他以为面对天真无邪的小读者，不能把令人心悸的、残酷的、悲惨的、血淋淋的、不忍目睹的场面进行渲染。这样，我们看到，衣衫褴褛、饥肠辘辘的卖火柴的小女孩，在漫天飞舞的雪花中，进入了一连串的幻境：温暖如春的火炉；热腾腾香喷喷朝她走来的烤鹅；挂满亮晶晶饰物的美丽的圣诞树；在金光环绕中微笑着将她携往天国的祖母……就这样，作家为可爱的卖火柴的小女孩的死罩上了一层温暖柔和的色彩，给人以淡淡的慰藉和微茫的希望。

安徒生人道主义的同情和对美好生活的向往，在很大程度上还来自他对"上帝"的无限崇拜。"上帝"在安徒生的童话中是真善美的象征物，是扶弱济贫的化身。安徒生借上帝的世界来描绘他的社会理想：大同的、极乐的、人与人之间真诚相爱的，像一个阳光下自由生长着各种花草的美丽的天国花园。这在他后期的作品中表现更为突出，但后期作品的感伤色彩也使得他的作品的格调略显暗淡、忧郁，没有前期作品那么乐观、明朗和欢快。其原因主要是社会状况的日益恶化，战争和贫困给人民带来的无尽的灾难，使他逐渐对现实失去了信心。此外，晚年身体状况的日益衰老和病魔缠身，也很大程度影响了他的心情。可以说此时的作品诗意仍在，但天真、乐观的童心却已一去不复返了。

其次，安徒生童话诗意美的特点还表现在，他特别善于运用饱含作家情感的笔触来渲染童话意境和刻画童话人物。安徒生是一位非常擅长描写景物的作家，他笔下的景物形象都具有浓郁的丹麦民间风格和北欧民族特色。比如《丑小鸭》中对美丽的乡间生活景象的描写；《海的女儿》中对广袤、壮阔、神秘而又深邃的海洋世界的描绘；甚至在《野天鹅》中的充满想象力的行刑场面的刻画……都无不具有美不胜收的艺术感染力和吸引力。

他塑造的优美动人、历久不衰的童话形象，更是给人留下了深刻的印象。小人鱼、丑小鸭、爱丽莎、拇指姑娘、小意达、小锡兵等等。他们善良正直的品格、纯洁高尚的心灵、对感情的执着真诚和坚定的信念，总是那样深深地感染着读者，对读者的心灵起着无形的净化作用。这些内外兼美的艺术形象，倾注了安徒生建立在真善美基点上的人生理想。

总之，安徒生诗意美的特点贯穿在他作品的方方面面：人道主义的思想核心、优美的意境、真善美的童话形象，以及优美幽默抒情的语言特点，无不使他的童话具有了抒情型童话最鲜明最突出的艺术特征。因此，把安徒生童话看成是"抒情派"童话的鼻祖应是毫不为过的。

二、王尔德唯美主义的抒情童话风格

在安徒生之后，抒情型童话具有世界影响的当属英国著名作家王尔德。王尔德是英国文学史上唯美主义运动的创始人和首领之一，作为童话家，其实他的童话并不多，只有两部童话集《快乐王子》和《石榴之家》，其中包括著名的《快乐王子》《自私的巨人》《西班牙公主的生日》等九篇童话。然而，这些童话却以其语言的精美绝伦、构思的精巧奇特、抒情诗意的浓郁纯厚享誉世界。这些作品不仅成为王尔德最具特色的散文作品，而且被誉为"在英文中找不出来能够跟它们相比的童话。"正因如此才奠定了王尔德在世界童话史上的地位，成为继安徒生之后，又一个引人瞩目的"抒情派"童话大师。

王尔德一向推崇唯美主义的"艺术至上"理论，提倡"为艺术而艺术"，然而，他的童话和他所有的其他优秀之作一样，都是与他自己所提出的思想道德内容与艺术相分离的文学纲领相悖的。正如苏联文艺理论家阿·阿尼克斯特所说："别无他法，不管王尔德主观上追求多美的构思，他总也不可能离开社会现实的存在，艺术要求他对生活现象做出评价。作家对自己创造的形象不但要给予审美的，而且还要给予伦理的评断。"这就是王尔德在出于一位作家的良心去发现现实现象时，不能不面对被侮辱被损害的人们，不能不去批判资产阶级的傲慢偏见与残酷无情。这自然使他的作品在唯美主义的艺术外壳中，包孕着人道主义的思想道德和社会批判的内容，无形中使童话的现实主义思想内核和唯美主义的艺术外壳得到了完美的统一。这也就奠定了他的童话的历史地位，并产生了永久的艺术魅力。

其实，王尔德当初创作童话并不像安徒生那样是专门为孩子而写的。他写童话的目的，只是利用童话这种可以自由发挥艺术想象的文学形式来实现他唯美主义的文学主张。而从另一方面来说，他唯美主义的艺术观念使他特别注重幻想，浪漫主义的艺术情调更适宜于把题材写成优美的童话。于是，就形成了他童话的多层次审美内涵和多层次读者群，不管是成人还是孩子，都能在他的童话中感受到优美童话的无穷的审美魅力。当然，由于童话这一艺术形式更能为儿童所喜爱，因此，他的童话不管是否是为孩子所写的，后来都深受孩子的喜爱。特别是《快乐王子》《自私的巨人》《西班牙公主的生日》《忠实的朋友》《少年国王》《星孩》等六篇童话最受儿童的钟爱。

王尔德的童话以其精致和诗情画意征服着读者。正如韦苇在他的《外国童话史》中所评价的那样："他的童话不是一般的叙事文字，而是美丽的奔腾着激越感情的散文诗，是诗和童话的结晶，其罕见的优美动人，足以展示他作为一个诗人和剧作家的才华。"①

这才华首先表现在语言的准确、生动活泼和可视可感的塑造力给人以极好的舒畅感，格外能使读者的心灵陶醉。高尔基曾指出过王尔德童话的那种"妙不可言的俏皮"不是别的，而是一种幻想的奇妙游戏。的确如此，他的童话中一切都是鲜活的，有着强烈的生命感和人性中美好的品质。塑像会同情会痛苦，夜莺能成人之美，幽灵不吓人，而是自己忧郁致死，甚至，美丽的花园也会因巨人善恶的行为而变化……透过这一切奇妙的幻想，人们看到的是一个真实的现实人生世界，及其黑暗丑陋的一面。唯美的语言艺术形式，加上深刻的思想内容，使他的童话广受赞誉，流传各地。

其次是意境的优美、典雅、抒情，凝聚着浓郁的诗情画意。王尔德童话浪漫主义的诗情弥漫于他的所有作品中，仿佛是信手拈来，便已涉笔成趣，其美妙的意境让人回味无穷。《巨人的花园》是他最短的一篇童话，却也是写得最美的一篇童话。那个美丽的大花园与孩子同在，巨人因自私赶

①韦苇：《外国童话史》，江苏少年儿童出版社1991年版。

走了孩子们，春天也随之不进巨人的花园了，夏天、秋天也不进花园了，巨人的花园永远是花草凋零、冰雪覆盖的冬天。然而，随着后来孩子们的回来，春天也重新回到了花园，百花盛开，绿草葱葱，仿佛在欢迎孩子们的到来。巨人这才幡然醒悟，于是推倒了围墙，重新使花园成为孩子们的游乐场所。充满理想色彩的浪漫意境与美好善良的心灵的融合，使作品的意境达到了美妙绝伦的境界，足以感染任何一个层次的读者。同样，《快乐王子》也是一篇浪漫美丽的诗情画意与人道主义的思想光辉美妙结合的作品。当然，更具价值的还有"快乐王子"这一形象所闪耀出的哲理光彩，使作品更具有了耐人寻味的、被深化了的美学意蕴。正如《王尔德传》的作者谢拉尔德所说："在英国文学中找不出能够跟它们相比的童话"。这也正是王尔德的童话虽然不多，但在世界童话史上，却占有相当重要的地位的原因。同样，追溯抒情派童话的历史渊源，也不能不提到这位浪漫主义的文学大师。

三、欧洲其他一些童话作家的抒情风格

王尔德之后具有影响力的抒情派童话作家还有不少，诸如写下广受赞誉的《柳林风声》的英国童话家格雷厄姆；写下以"玛丽·波平丝"阿姨为童话主人公的系列童话《玛丽·波平丝》的英国女作家特莱维丝；写下具有世界典范意

义的童话《扬·比比扬奇遇记》的保加利亚童话家埃林·佩林；特别是芬兰的女作家扬松，曾以"木民山谷"的"矮子精"系列闻名于世。这个童话系列共包括《彗星来到了木民山谷》《魔法师的帽子》《木民矮子精爸爸的回忆录》等等11部童话。扬松继承了安徒生童话的传统，但她作品的抒情特点又不同于安徒生、王尔德以语言的典雅、优美为其特色，而是以她热情丰富的想象力和幻想力，用近乎玩笑性的、轻快、幽默的语言来展示"木民山谷"这一带有寓言性的特定的社会缩影的独特世界。她的幻想主人公都具有非常美好的特点：他们爱探求知识，善良并富有正义感，他们更爱旅行、冒险、创造和幻想。扬松在矮子精们的种种历险描写中，往往在紧张的情节和故事悬念中注入一些童话抒情的诗意，有张有弛，特别富有美妙意境的画面感。有的欧洲文学批评家在分析了她的作品后指出："扬松的童话世界之丰富多彩，在北欧，在安徒生以后还不曾见过第二个。"[①]足以见得扬松抒情童话的风格得安徒生遗风是世所公认的。

四、东方抒情童话的代表——小川未明

而在以美丽的东方情调著称的日本，其抒情童话的风格更有着传统的美誉。从大正时期现代童话的开创者小川未明

---

①转引自韦苇：《外国童话史》，江苏少年儿童出版社1991年版。

的童话之后，战前时期的滨田广介、坪田让治、新美南吉，以及战后的乾富子、松谷美代子的童话，都有着浓郁的东方抒情童话的风韵。其影响与小川未明所开创的东方浪漫主义幻想色彩的现代童话不无关系。

小川未明是自日本现代儿童文学产生以来童话成就最高的作家。小川未明倡导富于浪漫主义色彩和浓郁现实生活气息的童话作品，并雄辩地证明同时期没有第二人可以与之比肩的绝对重要的地位。他一生写有童话780篇，出版过12卷的《小川未明童话全集》，作品优美凝练，有着浓郁的东方浪漫幻想的抒情风格，被西方评论家誉为"日本的安徒生"。

小川未明的童话充满北国情调，用浪漫主义笔墨表现对雪国故乡的怀恋。他的《牛女》《红蜡烛和人鱼姑娘》《到达港口的黑人》《月夜和眼镜》《野玫瑰》等代表作，稍强的卓越之作有10来篇，被通常选本必选的佳作20多篇。

小川未明的气质和个性是属于抒情诗的。他的童话当然也有故事，但故事被散文诗化了；当然也有幻想，但幻想都在诗的浓情中进行，幻想的作用不在刺激读者的感觉，而在撩拨人们的情绪，扣动读者的心弦；当然也有夸张，但那只按照抒情的需要对自然略作延伸；当然也有幽默，但那是清淡的宛若砍柴人在涧边恬息，偶有野兰的幽香飘动。小川未明的童话犹如传响在人间的"楚竹（笛）新腔"，"清风吹一曲，明月悟三生"……优美的意境，诗性的构思，清丽的文笔，隽永的意蕴，在向世界宣告：东方，有童话奇葩！①

可见小川未明的童话当之无愧地属于抒情派童话最杰出的代表之一。当然，除了小川未明的气质和个性是属于抒情诗的，使他能天才地创作出为世人所公认的优秀抒情童话，还有一个重要的原因是小川未明童话的主旋律是表现爱，对儿童、对人间、对大自然的爱。这爱在情感高温的燃烧下，就变成了童话创作的激情了。日本现代著名的童话家坪田让治也认为小川未明童话的美来自于灼热的爱。用爱来观察世间一切事物，使所有的东西无不具有了美好的一面。即使是对于丑恶东西的抨击，他也尽量以丑恶东西作背景来衬托美好的东西，从而使美更显光彩。《红蜡烛和人鱼姑娘》就是他最有代表性的作品。

人鱼姑娘是东方民间童话中常见的人神合一的形态。当人们不辜负人鱼母亲的期望和信任而抚养她女儿时，幸福就来伴随人们了；而当人们一旦为物欲所驱，不顾亲情将人鱼姑娘出卖时，神的暴威便将人的一切毁灭殆尽。这是对人类背信弃义的丑行恶德的否定和惩罚。人鱼对人类的期望、

①韦苇：《外国童话史》，江苏少年儿童出版社1991年版。

信任和人鱼姑娘的善良、美丽更衬托出人类的败类的丑行。这是一篇题旨鲜明、情感浓郁的人道主义杰作。它向人们提示，践踏美、撕毁美必定会遭报应的。美好的东西需要悉心呵护，而决不容许损毁。与丰富的情感内涵相一致的是小川未明童话语言也是极其优美的，读者不可能不被他童话的美所征服。小川未明是东方抒情童话的一颗最耀眼的明星。

五、中国抒情派童话的先驱——叶圣陶

中国"抒情派"童话的先驱当属以《稻草人》闻名遐迩的现代著名作家——叶圣陶。二十世纪二十年代的中国，现代文学童话的创作刚刚起步，叶圣陶怀着对孩子的热爱与关切，在《儿童世界》主编郑振铎先生的邀请下，开始了童话创作的尝试。由于早年当小学教员的缘故，使他接触过不少西方童话，尤其对安徒生、王尔德等人优美深邃的现代童话留有深刻的印象，加之对中国传统文化民族风韵的推崇和深厚的古典美学熏陶，这一切使他的童话创作一开始就表现出唯美主义的抒情艺术风格。他努力表现"儿童天真的国土""美丽的梦境"，如《小白船》《燕子》《芳儿的梦》《梧桐子》等篇，那种优美典雅的意境和纯真美好的童心是那么鲜明地表现出来。他试图用优美的童话去陶冶儿童，使他们永远保持纯洁无瑕的天性，他努力把人生描绘成童话

一样爱与美的世界。正如郑振铎在《稻草人·序》中所说："那时，他还梦想一个美丽童话的人生，一个儿童的天真的国土。"这正是叶圣陶早期童话创作的特点。其中他的第一篇童话《小白船》是最有代表性的。作品写了两个孩子乘着一只小白船出去，遇上大风，大风把小白船推到了一个荒芜的地方，看到一个面貌丑陋的巨人。巨人要他们回答三个问题，再考虑是否送他们回去——

　　"第一个问题是鸟为什么要歌唱？""要唱给爱他们的人听。"女孩回答。"第二个问题是花为什么芳香？""芳香就是善，花就是善的符号。"男孩抢着回答。"第三个问题是为什么小白船是你们所乘？""因为我们纯洁，唯有小白船合配装载。"女孩回答。巨人大笑道："我送你们回去！"

可见，叶圣陶在这里所描绘的人间世界，充满了爱、善与纯洁。而在描写方面，更是完美而细腻，充满了诗意般美妙的和平境界。这些童话称得上是真正地实践了"五四"儿童文学"儿童本位"的创作原则，是叶圣陶童话创作的初衷，也是中国现代童话创作走向自觉的最初标志。但由于这些童话远离现实主义，使后来的持现实主义立场的批评家们往往对这些作品或轻描淡写，或有意回避，而忽视了它的美学价值和历史意义。

应该说，中间阶段的童话，才是童话集《稻草人》中最具代表性的作品。在这些作品中，我们可以比较全面而真实地看到叶圣陶在这一时期的人生观和艺术观。这些童话中有两个层面：一面是现实，是"灰色的人生"的社会描写；一面是理想，是爱和美的浪漫抒情。从总体上看，这些童话的侧重面还是在于呼唤以爱和美为内容"世界的精魂"。因此在故事的叙述结构上，往往通过童话主人公耳闻目睹或亲身经历，来记录现实的灰暗和人间的冷漠，尔后总能找到美好的归宿和理想的寄托。而且，美好的归宿并不在现实社会，总是寄理想于自然、儿童和虚构的梦幻。比如《克宜的经历》和《祥哥的胡琴》有反城市化的倾向，这也是一种现实批判，但童话主人公终于在乡野自然里找到了美丽、多趣和知音。《眼泪》《跛乞丐》诸篇则在几经曲折之后，终于在儿童那里找到了真正的同情和爱心。从这些作品看，有人把它称作是"一部偏重表现作家理想追求的童话集"，还是比较符合事实。但也并非是"在总体上占主导地位的是唯美主义倾向"的说法。

　　尽管在艺术表现上，叶圣陶中间阶段的童话是最具有代表性的，但在童话的历史地位上，人们重视的还是以《稻草人》为代表的现实主义的童话创作。1922年6月，叶圣陶写下了著名的童话《稻草人》，作者通过"稻草人"的眼睛，对现实社会作了淋漓尽致地刻画，展示了帝国主义列强的掠夺和军阀混战给中国农村带来的破败景象，劳动人民悲惨的生活。表达了作者对劳动人民的深刻同情和对光明未来的渴望。对现实的清醒认识，把叶圣陶推上了现实主义的童话创作道路，体现了叶圣陶惯有的平民思想。这一伟大的开拓使中国童话终于有了转折，鲁迅先生曾给予很高的评价，说："叶绍钧先生的《稻草人》是给中国的童话开了一条自己创作的道路。"《稻草人》的意义在于对传统西方童话的突破，完全脱出了王子公主、仙巫精怪的传统西方童话的固有模式，而是吸取了安徒生、王尔德童话的现实主义的精神，并且用精湛的童话艺术手法将带有民族和乡土色彩的寻常人物、事物和景物，变成童话人物和童话环境，这无疑是一种崭新的创造。

而后期童话《古代英雄的石像》《皇帝的新衣》《火车头的经历》等篇的创作思想与《稻草人》的创作方向是一致的，而且经过大革命的洗礼，叶圣陶的思想显然有了很大的提高，他看到了无产阶级斗争的力量，于是他的童话创作也开始抹掉了那种低沉哀郁的调子，代之以对黑暗现实的无情嘲讽和抨击，因此从《古代英雄的石像》起，暴露和讽刺构成了叶圣陶这一时期童话创作的基调。比之《稻草人》中那柔弱、空洞的呼喊显然要更加积极和切实。当然，后期童话尽管有其突出的历史意义，但从童话规律来看，由于过于注重写实，显然有碍于童话想象的发挥和浪漫主义精神的体现。因此，从艺术风格和语言特点来看，尽管还保留着优美抒情的特点，但更能体现优美、自然、诗意般的美学风格和民族语言特色的，还是他的前期和中期的童话创作。这一方面说明内容对形式的反作用，另一方面也说明现实主义如何与童话浪漫主义的幻想色彩完美融合是一个很难处理的课题，至少叶圣陶后期的童话创作并没有十分完美地解决好这一难题。尽管如此，从历史背景和历史意义来看，叶圣陶的童话仍然有其不可磨灭的历史贡献。把它看成是中国现实主义，也是现代抒情童话的第一座里程碑应是当之无愧的。

六、严文井抒情诗童话风格的发展

叶圣陶之后，崇尚优美抒情诗童话风格的作家，当属在解放区土壤上成长起来的一代优秀童话作家严文井。二十世纪四十年代，在批判现实主义盛行的中国童话界，严文井的童话可称为另类。几乎从他创作第一篇童话《南南和胡子伯伯》起，他的独特风格便已显露出来。稍后创作的《四季的风》更奠定了他童话的艺术基调：浓郁的诗意，丰富的哲理，轻松的幽默，以及孩子式的幻想。形成他的抒情童话风格的原因，与当时延安这一特定的生活环境有关。正如严文井在回忆这段生活时所说："延安的物质生活虽然艰苦，但是精神生活愉快，人和人的关系是友好的、平等的，互相间不需要什么戒备、猜疑，一个共同的理想把人们变得亲如兄弟，推动人们天天向上。我感到了前所未有的温暖幸福。"①正是那和平宁静的环境和人与人之间互相亲密的爱，才使他的心中洋溢着诗意一般的激情。对下一代寄予的无限希望使他竭力想用理想的美与爱去陶冶他们，使他们具有传统的美德和高尚的情操。

哲理与诗情相结合是严文井创作的独特风格。诗情是内容的组成部分，它与哲理融合，就使作品思想深邃、意境隽永，给人以美的艺术享受。论及严文井的作品；不能不提到作家的长于运用音乐美充实艺术形象的功力，尤其不能不提到作家的丰富的感情。

严文井喜欢音乐，他认为"诗与音乐大有联系"，并曾深有感受地说："我特别不能忘记一些音乐大师，他们在我灵魂里装进了一些美感，使我可以凭直觉来调整我作品里的旋律和节奏"②。而旋律、节奏正是构成音乐美的基本因素，在诗化作品中，它们尤显重要。严文井的文字可以说是特别富有这一诗的韵味。它不仅简练朴素，优美流畅，而且

① 严文井：《我是怎样开始为孩子们编故事的》，《我和儿童文学》，少年儿童出版社1991年版。
② 严文井：《答问》，《朝花》1983年第3期。

音调和谐，节奏感强，犹如行云流水叮咚有声，虽未分行押韵，读来却朗朗上口，娓娓动听。就内在禀赋而论，严文井又是极富于感情的作家。他像自己塑造的小溪流、风一样，把全部感情化作了对生活的爱。

一向把童话当作"献给儿童的特殊的诗体"的严文井，他的童话的诗情美是读者所公认的。他的许多童话实际上就是优美的童话诗、散文诗，比如《四季的风》就是一篇很有代表性的童话。写的是苦孩子的孤独病因，但贯穿全文的却是一条感情的线索，这就是风对苦孩子的爱和同情与关爱。作家巧妙地将四季的风的变化与穷孩子可悲的命运结合起来，"四季的风"正是老一辈人道主义者的化身，突出地表现了严文井对天下劳苦大众命运的关切。由于作家描写上注入了浓烈的感情色彩，因此使得作品的抒情诗意特别浓厚。

《小溪流的歌》是他当代童话中比较有代表性的一个短篇，完全以散文诗的笔法写成。它写的是：一条快活的小溪流，从山上下来，克服种种困难；战胜了消沉、恐吓、怨恨，永不休息地前进着，它慢慢变成了小河，又慢慢变成了大江，又慢慢变成了巨大的海洋。

小溪流是一个富有生命活力，充满进取精神的童话形象。它奔流不息、朝气蓬勃、永远向前。它是一曲生命的赞歌，生活的大合唱，时代精神的象征。也是广大少年儿童精神的体现。它代表了孩子们的心声，表达了他们那种"天天向上"的强烈意愿。它以明快的旋律、高昂的音阶、欢乐的声调，回响在孩子心灵的天地间。

这篇童话，尽管故事是淡淡的，而感情却是浓浓的。它就像一篇动人的抒情散文诗，优美而充满哲理。当属我国当代抒情童话中的杰作。

而中篇童话《"下次开船"港》的抒情诗般的遐思，主要来自作家精心安排的丰富内容，同时，也来自作家的主观感情和巧妙调动的多种手法。确如贺宜所讲："严文井的童话清新优美，飘逸不俗，卷帙之间充满诗情画意。"①

在粉碎"四人帮"之后的新时期，严文井又恢复了童话创作。短短的几年中，他一气写出了《南风的话》《歌孩》《浮云》《沼泽里的故事》《不泄气的猫姑娘》《春夏秋冬》等十二篇作品。

如果说，《小溪流的歌》是严文井在"文化大革命"前的短篇童话代表作，那么"文化大革命"后的代表作，恐怕应该是《南风的话》与《浮云》了。

"南风"实际上是新时期的一代新人的象征。尽管他还有几分天真的稚气、贪玩、好奇，但心胸是那样宽广，理想

---

① 贺宜：《进一步提高童话创作水平》，《小百花园丁随笔》，少年儿童出版社1986年版。

是那样崇高，感情是那样激越、奔放。他欢快而自豪地说：
"我是属于太阳的风……我的目的就是到处创造幸福"。沁
人心脾的《南风的话》与其说是南风的自述，毋宁说是作家
在抒写自己的切意真情。它带给读者的是力量和鼓舞。借南
风横跨几万里的行程所展示的一幅幅壮美多变的画面，由于
作家描写上的强烈的感情色彩，更使作品充满了令人心旷神
怡的诗情。

《浮云》的故事也很简单。写高空飘浮着的一朵小云，
她是太阳的女儿，长得很美丽，生活得很幸福。但是她只爱
飘荡、游逛。她爱幻想，对什么都发生兴趣。只是缺乏耐
性，看什么都不愿看到底，到任何地方只待一会儿。整天来
来去去，可什么也没做。随着时间的过去，她长大一些了。
她在一个偶然的机会，听到一位哲学家的话："不能像过眼
的烟云"，她产生了不安，开始考虑生命的意义是什么了。
她又长大一些，有一次听到一个妈妈批评女孩的话："就像
一朵没有方向的迷迷糊糊的云。"她开始为自己的没有方向
忧虑了。她想到自己必须独立干点什么事了。一天，她来到
一个干旱的地方，庄稼枯黄，大人们孩子们忙着担水。她想
为人们做点事，于是浮云变成雨云，下起了一场雨。人们太
高兴了。浮云找到了生命的意义，她要不断为人民工作。显
然，"浮云"也不是一般的童话形象，而是蕴含着丰富、深

刻的人生哲理意味的，表现成长中的新一代少年儿童探索人生意义的美好象征。

在篇幅较长的童话中，随着作品容量的加大和题材的繁复，抒情成分更浓，方式也更为多样了。《歌孩》里的歌孩象征着诗歌、艺术、美好品质以及人的童年。这多种象征意义本身就蕴含着浓郁的抒情韵味。为了突出歌孩的形象及其鼓舞人心的力量，作家所调动的各类艺术手段也为作品平添了诗意。在这个奇异的小男孩形象的勾画中，牵动他翻飞的双翼的正是那诗意的灵感、美好的创作冲动和善良人的反抗、进取以及爱和同情等高尚情操。

洪汛涛曾评论严文井的童话说：

> 读严文井的童话，就像喝一杯上等的绿茶，看上去茶色是淡淡的，第一口喝上去也没觉得什么。但在嘴里一品，齿间却有一股清雅的香味，沁人喉膺，久久不散。
>
> ……
>
> 他的童话，总觉得有一种力量，使人激动，鼓舞人去努力，去前进。
>
> 他的童话，大多是浅显的，特别是那些抒情的童话，他不用意编织曲折的故事，而让其像小溪流那样涓涓淙淙地流着。但是蕴藏着的含意是深远的，丰富的。

他的童话，都在阐述一个哲理，他是一个高明的哲人，把深奥的哲理溶化于优美、动人简明的故事中，让小读者起到潜移默化的作用。

　　他的童话，是诗体的，是一种散文童话。他不注重做作的技巧，他的作品充满自然的美。当然，他不是不雕琢，他的雕琢，极注意顺着自然，不愿留下刀痕斧迹，而喜欢一种浑朴的美丽。[①]

　　他的童话，善于歌颂光明。如果说，张天翼的童话特长是讽刺，那么严文井童话过多的是赞扬。如果说张天翼的童话是一幅夸大变形的漫画，那么严文井的童话应该说是一幅淡雅、朴素的生活水彩画。

　　这样的评价是丝毫不为过的。严文井以其深厚的诗歌、散文创作的功底，为孩子们创作了最优美的童话诗篇，也为中国的"抒情派"童话增添了一道亮丽的风景线。

七、新时期"抒情派"童话的代表——冰波

　　新时期当以郑渊洁为代表的"热闹派"童话掀起一股"热闹"旋风的时候，"热闹派"童话几乎风靡整个童话领域，冰波却以优美沉静、温婉恬淡、略带忧郁色彩的抒情童话显得格外与众不同，一开始就有了不同凡响的意义，为较

---

① 洪汛涛：《童话学》，安徽少年儿童出版社1986年版。

为单一的童话风格领域添上了多彩的一笔。因此，当人们提出"热闹派"童话理论的时候，与之相对应的"抒情派"童话也不能不引起人们的注目，而被同时提了出来。

冰波的处女作《夏夜的梦》，以及稍后创作的《窗下的树皮小屋》《秋千，秋千》《桃树下的小白兔》《白云》等作品以感觉纯净清朗、情绪浓厚沉静、意境清新幽雅、语言优美，充满了诗情画意的抒情风格，让人重新领略到了作为语言艺术的抒情童话的艺术魅力，不禁怀念起久违了的安徒生、王尔德、叶圣陶等语言大师们的优美抒情童话。冰波的成功在于不随波逐流，敢于独辟蹊径，走自己探索的路。与形式上的纯美相一致的是，统摄初期童话的主题和内容也是唯美的。写纯情、写至爱、写美德，几乎成为冰波前期童话的全部主题。比如《夏夜的梦》和《窗下的树皮小屋》写的是一个善良纯洁的小女孩与大自然中的蟋蟀吉铃及其伙伴们之间的奇妙交流和纯情友谊。女孩与吉铃间的心心相印和默契交流，既有快乐、希望，同时也隐含着淡淡的凄清和忧伤，令人无不怦然心动。《秋千，秋千》写的则是双目失明的小兔白白对秋千的天真幻想和美丽的憧憬，以及兔妈妈和小猴子给予白白无微不至的关爱和帮助。尽管故事弥漫着一层挥之不去的感伤、怜悯的情绪氛围，但兔妈妈和伙伴无私的关爱、友情，又多少缓解、稀释了这一沉重感。这种美好得令人不禁感到有点心酸，顿生怜爱与感动的"爱"，便是冰波前期童话抒情的主要特点。

然而，冰波并未满足于自己日已形成的温文尔雅的风格特点，在儿童文学界掀起的一股探索热潮中，冰波也做出了自己对现代童话的新的探索。他开始试图把抒情童话与某种更纷扰繁复、更丰厚沉重的艺术主题结合起来，让童话的内涵更耐人咀嚼。他说："我希望，'现代化'的童话，不但给少年带来轻松、快乐，同时，也带来深沉、严肃，带来思想的弹性，带来对人生、对世界的思考。"①正是一种严肃、深沉、理性的思考，使冰波童话的艺术主题和情感基调都发生了很大的变化。尽管也仍是抒情，但原先作品中的那种纯净明朗、温柔恬静的情绪氛围已经不见了，代之而起的是"一种躁动不安的心绪，一种抑郁沉滞的情感，乃至一种悲凉凝重的总体氛围。"②《那神奇的颜色》《狮子和苹果树》《如血的红斑》《毒蜘蛛之死》等一系列探索作品，以疏离社会生活，走向文化、自然，探索生命的意义为其宗旨，表现出了迥异于传统童话的强烈的主体意识。

在《狮子和苹果树》中，作者写了一头在荒凉的原野中感到孤独的雄狮，为摆脱孤独，他苦苦寻觅伴侣，但当他寻

①冰波：《那神奇的颜色·作者的话》，《儿童文学选刊》1987年第1期。
②方卫平：《冰波童话的情绪变调》，《当代作家评论》1988年第3期。

觅到一头与他相伴的母狮时，他又感到失去了寻觅的快感、祈望。于是，愤怒之下，他又赶走了母狮。母狮伤心得变成了一棵苹果树。这棵树搅得雄狮六神不宁。最后，他终于用真诚、耐心和坦诚的目光，使母狮恢复了原形。显然，作品的象征寓意是十分浓厚的。两头狮子的"合——分——合"的过程，实际上正象征着人类对人与人之间真诚、理解和沟通的苦苦寻觅和百般感受。

在《毒蜘蛛之死》中，作者对"死亡"的价值观做了有益的探索。毒蜘蛛对后代无私的奉献，使人不能不联想到人类对伟大"母爱"的永恒的歌颂。然而，毒蜘蛛被后代注入毒素并吞噬而亡，是否又意味着揭示一种人类"异化"的残酷？如何来延续生命，或许是作品留给我们的深沉思考。

显然，这些作品的情感、情绪是沉重、凝滞、纷繁复杂的，它表现了作家对社会、对人生的忧虑与思索，有着浓重的忧患意识。尽管它以童话的形式来表现，但语意层的艰涩对少年读者来说毕竟过于沉重，过于深奥，而作品同时又失去了早期作品语象层面的机巧、练达。因此，这些作品很难为大多数少年读者所接受也在情理之中。

然而，冰波的可贵在于永不止息的探索。正当人们对其费解的主体意识褒贬不一，议论纷纷之时，冰波又从从容容地推出了以《蓝鲸的眼睛》为代表的，吸取了民间文学的叙事方式和传统母题，表达强烈的现代意识的又一种抒情童话的尝试。这一次的尝试，作者很好地解决了与小读者的沟通问题，使探索有了突破性的进展。正如孙建江所评价的："如果说在这之前冰波的实验所关注的更多的还是创作主体的如何宣泄，以及这种宣泄对审美意识的强化作用的话，那么在《蓝鲸的眼睛》中作者所关注的则首先是作品的传递方式，以及如何在作品的这种传递方式中向读者表达自己的价值观和审美观。"①《蓝鲸的眼睛》的成功，最主要还是与吸取和运用了小读者所喜爱的民间文学的叙事方式，以及将传统母题与现代意识有机结合的丰富的作品内涵是分不开的。"善"始终是作品的主旨，童话主人公的本质也都是"善"的，尽管有激烈的矛盾冲突，但互相间又都有为他人着想、为他人奉献的精神品格。在这里，作者并不想否认什么，却又分明肯定了童话主人公的追求，表现出了比传统单纯的"善""恶"观更广阔、更具有人文观念的现代"善""恶"意识。

《蓝鲸的眼睛》的成功，也为实验性的抒情童话走出阅读接受的困境，提供了很好的范例。它表明加强抒情童话内涵的丰富性和深刻性，并非一定要以牺牲作品的可读性为

---

① 孙建江：《民族形式与现代意识》，《文化的启蒙与传承》，甘肃少年儿童出版社1994年版。

代价，只要解决好可读性的问题，陌生化的审美叙事形式同样能为广大的小读者所接受。此外，它也表明充分吸收民间文学中的有益养分使之与现代意识、现代艺术表现形式相结合，创造出新颖的艺术表现形式，应该是现代抒情童话可以努力的一个方向。

冰波后来又尝试了他从未涉及过的长篇科幻童话的创作，写出了广受赞誉的《狼蝙蝠》。这部作品应该说是对他以往艺术探索的一次很好的总结。他既保留了以往探索中成功的一面：如强烈的抒情气质、优雅的语言感染力以及对生命意识的永恒探索等；同时，又对童话的叙事方式做出了新的尝试。可以说这是一部融小说、科幻、童话三位一体，融现实性、知识性、幻想力和理想色彩为一炉的，气势恢宏、主题深邃、理想化的浪漫抒情、语言极具感染力的作品，的确显示了作家出色的艺术才华。作家所选择的人与自然的永恒主题，的确为作家的艺术想象提供了广阔的幻想空间，其独特的抒情语言气质也得到了最好的发挥。

冰波抒情童话的探索与成功，既为抒情童话的发展做出了许多新的尝试；同时，也为新时期的"抒情派"童话能够独树一帜，形成与"热闹派"童话并驾齐驱，写下了最有力的一笔。

抒情童话以其优美的语言、深远的意境、典雅的抒情韵味和丰富的美学价值而提升着童话的艺术品位。对提高小读者的审美阅读水平无疑有着重要意义。然而，有时候一些抒情童话由于没有很好地解决好作者审美的阅读期待与小读者审美接受的距离，因此，抒情童话很难拥有与"热闹派"童话那样众多的读者。这在一定程度上，阻碍了抒情童话的大力发展。此外，由于抒情童话对语言有着相对更高的要求，因此，也使它不可能拥有很多的作者。但优秀的抒情童话永恒的艺术魅力是有目共睹的，所以关键并不在于抒情童话缺少读者，还是在于是否有真正优秀的抒情童话。优秀的抒情童话应是既有高品位的艺术水准，同时又能够深受广大小读者的喜爱。当然，要解决好高品位的审美艺术水平和作品的可读性这对矛盾，永远是抒情童话必须认真探索的难题。

第三节 "民族派"童话论说

原本文学的民族特点是指一个民族的文学区别于他民族文学的个性特征而言的。各民族的文学之所以都有其明显的差异性，主要在于它们之间的个性特征不同。个性特征的强烈与否，即标志着一个民族的文学所达到的成熟程度。每一个民族都以能表现自己本民族风格特点的文学为荣，可以说越是民族化的，就越能走向世界。因为，只有本民族的东西，才会显得与众不同，才能体现出其民族的个性。

就童话而言是最能体现本民族文学特点的文学类型，因为，文学童话其渊源即是从民间文学的土壤上生长起来的，它更容易吸收人们口耳相传的民间文学素材，以及民间童话的一些表现手法、表现形式。所以童话的民族性应该说较之其他文体更易于显现。

童话的民族性是每个童话家都刻意追求的一种总体的创作风格倾向，但我们这里所说的民族风格还不是一种普遍意义的文学民族性的体现，而是专指童话家在创作中所表现出来的一种非常明显的创作风格特点，它既与本民族的民间文学特征有非常相近的风格特点，同时又有作家自己的语言风格特点。因此，我们把这些童话作家称之为"民族派"童话作家，他们的作品也被看成是与"热闹派""抒情派"并驾齐驱的"民族派"童话。比如葛翠琳、洪汛涛、包蕾、鲁兵等人的童话，都被公认是最有民族风格特点的童话，因此，他们也就成了"民族派"童话风格的代表。

体现民族特点的最重要的方面，就外在形式来说应当首先是从语言上表现出来的，因为语言最能够体现出作品的风格特点。作家如能深入地把握本民族的语言特点，成功地运用它来融会到自己的创作中，其作品的民族性也会自然地显露出来。其次，是在作品的内容中能够比较多地体现出本民族独特的社会风情、思想情感、精神气质、文化民俗地域特征等等，使语言的物质外壳与作品内涵融为一体，表现出强烈的本民族文学风格特点。依据这两方面的要求，下面结合"民族派"童话的风格特点来具体分析几位比较有代表性的"民族派"童话作家的创作。

一、葛翠琳民间抒情风格的童话创作

葛翠琳是二十世纪五十年代成长起来的一位卓有成就的童话作家，她的童话代表作《野葡萄》《雪娘》等曾享誉海内外，她童话特有的民间抒情风格也曾是"民族派"童话风格的出色代表。数十年来她创作了大量的童话作品，对童话艺术的发展做出了出色的贡献。形成其独特的童话创作风格是与她年轻时一段特殊的生活经历有关，葛翠琳是在民间文学这块深厚的民族土壤中孕育出对童话创作的热情的。五十年代葛翠琳有机会经常去农村，在深入乡村的各种生活场合中，有幸聆听和搜集到大量的民间传说、故事、笑话、谜语等民间素材。一向对安徒生、格林、贝洛等带有民间童话色彩的抒情童话抱有浓厚兴趣的她，再也按捺不住创作的欲望，于是她便开始着手改编和再创作那些从民间搜集来的素材，尝试为孩子们写作童话。由于女性特有的敏感和温

柔细腻的情感气质，葛翠琳最初所选的题材多与青年女性的命运相关。她写女性曲折坎坷的命运，如《野葡萄》中善良的少女为争取幸福与命运不屈的抗争；写女性为了爱情、婚姻的幸福而甘愿九死一生，如《少女与蛇郎》表现的是少女为爱情九死无悔的坚贞；写女性善良、纯朴、坚贞、热情的人格美，如《雪娘》中赞颂母爱，表现坚贞的母爱对神的最终胜利……这些作品尽管表现角度不同，但体现的美学意义却是那么的相似，即作者追求的是一种完全意义的极致美：从主题的选择，意象的确立，到结构方式、场景氛围、艺术手法以及语言运用等无不体现了民间传统文学优美和谐的美学意味。在主人公的塑造上，更是展现一种完美的人性，从心灵到外表以及性格、气质等无不体现了传统道德的美德。此外，在童话的幻想性上也充满了浪漫主义的理想抒情美。在一个凝止的共时态的时空中，道德标准和美学标准自然是恒定的，这种古典式的美学趣味显然深受民间文学美学理想的深刻影响，只是作者在幻想和语言风格上更加超越了民间童话单纯、朴素的风格特点，而以更为开阔的幻想视野和优雅、精致、富有弹性的艺术语言，形成了自己独特而具魅力的抒情童话风格，成为真正的艺术创作。从中我们不难看出作家独特的艺术追求，为创立具有中国民族风格的童话创作所做出的出色贡献。

从1957年"反右"斗争到1977年"文革"结束，这长达二十年的历程，本该是葛翠琳创作的"黄金时期"，然而，她却被政治无情地剥夺了创作的权利，满腔的创作热情被扼杀在冰冷、残酷的政治斗争中。所有的童话书籍，有关创作的草稿、收集的素材、资料统统被一扫而光。这对一个热爱童话，把自己全部生命的热情献给童话创作的作家来说打击该是多么的沉重！因此，在粉碎"四人帮"以后的新时期，一旦恢复了作家的名誉与创作之后，葛翠琳被压抑已久的愤懑之情便如火山爆发似的喷薄而出，对历史荒谬的深刻反思与警醒，使她不可能再像五十年代的平和创作心态那样，总是处于一种和谐美好的理想境界的创造中，因此，她的创作一度转向了愤怒与控诉的政治反思童话的创作，这既是一种历史的必然，也是时代的需要、社会的呼唤。这一时期她的主要作品有：《飞翔的花孩儿》《半边城》《翻跟斗的小木偶》《进过天堂的孩子》《一支歌儿的秘密》等。内容大都以虚幻化了的十年动乱或更早些的政治运动为背景，以童话夸张、变形、魔幻、讽刺的手法来揭露这些运动中的荒谬、残酷，及其对少年儿童的成长带来的危害和影响。由于整体童话创作基调的改变，葛翠琳的童话风格也由优美和谐的民族抒情童话风格转向了激情与控诉相结合的带有讽刺怪异色彩的"热闹型"童话风格。她的这些含义深刻的反思童话在新时期之初曾引起过童话界的广泛关注，为童话的恢复与重建做出了积极的贡献。

然而，这一童话创作的风格毕竟不是葛翠琳之所长，因此，在经过短时期的反思之后，她很快又逐渐恢复了自己所擅长的民间抒情童话的风格，淡化功利色彩，强化恬美的抒情风味；语言优美、细腻，写得放松自由，在美学上也是追求那种浓厚的东方民族情调；在情节构造中，为衬托人物性格和思想发展，还刻意穿插了一些民间的传说、故事等来增强作品的民间文学意味。比如《飞翔的花孩儿》《飞来的梦》《一片白羽毛》《闪光的桥》等等，风格上就非常近似于以往的作品，只是在取材上更为拓展，不局限于民间采集的素材，增强了一些现实感。葛翠琳童话创作风格的回归既是一个祥和时代背景的反映，同时也印证了作家风格的形成毕竟是一个长期创作实践的积累，而非轻易就能改变，即使是社会风云的骤然变故引起作家风格的突变，但一旦生活纳入正轨，作家的心态恢复平静，那么恢复常态的创作就很自然了。所谓"驾轻就熟"或许也正是一种创作规律的反映。

葛翠琳作为一个非常有个性的童话作家，数十年来她都在孜孜不懈地追求着自己奋斗的目标，作为中国民族抒情派童话风格的代表作家，葛翠琳的童话创作的确值得我们认真地加以研究与探讨。

二、洪汛涛与他的《神笔马良》

洪汛涛是以他享誉中外的童话《神笔马良》而一举成名的。写作《神笔马良》其实也并非偶然，故事里的某些情节，虽然取自民间传说，但它却也是作者早年生活经验和感情经历的一种提炼和折射。他出身贫苦，靠自己的刻苦努力，才达到了能够胜任中学教员的程度，业余时间还参与编辑文艺刊物，发表文学作品。他的人民意识是生活赋予的。

抗战时期，他有较长一段时间漂泊于浙江山区，从淳朴的山民中聆听到许多民间口头文学，搜集到无数民间文艺作品。这些丰富的养料，哺育了他。他在一篇题为《我的老师》的童年散记中，曾这样深情地写道："使我得以走上文学创作道路，使我爱上儿童文学，影响最大的，还是书和民间文艺这两位老师……它们，无私地、慷慨地、热忱地，以它最美好的乳汁，哺养我。我深深感谢这两位老师。"

我们从洪汛涛的童话创作中，确实可以感受到浓郁的民间文学风味。譬如他写于二十世纪五十年代的《三娃》和《灵芝草》，不论是题材、形式、人物、故事，还是结构、表现手法，都鲜明地显示出民间故事对它们产生的影响。

《三娃》写盘踞在深山岙的蛇精，每天到千里外的杨家洼叼走三五只羊，牧羊孩子三娃为了保护村里的羊群，不畏险恶，前往寻找。克服了重重困难，终于凭借智慧和超人的勇敢，在花神姐姐的帮助下，战胜了蛇精。整个童话所表现的，是正义和邪恶的斗争，歌颂的是劳动人民的勤劳勇敢，而宝物的神力，又使童话增添了迷人的幻想和诗意。

《灵芝草》则是《聊斋》意境与民间传说《田螺姑娘》故事的结合。一个穷书生，住在冷落的破庙里，由于他的善良和诚恳，感动了种植的灵芝草，在他卧病不起的时候，这株仙草变成了年轻的姑娘，为他治好了病，并且结成了夫妻，此后还给穷人治病。然而这个书生王郎却不能安贫乐道，要进京赶考，做了官又喜新厌旧，另娶妻房，到头来终于身败名裂，再回破庙，灵芝姑娘早已不知去向，最终饿死于山沟。其故事与主题都保留了传统童话特有的风味，强调的仍然是"善恶有报"的传统道德观念。

在他早期的民间童话的改编和再创作中，《神笔马良》无疑是最成功的。除了它表现的是一个具有人民性的主题，通过马良的勤奋、智慧，他的爱憎分明的立场与行动，以及对财主、皇帝等剥削阶级贪婪、狡诈的刻画，反映了人民大众的思想、感情、愿望，因而得到了广大读者的欢迎外，这篇童话在艺术上所呈现出的鲜明的中国民族特色，是它在国际上广受赞誉的最主要的原因。它曾被翻译成多种外语，在世界各国广为流传。由此也更加说明，只有真正民族化的东西，才能更受世界的欢迎。

《神笔马良》原始的民间童话的特征表现得比较明显，是一篇表现劳动人民与反动统治者进行斗争的作品，这在民间童话中是一个很少出现的主题。故事中马良是一个依靠刻苦勤奋、自学成才的劳动人民艺术家的形象。在旧社会，艺术是统治阶级的专利品，艺术家要么成为统治阶级的仆从，心甘情愿地让财主和王公贵族剥削自己的聪明才智，糟蹋自己的艺术，甚至成为他们的御用文人或帮凶，要么得不到发挥才能的机会，甚至受到迫害，毁掉自己的艺术生命，真正能保持自己独立人格并能用艺术为广大人民服务的机会极少。马良是一个人民幻想中的艺术家形象，依靠仙人帮助进入了艺术的殿堂，但仍不忘生他养他的劳苦大众，用自己的艺术为他们服务。这就触怒了统治者，他们软硬兼施，最后动用武力，将马良劫持到皇宫，胁迫他为满足他们的贪婪欲望服务。但马良用自己的智慧和勇气战胜了贪婪的统治者，使他们最终得到了惩罚。而马良的最后胜利，则象征着人民的智慧一旦真正回到人民手中，就会变成改变社会、改变劳动者命运的巨大力量。改编中作者将马良写成一个生气勃勃的少年形象，更增添了童话吸引人的儿童情趣。

在《神笔马良》中，整个故事是围绕着神笔进行的。所谓神笔，其实是人民幻想中艺术家的聪明才智的具象化，对神笔的争夺，其实就是对艺术家的聪明才智及他们创造的精神、物质财富的争夺。剥削阶级要掠夺劳动人民的精神、物质财富，劳动人民要保护自己的聪明才智，夺回属于自己的劳动成果，于是物态化的神笔便成为各种矛盾的集合点，整个故事便都围绕着神笔展开。神笔这一意象既是维系全篇的纽带，又是推动故事发展的内驱力，把不具象的事物具象化，不仅使作品更易为儿童理解和把握，也使作品更具有民间故事的神异色彩。

正因为作品有着强烈的民间文学特点，它便遭到了一些人的误解：有的认为这是民间作品的改写，有的认为它就是一篇民间故事。作者对此，有过一段自述："《神笔马良》中，某些情节取自民间传说，但是，民间故事中，并没有《神笔马良》这样一个故事，因此，不能说《神笔马良》就是民间故事……《神笔马良》可算是一种民间传说型的童话，是众多的童话类型中的一种。"①

著名儿童文学作家陈伯吹先生曾经指出："民间童话是童话的宝库，有着无数的未加雕琢的璞玉……像地下资源一样蕴藏丰富，对于善于发掘的人，有取之不竭、用之不尽的喜悦。"② 这一挖掘工作，对于素谙民间文学的洪汛涛来

---

①洪汛涛：《童话艺术思考》，希望出版社1988年版。
②陈伯吹：《论"童话"》，《儿童文学论文选》，少年儿童出版社1981年版。

说，自然是得天独厚，因此在他创作的不同类型的童话中，给人印象最深、也最能体现他艺术风格的，仍然是这些民间传说型的童话，比如写于粉碎"四人帮"之后的《乌牛英雄》《天鸟的孩子们》《狼毫笔的来历》诸篇，都是此中的佳作。在《乌牛英雄》篇首，作者特别加了这样的说明："关于乌牛英雄的故事，各地都有流传，各有各的说法，我把几种说法加以整理，写成了这个童话。"在《天鸟的孩子们》的正文前后，作者也加了序、跋式的短文，记述了这个故事原出于一位关东大爷之口的经过；而《狼毫笔的来历》，实也取材于民间传说，只是作者进行了再创作，另赋新意，但那民间童话的色彩，更给作品增添了艺术魅力。

洪汛涛的童话创作，追求的是民族化和现代思想的结合。他早期的童话，写得朴实无华，有浓郁的乡土气息，并显示出积极乐观的精神；他后期的童话，虽保留着往昔的艺术特色，却写得较为深婉，也较凄楚，这与他在"文革"中的坎坷经历有关。当然，人们对他印象更深刻的，可能还是他那些最具民族风味的文学童话。

三、包蕾与他的古典民族风味的《猪八戒新传》

包蕾是从写童话剧而走向童话创作的。早在二十世纪四十年代，他便以出色的话剧和童话剧蜚声上海滩。五十年代他开始写童话，但真正给作为童话作家的包蕾带来声誉的作品还是他的《猪八戒新传》。一部《猪八戒新传》使他的童话创作达到了艺术的最高峰，也形成了包蕾童话特有的带有古典民族韵味的艺术风格。且不说作者对唐僧师徒、特别是对猪八戒的心理、性格的把握，是如何符合这部古典名著的精神韵致，也不说这部作品在艺术形式上，与《西游记》描摹得如何的惟妙惟肖；最难能可贵的，是对古典文学大师的尊重与理解，他的新编故事，是在对原著的熟悉、理解、消化之后的发展与创造，正如他的语言一样，若不是烂熟于心，并有着深厚的古文基础，那是无法这般运用自如的。

对已有定评的名著，尤其像《西游记》这样举世闻名之作，倘不怀有诚意，不具有一定的功力，以为只要单单取一个"猪八戒"的名字，画一个猪八戒的头型，就可以随心所欲地让这样的猪八戒去滋生各种故事，那真是对前贤的侮辱和对名著的糟蹋！

《猪八戒新传》属于"历史新编"一类的作品，作品中的人物、环境乃至某些事件都是从古典名著《西游记》中借来的，但故事的主要情节，特别是作品的情感意蕴却是现代的，是生活在今天的作家重新发掘出来或经过自己的创造赋予它的。包蕾借用了这么一个孩子所喜欢所熟悉的人物，一气写了四篇童话，包括：《猪八戒吃西瓜》《猪八戒学本领》《猪八戒探山》《猪八戒回家》。

这四篇作品，除猪八戒等沿用《西游记》里的人物外，故事、情节完全是崭新的。包蕾怎么想起要写这些以猪八戒为主角的童话？这里还有个故事呢！他曾在《我的创作历程》中说过：

　　那年，出版社收到封读者来信，信中说："你们社出版的西游记故事很受小读者欢迎，希望吴承恩同志多为儿童们写几本……"大家看了引为笑谈，但却引起我的深思。吴承恩"同志"早在几百年前就死了，要他再为"儿童们写几本"是不可能了。然而现在的儿童仍然喜爱孙悟空、猪八戒形象，我是不是能仿照吴承恩"同志"的"笔法"，来为现代的儿童续写一些他们爱看的西游记故事呢？当时，这一想法一闪而过，继而自觉荒唐，也未敢真的去写。后来碰到一些孩子们都要我讲西游记故事，我又心动了。直到有一次发生了一件事，才给了个创作的"契机"，我决心写猪八戒的故事了。我晚上写东西写得晚了，要吃点饼干，那晚去开饼干箱时，发现里面已经空空如也。不消说是我家一个小弟弟干的事。第二天我问他，他直言不讳，并且告诉了我他的心理活动过程，原来他是打算留下点给我晚上吃的，后来，越吃越好吃，实在嘴馋难忍，便一口气吃光了。

他的话倒使我笑起来，联系到常见街头的儿童乱抛西瓜皮的坏习惯，于是我就写出了《猪八戒吃西瓜》。[1]

我们生活中，象包蕾所说的那个吃饼干的孩子是很多的，孩子控制不住，什么东西好吃，他拼命吃，甚至于把肚子吃坏。《猪八戒吃西瓜》中的猪八戒，就是这么一个"孩子"。他无意中捡到一个大西瓜，开始并没想到一人独吃，他把西瓜分成四份就表明他是想到师父、师兄和师弟的。只是嘴馋，控制不住自己，越吃越想吃，才把其他三块也吃了。作品生动地写出了猪八戒吃西瓜时的心理活动：明知不对却又控制不住自己，于是自欺欺人地编出种种理由为自己的行为辩护，表现出了他孩子气的天真、善良的一面。因为"猪八戒"像一个孩子，他的所作所为完全像是一个孩子干的，这就是孩子们对猪八戒这么个童心十足的人物感到亲切和喜爱的缘故。包蕾沿用了这个人物形象，新写了他的故事，受到孩子们的欢迎，这是必然的。

《猪八戒学本领》写猪八戒受了妖精的欺负想学本领，但又怕吃苦受累，不肯下苦功夫，想投机取巧，结果出了许多洋相。"学问之道，切忌虚夸，骗得了自己，骗不了别人，到头来摔痛了自己的屁股，笑掉了别人的门牙，何苦来呀！"对少年儿童有积极的教育意义。另外两篇作品《猪八

①包蕾：《我的创作历程》，《我和儿童文学》，少年儿童出版社1980年版。

戒探山》和《猪八戒回家》离儿童生活较远些，艺术表现也稍逊色些。

　　借用古典名著中的人物、环境来表现今天的生活内容，这对童话创作是一个新的尝试，尽管类似的尝试在前人，如郭沫若的历史剧和鲁迅的《故事新编》中已有过广泛地运用，但在童话创作中尚属首次。借用有借用的好处。《西游记》是一部著名的超现实性文学著作，在读者中，尤其是在少年儿童读者中有广泛影响，儿童对《西游记》中的人物、故事乃至《西游记》的语言和表现方法都十分熟悉，孙悟空、猪八戒一直是儿童喜爱的人物，这可以作为一种心理定式影响着以这些人物为主要形象的作品的欣赏。同时借用古典文学中的人物、环境，事实上也是一种离间手段，即使是最现实的生活，一和《西游记》这样的故事和猪八戒这样的人物联在一起，也会很快地从现实中超越出来，读者可以站在一定的距离外去欣赏而不必担心它与自己有什么利害关系。当然，借用也有借用的难处。既是借用，人物、环境取自历史上的作品，它们有自己在原书已经形成的性格及其他特征，新的作品必须在很大程度上顺应它，这对作家无疑是一种带着镣铐在跳舞似的限制。像猪八戒、孙悟空这样的人物，《西游记》的语言和表现方式，读者都非常熟悉，稍有不符，读者就会感到"不像"。既要像《西游记》里的故事，《西游记》中的猪八戒、孙悟空，又要像今天的儿童，反映今天的儿童生活，这就需要作家采取一些和通常的艺术不同的方法。包蕾成功地做到了这一点。他成功的关键在于找到了今天的生活和《西游记》故事中的某个情节、今天的孩子和猪八戒这个人物的性格的相似处，由此生发开去，从而创造出了新的故事。

《猪八戒吃西瓜》等作品既有很强的虚拟性、故事性，又有浓烈的生活气息。但要使一部作品真正成功，仅仅找到一个相似点是不够的，比如作家要真正熟悉今天的生活，熟悉自己的表现对象，也要真正熟悉原著，包括作品的表现对象，如人物性格、心理、行为方式及表现方法，如语言、情调、叙述方法等。《猪八戒新传》大体上是做到了这一点的。比如对猪八戒恰到好处的描写，没有画蛇添足，没有过分夸大好的一面和坏的一面，没有破坏这个在人们心目中早已固定的形象，保持了原有的形象，并赋以新的意思，发展成新的故事，这是难能可贵的。还有作品语言的幽默风趣、半文半白的道白、形象滑稽生动，达到几乎能与《西游记》乱真的程度，充分显示出作家深厚的艺术功力。

在童话界，续写中国古典文学为系列童话故事，且取得很大成功的，无疑应首推包蕾的《猪八戒新传》。

四、鲁兵与他的民族情调和民族风味的低幼童话创作

对于鲁兵，以往人们比较多地关注他的幼儿诗创作，不太注意到他的幼儿童话创作，但实际上他的童话同样写得十分出色，完全可以与他的幼儿诗相媲美，构成他幼儿文学创作的重要组成部分。

鲁兵的童话创作起步很早，当他刚接触儿童文学不久就开始尝试童话创作了。1946年12月16日《中国儿童时报》发表了他的第一篇童话《林子里的故事》，这个由林子里的五个片段故事所组成的童话假借林子里的居民——生物与动物们共同抗击暴日的肆虐，复兴美丽的林子的故事，以隐喻的手法，抨击了日寇侵华的暴行，颂扬了全国人民联合抗日、英勇无畏的牺牲精神。可以说这篇童话奠定了他前期童话创作的基调：即以鲜明的政治倾向为功利目的童话创作基调，表明一个有良心的儿童文学作家面对国破家亡、人吃人的旧中国的黑暗现实的激愤、诅咒与不平，以及渴望和平与光明早日来临的迫切心情。鲁兵这一时期的主要作品还有《狮大王做寿》（1947年）、《"和平呀，和平！"》（1947年）、《画不完的圆圈走不完的路》（1948年）、《瞎眼的法院》（1948年）、《掉到月亮里去的富翁》（1948年）等。这些童话鲁兵后来将之收集在《桥的故事》（1948年）

里出版。粉碎"四人帮"以后，又重新加以整理以《掉到月亮里去的富翁》（1979）为名再次出版。

尽管特定的时代环境，使他的童话充满了强烈的政治色彩，但在艺术上鲁兵的童话仍然有着鲜明的特色：一是这些童话都写得很短很精致，语言简洁、口语化，形象感很强。这说明鲁兵天性就具备了儿童语言的才能，以至一出手便自然沟通了与小读者的天然联系。这也是他日后几十年与儿童文学结下不解之缘的主要原因，他似乎天生就是写儿童文学的料。二是这些童话虽短，但故事性却很强。鲁兵的童话虽重现实，不重幻想，如他自己所说"童话所写也不过是所见所闻的实事，鸟言兽语，一为称孩子们之心，二为障反动派之眼。"[1]然而他却能将暴露反动阶级的丑行、黑暗专制与童话的鸟言兽语巧妙地结合起来，演绎成生动的鸟言兽语故事，从而吸引着小读者的阅读兴趣。比如《掉到月亮里去的富翁》写的是一个永不知足的贪心富翁的故事；《一根骨头》写的是山猫对山鼠兄弟的怜悯施舍，竟是它们母亲的一根残骨；《瞎眼的法院》写的是草菅人命的瞎眼狐狸法院的荒唐故事……鲁兵的童话重叙述，不重描写，十分简练，这使他能在短篇中轻易勾勒出精彩的情节故事。鲁兵早期童话的这两个特点或许也是他日后走向幼儿文学创作道路的重要

---

[1]鲁冰：《喜见儿童笑脸开》，《我和儿童文学》，少年儿童出版社1980年版。

原因之一，因为这正是幼儿叙事文学的两个鲜明的特点。

当然，鲁兵童话最精彩的部分也正是他幼儿童话创作的那部分。1957年，鲁兵接编《小朋友》，工作性质的转移，以及天性中的与孩子不可分割的那份情缘，使鲁兵很自然地转向了幼儿文学创作，而且就此与幼儿文学结下了不解之缘，成为他终身所追求的一个神圣的事业。

鲁兵幼儿童话的创作主要由两部分构成：一是幼儿童话诗的创作；二是幼儿童话故事的创作。转入幼儿文学创作之后，鲁兵一度以写儿歌和幼儿诗为主，然而最初的与童话的那段情缘，使他逐渐地萌生了将两者结合起来创作的强烈愿望，因为他深信孩子们爱诗，亦爱童话，将诗的韵律、节奏、美感与童话的想象、故事性巧妙地结合在一起，自然会倍受小读者的青睐，普希金的童话诗深受各国小读者的喜爱便是明证。或许是受普希金民间童话诗的影响和启迪，或许他原本就十分重视我国古老的民间文化，肚子里装着许许多多民间广为流传的童话故事，因此，他的童话诗的创作，大都取材于我国民间的童话故事，并在此基础上进行再创作。例如著名的"三虎"之作：《小山羊和小老虎》《王小小》《老虎外婆》，以及《聪明的乌龟》《小老鼠变大老虎》《金鞋》等。在这些童话诗中，鲁兵既保留了民间传说故事传奇性与趣味性的特点，又特别注重儿童特点的体现，尤其注重现代儿童教育精神的体现。这表现在他对故事中孩童形象塑造的着力，如在《王小小》中对王小小的刻画：王小小上山砍柴，因疲劳倒在树下睡着，被老虎叼进山洞。但当老虎给小虎喂奶，王小小被虎尾扫醒时，他并没有惊慌失措逃跑，而是机智地用捆柴的牛皮绳一头拴在树上，一头做个活圈套拴住了虎尾，然后对准虎头飞去柴刀。老虎受惊，猛然一跳，就被活活吊在了山崖上。

> 王小小乐得哈哈笑，
>
> 唱了山歌又吹口哨，
>
> "今年腊月大寒天，
>
> 给俺爷做件虎皮袍。"

整首诗妙趣横生，把一个聪明、乐观、勇敢的孩童形象写得可爱而又可信。

在《老虎外婆》中鲁兵更加出色地刻画了外孙女小朵朵的机灵、乐观与勇敢。小朵朵在识破"老虎外婆"伪装的面目之后，机智地与"老虎外婆"巧妙地周旋，最后联合村民，布下天罗地网，终于战胜了凶恶强大的老虎。故事的结尾，作者充分运用童话幻想夸张的手法，让老虎在死前，"哇的一口吐出老婆婆"，老婆婆重新复活，坐在树下听小朵朵唱山歌。作品突出了小朵朵乐观、自信的勇者精神，同时又不失为一种儿童特点的幽默与机智。

如果说上述这些篇章还只是对文学遗产的挖掘与整理，是对于童话题材的一种开拓，那么，鲁兵的童话长诗《母亲和魔鬼》，则是他直接继承民间童话形式和表现手法，用于新的创作的一个可喜的收获。

这是一首将近六百行的长诗，它主要叙述了一个仇恨世间一切善良与爱心的魔鬼，如何施用卑鄙的伎俩，欺骗纯真的孩子，使之成为以屠杀为快乐、再也不认自己母亲的"小夜叉"；然而，伟大的母亲，终于以她的爱心和热血，唤醒了噩梦中的孩子的良知，宇宙重又廓清，日月再现光华。这是一首充满战斗激情的诗篇，诗人把对现实生活的深切感受，把对祖国母亲的深厚情怀，运用童话诗这一形式，作了尽情地抒发。它形象地概括了"四人帮"横行时，无知的青年所受的蒙蔽，以及祖国——母亲在那些日子里的焦虑、忧愁、愤慨、震怒，而又以她博大的爱，来战胜一切邪恶，拯救她心爱的孩子。这首童话长诗，虽然政治色彩浓厚，表明了作家对现实生活的深刻理解。而在艺术上却也颇见特色，它吸收了我国神话与民间童话的养料，例如母亲形象就颇具神母娘娘的特点，整篇故事亦放在近乎远古的历史背景中，造成了一种浓郁的神话与传说的风味。在诗意的铸造上则吸收了古典诗歌典雅、蕴藉的风韵，着意于美的创造和美的抒发，具有鲜明的民族风格和民族气派。

　　鲁兵低幼童话的另一部分就是他的幼儿童话故事的创作，这是他整个幼儿文学创作的重要组成部分。这些童话大都写于二十世纪八十年代之后，有三四十篇，包括《虎娃》《老爷爷和老奶奶》《写童话的爷爷和看童话的耗子》《三十六朵小红花》《顶顶小人》《穿绿衣服的小女孩》《蚕豆姑娘》等短篇，以及系列传奇童话《小济公不休》。这些童话均出自鲁兵艺术创作成熟时期，艺术上已是十分娴熟，且整个社会亦正处于改革开放，思想大解放时期。儿童文学创作也正处于艺术上的全面探索阶段，这些自然不能不对作家的创作产生一定的影响。从他这一时期的作品来看，鲁兵对幼儿童话的创作的确有着自己独特的认识和追求，在艺术上作了多方面的探索，且已形成了自己鲜明的艺术风格。探讨鲁兵幼儿童话的艺术特点，的确会给我们今天的幼儿文学创作带来很多启示。

　　首先，鲁兵幼儿童话最令人赞叹的就是他的语言，在艺术上有着极高的造诣。从表面来看这些语言十分质朴、简洁、浅显，甚至带着浓厚的童稚味。它们有时候就像一位心慈面善的白胡子老爷爷在亲切地给孩子们讲故事，有时候则又像是一个天真的"小故事大王"亮着他童稚的嗓子在给小听众讲着有趣的故事。比如读《写童话的爷爷和看童话的耗子》《老爷爷和老奶奶》这些作品你就似乎老有一种感觉，好像孙敬修爷爷那熟悉的讲故事声又在收音机里回荡：

有位老爷爷，戴一副大眼镜，整天趴在桌子上写呀，写呀……他写什么哪？童话。瞧，他的书桌上塞满了书，那全是他写的童话。

老爷爷家里住着一窝耗子，住在地板下面一个角落里。耗子嘛，嘴尖，尾巴尖，耳朵也尖，这是说它们的耳朵好，隔着厚厚的地板，也能听见老爷爷写字的声音。

……

"让我先看。"一只小耗子趴在书上。

"干吗让你先看？该我先看。"另外一只小耗子抓住眼镜不放。

两只小耗子吵了起来。

"别吵吵，把老爷爷吵醒了，谁也看不成。还是一个一个轮着看吧。"

真的，一戴上老爷爷的眼镜，就认得字了。那第10页上，印着个题目《聪明耗子的故事》。

正好那只聪明耗子先看，它大叫起来："老爷爷写的是我呀。老爷爷真好，老爷爷真好！"

……

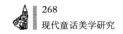

那种亲切的感觉，相信每一位听故事的小朋友都会有的。它像磁石般地吸引着孩子们。

可有时候那语言又充满了天真的童稚味，尤其在童话人物的对话中。

童心、童稚、童趣跃然纸上，能不吸引孩子们吗？的确，为幼儿创作无须雕琢，无须矫饰，无须华媚，它需要的只是最纯真的质朴，如幼儿口语般的清清浅浅、实实在在、稚气盎然。对幼儿文学来说，质朴是一种本性之美，它来源于幼儿生命、精神中所蕴含的质朴品格和作家质朴的人格品质。是一种十分珍贵的美学品格，一种精神境界，它是儿童最本真的生命意趣和形态的表现。鲁兵可谓深谙其性。对童心的透彻了解和对幼儿生活的熟悉，使他能够十分从容地表现出幼儿文学语言中闪耀着童心光泽的质朴美。

第二，鲁兵的幼儿童话洋溢着浓郁的民族风格和民族风味。这不光指的是他在题材上注重对民族文化的继承与借鉴，比如他的童话、童话诗，很多来源于民间传说故事，从前面的介绍中我们也不难发现这一点。但题材上的继承与借鉴，只是体现民族风味的一个方面，对作家创作而言，它最主要的还是一种创作风格、美学品质、精神本质的体现。首先在精神实质上，鲁兵非常注重传统美德的培育与引导，这几乎贯穿在他所有的幼儿童话之中，无论是《小山羊和小老虎》这类民间童话题材的作品，还是《老爷爷和老奶奶》这类写现实生活的童话，他都有意体现这种传统的美德与精神品质。例如《老爷爷和老奶奶》写的是日常生活中老两口流露出来的牵肠挂肚般的真挚质朴的情意，从老两口互相关心，互相牵挂，近似可笑的举动中，我们不难读出传统美德的那份浓浓的人情味。它不光能为成年人所理解，而且也能为小娃娃们所理解。在中央人民广播电台"小喇叭"节目的广播评选中，它能够得到由小娃娃听众投票选举的前十名，就是最充分的说明。鲁兵的童话注重民族品格和精神是与他一以贯之的创作思想不可分割的，在他的《断想篇》中曾写道：让孩子们"在耳濡目染中受到美的教育，渐次熟悉自己民族的艺术……尊重并且热爱自己民族的艺术，将有助于培养起民族自豪感和民族自信心。"这也是他一贯主张的"儿童文学是教育儿童的文学"这一总体思想的具体体现。其次，在表现手法与语言风格上，鲁兵也较多地吸收了民族艺术的传统。例如在他的幼儿童话中时常会穿插一些朗朗上口的儿歌，像《大树大树高高》中的：

> 大树，大树，高高，
>
> 你们是我的好宝宝。
>
> 小树，小树，矮矮，
>
> 你们是我的好乖乖。

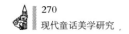
《金娃娃》中的：

　　金娃娃，

　　金娃娃，

　　金的头发红嘴巴，

　　金的鞋子红丝袜，

　　还有一对金翅膀，

　　一飞飞到你的家。

民族情调自然通过这些洋溢着浓郁民族风味的儿歌所体现出来。此外，鲁兵幼儿童话还特别注重象声词、叠韵词等富有民间音乐性的词汇的使用，这使他的童话往往具有很强的音韵美和节奏感。如《大树大树高高》中的描写：

　　老爷爷就住在树林里，他每天都要在树林里兜一圈，瞧瞧自己种的树。小树，大树，看见老爷爷来了。都摇着树枝，沙沙沙，沙沙沙……它们在说话呢。

　　小树说："老爷爷，您早！"

　　大树说："老爸爸，您好！"

多么富有诗意的语句，那轻快的节奏、旋律，传达出的还是那份独有的民族情感。鲁兵童话中的这种抒情化的诗意美可以说比比皆是，成为他童话民族风格的重要体现。

此外，鲁兵的幼儿童话虽不饰夸张、不重幻想，然而却不乏中国传统式的幽默感。如在《老爷爷和老奶奶》的最后写老两口开心的笑声，使他们变成了大姑娘和小伙子，就是借用了"笑一笑，十年少"这一俚语，显示出民俗式的夸张和幽默。而《写童话的爷爷和看童话的耗子》则可以说通篇都建立在幽默谐趣的格调上，作者将有关耗子的传统故事十分巧妙地串联在故事中，让耗子们自己来读自己的故事，这实在是一种中国式的十分机智的幽默。其产生的趣味效果，每每让孩子们笑乐不已。鲁兵幼儿童话的幽默品格更多的还是来源于他对传统民间文学通俗、幽默品格的理解和吸收，将民间劳动人民那种不动声色的机智与幽默溶解在他的作品之中，从而使他的作品更具民族风味。

说到对民族文化的继承和借鉴，不能不提到鲁兵的系列传奇童话故事《小济公不休》，这是鲁兵根据民间传奇人物——济困扶危、嘲弄官府恶霸的济公和尚原形创造出来的新传奇儿童形象。作者借济公的神力，让现实中崇拜济公的孩子多多变成了一个与济公一样具有神通广大、变化无穷的小和尚。但作者却扬弃了济公原形的丑角形象和《济公传》的陈旧故事，而是塑造了一个俊秀、干净，完全不同于老济公的崭新的小济公形象，并把济公的聪明伶俐、见义勇为、幽默乐观的品格特征巧妙地与儿童特点融合在小济公的身上，去表现现实中惩恶扬善的主题。联想到现实中有的人见利忘义、贪生怕死不敢主持公道的不良社会风尚，鲁兵的

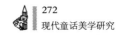

《小济公不休》不是很有现实意义吗？

总之，鲁兵以他出色的幼儿童话创作证明：民族艺术和民族风格不是没有生命力的可以消亡的东西，相反它正以旺盛的生命力创造着具有勃勃生机的艺术作品。

综上所述，仅是对几位较有民族风格特点的童话家的创作作一些概括，事实上，具有民族风格特色的作家还有不少，各地方、各民族也都有自己本地域本民族的一些童话风格特点。对童话家来说，追求自己本民族鲜明的风格特点应是他们孜孜以求的方向、目标。正如浦漫汀教授所说：

> 要使自己的创作具有民族性，——写出使本民族认为"仿佛正是他们自己这么感觉和这么说的"（别林斯基语）作品来，就必须深入生活，研究民族心理，思想感情、精神气质，还要善于以民族的眼光观察事物。与此同时，尚需把握民族的审美观念、审美兴趣，特别是民族的独特的艺术规律。为此，首要的是继承与发扬古老的民族文化艺术传统和美学理论传统。①

当然，我们说民族文化传统是我们必须继承发扬的，但时代也在不断地进步与发展，童话民族文化传统也不是一成不变的，民族的心理、习惯、思想感情、精神气质也会随着时代、社会的进步、发展而变化。因而，在发掘和吸收传统

①浦漫汀：《童话十六讲》，安徽教育出版社1990年版。

文化的同时，更要与时代、历史、现实生活相结合，积极开拓、创新，努力把我们民族、社会的发展、变化反映出来。只有这样，才能使我们的作品适应社会的需要，其民族性也才能更具有时代的特点。

此外，继承、发扬本民族文化的风格特点，并不等于非要排斥外来文化。他国民族文化中好的艺术形式、表现技巧、艺术风格特点仍然是我们应该努力学习、吸收、借鉴的，这与强调民族性并不矛盾。叶圣陶的《稻草人》借鉴过安徒生、王尔德童话的许多东西，《皇帝的新衣》更是对安徒生《皇帝的新装》的直接续写，但它们都未曾影响过叶圣陶童话浓郁的民族风格的体现。关键是要对外来的东西"感而有悟，悟发于内"（叶圣陶语），把它融入本民族的文化之中。如茅盾所说："吸取其精华，化为自己的血肉。"

童话的历史证明，只有民族的，才能成为世界的。因为只有富于民族特点和艺术个性的杰作才更易为他民族所注意，才能流传久远，成为世界所公认的优秀之作。

第五章

接受美学：童话审美价值的实现

儿童文学美学理论发展到今天，人们已不再只局限于关注作为创作对象的文本和创作者本身，同时也越来越关注到作为创作二度体验的艺术接受问题。因为创作者如果没有小读者的理解支持，他就可能会逐渐丧失创作的激情与冲动；从另一方面来讲，作品如果没有接受者，那么作品的艺术价值也就得不到实现。所以创作者和接受者永远是一对互为依存的密切联系，同样，作品与读者也永远是相依相辅的。

　　对童话而言，它的接受主体无疑是小读者，尽管有些童话许多成人也喜欢，但童话的接受主体是儿童，也许谁都不会怀疑。童话与儿童应是一种审美的双向选择。诚如李学斌在分析童话与儿童的关系时所说的：

　　　　"它以对童年生命的无限逼近和不断提升为审美追求。以浓郁的幻想色彩和童话叙事的趣味性与童年生命形态达成了天然的契合，从而在二者之间体现了一种浑然天成的亲缘关系，一种审美的双向选择。如果说儿童是天生的童话家，那么，某种程度上就可以说，童话就是流自他们灵魂深处的声音，就是他们面对自然万物的心灵絮语；就是他们未经雕琢、过滤、未经理性浸染的

心灵图景的审美表达。

童话为儿童提供了回应生命冲动、获得精神飞翔的物质依托和实践方式。儿童因选择了童话而获得了生命的灵动，童话因儿童的阅读而成为流动的跨越时空的风景。童话与儿童的结合如同春天和绿色生命的结合，是童年审美发生中的一种命定，寄寓着生命初始阶段新奇的艺术发现和艺术启蒙。"[①]

童话与儿童永远是互为依存的。作为创作者在他创作伊始心目中就有了想象中的读者接受模式，这种潜意识的预设接受贯穿于他的整个创作过程，这也就产生了不同的作品会有不同的读者群；而作为接受主体的小读者是童话家原体验的二度阐释者，他们的接受过程是对童话家原体验的接受和升华。同时，作为接受主体的小读者又是一个十分特殊的接受群体，他们不光有着年龄的差异；还有着接受能力和审美心理、审美趣味的差异。童话的最终审美效果必须通过接受者的审美体验才能够检验出来。以下我们将从童话创作者的接受预设和接受主体的审美阅读心理两方面来分析一下童话审美价值的最终实现。

---

①李学斌：《幻想的游戏》，《儿童文学研究》1994年第2期。

第一节　童话创作的接受预设

如果说，对童话的接受是读者以文本为媒介与作者进行的一种艺术交流的话，那么在整个文学童话的活动中，这种艺术交流活动并不是从读者阅读文本开始的，而实际上从作者进入童话创作过程时即已开始了——这就是作者在创作活动中对读者的心理预设。

对此，方卫平曾引用过文艺理论家梅拉赫提出的"接受模型"的概念。在梅拉赫看来，创作者与接受者的关系不只是从读者接受作品时才开始的，而是贯穿于整个艺术活动动态过程的始终。艺术家从最初的酝酿和构思到写作、修改、完成作品，始终要同想象中的读者打交道，每个作家的心中都有意无意地悬拟、预设了自己作品的"接受模型"。因此，"接受模型"对创作起着或显或隐的制约、引导作用，也就是说特定读者的接受期待通过作家的心理预设成为创作过程的有机环节，于是，创作过程就不是作者自身的因素所能全部解释的了。① 这与伊瑟尔所提出的"隐含的读者"的概念有相似之处，都是对作者在创作过程中有意无意地对未来读者的预设和召唤的理论解释。

---

①方卫平：《儿童文学接受之维》，湖北少年儿童出版社1995年版。

对儿童文学创作来说（同样也包括童话创作），这种对未来读者或接受模型的预设和期待就显得特别重要。因为儿童文学读者年龄层次划分的特定性，使作者在创作中必须要考虑到不同层次儿童读者的审美接受的特点，明确他大致的读者群，以便在创作过程中给自己有一个基本定位。这基本定位不光是一个简单的年龄定位，还包括审美特性的定位、思想内涵的定位，甚至读者性别的定位。比如童话家郑渊洁的作品，就不光有写给少年读者的，还有写给儿童读者、幼儿读者的，有的作品则明确标明是写给"男孩子"或"女孩子"的。写下著名的童话《绿野仙踪》的美国童话作家鲍姆曾用笔名为男孩子写过6本书，给女孩子写过24本书。闻名于世的童话《爱丽丝漫游奇境记》原本是数学家卡洛尔为他所喜爱的小女孩爱丽丝写的想象故事；而《柳林风声》则原本是格雷厄姆为他儿子写的动物故事。尽管有时候童话创作的这种预设的具体对象也可以是宽泛的，甚至可以包括成人在内，比如安徒生就曾表示："我写的童话不只是写给小孩子们看的，也是写给老头子和中年人看的。"再如冰波的那些个含意深奥、模糊的探索童话，显然也不光是为少年人所写的，其心目中的"隐含读者"一定包含了一部分成人读者。当然，童话的主要接受对象是儿童读者，儿童读者无可争辩的是童话"接受模型"的当然主角，这是无疑的。

儿童读者作为一种特殊和复杂的接受群体，对童话作家的创作无时无刻不在产生着深刻而复杂的影响和制约，这种影响和制约是多方面的，方卫平在《儿童文学接受之维》中谈到儿童文学创作中小读者对创作的影响、制约所表现的几个方面，对童话创作也同样适宜，不妨套用一下：

　　第一，儿童读者强烈的阅读期待和欲望常常会转化为作家创作的一种强大的内驱力。比如我们常常会听说某某作家的作品当初是为他的孩子或是他所钟爱的小朋友所写的。像卡洛尔当初写《爱丽丝漫游奇境记》的动力全来自他的邻居小女孩爱丽丝；而格雷厄姆《柳林风声》系列的诞生，其创作源泉也是来自他应儿子的要求，给他以通信方式讲的那些个有趣的动物故事；而罗大里的《电话里的故事》是他模拟药品推销员彼安吉给他的小女儿每晚打电话讲故事的口吻，写下的短篇童话故事；近年来风靡世界的英国女作家罗琳的《哈利·波特》魔幻故事，作者在该书的扉页上就明确标明"谨以此书献给杰西卡……她是故事的第一位听众"，杰西卡是她心爱的女儿，也是她生活中的唯一伴侣。显然，她创作的原动力是来自爱听她故事的小女儿。当然，童话作家的创作动力和预设读者并非一定是来自为自己的孩子或是某个自己所熟悉的孩子，但为孩子写作，心目中有一个少年儿童预设读者的阅读期待无疑就是一种最大的鞭策、支持和推动

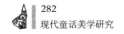

力，鼓舞着作家努力进行创作活动。

第二，儿童读者作为接受模型引导乃至在某种程度上规定着作家创作中的审美追求和艺术价值取向。也就是说作家在心目中对儿童读者的审美能力、审美特点有一个大致预设的"接受模型"，它是指引作家艺术创造和艺术探索的审美路标。有了这个路标，童话家的创作才有可能成为一种寻找自身艺术特性、审美形态和价值的自觉的精神活动。比如张天翼在谈到他创作童话时曾说道：

> 总之，当时写童话也罢，写小说也罢，就是想使少年儿童读者认识、了解那个黑暗的旧社会，激发他们的反抗、斗争精神，使他们感到做一个不劳而获的寄生虫多么可耻和无聊。
>
> ……
>
> 我遇到较多，并引起我重视和深深思考的，还有王葆式的孩子。这类孩子，并不是坏孩子，他们挺想学好，肯做好事，能关心集体、热爱同学，讨厌自私自利。但往往有点懒，不爱动脑筋，什么都想要现成的，遇到麻烦的事，就幻想有那么一种宝贝，可以帮他做好多事情(甚至包括帮他为别人做好事)，使他不用费什么劲，想要什么就有什么。这种思想，实质是剥削阶级不劳而获的思想意识——不愿劳动，还要享现成的，过舒

服日子——的残余。有这种思想的人，在旧社会可能变成大林(唧唧)，在新社会就可能成为王葆。王葆和大林当然不是一种人，他们所生存的社会条件不同，他们想不劳而获的东西，以及最后的命运当然更不一样。但是这种不劳而获的思想，在今天却还有相当的代表性。因此，对王葆式的孩子要好好教育，不能让他发展下去；这是关系到青少年的思想、品格、行为、习惯，也是人生观、世界观的发展和形成的大问题。作为教育工具的儿童文学作品，应该去接触它。①

张天翼新中国成立前后作品不同的思想倾向和审美特点均源自于他对不同时期小读者的教育期望。这一隐含的阅读期待，使他二十世纪三四十年代童话的审美价值取向有着强烈的现实批判精神，极度的夸张、尖锐的讽刺与幽默构成了他这一时期童话的主要美学倾向；而五十年代童话的审美价值倾向则侧重于对孩子的教育意义，其夸张与讽刺也是温和与善意的。

而任溶溶在谈到他写作童话的动因时也涉及了小读者的阅读期待对他创作的影响：

　　我到现在一共只写过两个童话，一个是《没头脑和不高兴》，一个是《天才杂技演员》。我五十年代初

----

① 张天翼：《为孩子们写作是幸福的》，《我和儿童文学》，少年儿童出版社1980年版。

期常到孩子们的集会上去讲故事。外国故事讲腻了，很想针对孩子们的情况讲点别的什么。两个童话就是这样产生的。关于没头脑，我自己是一个，深有体会，"不高兴"则是好些孩子的口头禅。碰到这种孩子，批评他们吧，他们总是不服气。我就想干脆让他们带着他们的缺点变成大人去做大事，出点大洋相。这就是《没头脑和不高兴》。不高兴演武松打虎里的老虎而不肯死这一段，是借用小时候看到的一段广东梨园掌故。掌故里说一个扮老虎的演员向扮武松的演员借钱抽大烟，武松不肯借，扮老虎的就一直不肯倒下，直到武松答应为止，我把这段掌故搁这儿来了。至于《天才杂技演员》，那是因为我有一个中学同学，是位运动员，身体说不出有多棒，后来不当运动员了，成了个大胖子，我觉得很滑稽，就借这件事给孩子说明本领不是天生的，是苦练出来的，就算你比别人聪明一点，要是不勤学苦练，就得不到本领，有了本领也会荒废掉。因此我加上个胖小丑因为勤学苦练成了个有本领的杂技演员。胖变瘦、瘦变胖，孩子们听了都哈哈大笑，我就要他们在嘻嘻哈哈声中接受我的道理。①

---

①任溶溶：《我叫任溶溶，我又不叫任溶溶》，《我和儿童文学》，少年儿童出版社1980年版。

可见在童话创作中，作家尽管创造的是一个幻想的世界，可对他们的创作思想和审美价值观起影响作用的仍然是潜在的小读者审美接受要求。

童话家郑渊洁也曾说过：

> 每当我到小学去参加活动，看到孩子们规规矩矩地坐在那里，脸上挂着呆板的笑容，我感到悲哀。我觉得他们是一群八九岁的老头老太太。

他这样表白自己的创作姿态：

> 我希望我的童话能使孩子们快活，能驱除他们身上的老气。还希望他们有个性，有幽默感，想象力丰富。

在这样的指导思想下，郑渊洁大胆突破，在童话创作中大力倡导游戏精神和对传统教育观念的大胆反叛，开了新时期"热闹派"童话的先河，为童话审美空间的拓展做出了出色的贡献。他的童话一度也成为最受小读者欢迎的作品。

第三，儿童读者作为接受群体，其整体接受特征、内部的接受差异及其历史演变等，都会对儿童文学创作构成宏观上的调节和制约作用。也就是说，儿童文学创作在整体上不仅受到一定社会历史条件、文化背景、审美传统等因素的影响，而且也受到一定时代文化环境中儿童接受群体的各种特殊的阅读期待的影响。例如，我国童话创作在不同时代审美整体倾向的变化，无不与时代社会的政治背景和儿童接受群体的阅读期待有着密切的联系。二十世纪三四十年代的批判现实主义潮流；五六十年代的教化倾向；七十年代末的反思批判倾向；八十年代的对游戏精神的大力倡导，"热闹派"童话的出现，"探索童话"的出现，都是这种影响化的产物。这种变化要求作家必须随时对自己的创作做出适当地调整，并根据变化了的读者接受视界来不断探索当代童话的新的接受可能。这样才可能使我们的童话创作跟上时代的发展和不断发展着的小读者的审美需求。

童话作家的创作预设，体现了作家对儿童文学创作特殊规律的尊重与理解，也体现了儿童读者接受特点对童话创作的深刻影响，"创作——接受""接受——创作"永远是一对互相依存、互相作用的密切关系，它们也是儿童文学审美过程特殊性的基本内容。当然，有时候在作家的创作预设的期待和小读者的接受期待之间会有一定的距离，或者只能为部分小读者所接受，因为读者的个体审美接受能力和审美喜好毕竟有着很多的差异性，所以，我们这里所说的创作接受预设只能是相对而言的，不可能是绝对的。读者不是僵死的"靶子"，创作也不是僵死的，创作与接受共同构成了最具活力的文学的"活"动。

第二节 接受主体的审美阅读心理特征

以上我们是从创作者的角度来分析童话创作与接受者之间的关系，那么，如果我们换个角度从童话的接受主体——小读者的角度来分析他们对童话的审美接受心理与特点又会是怎样一种状况呢？

李学斌在分析少年儿童童话阅读心理时，认为少年儿童童话阅读心理主要表现为两方面：一是儿童的童话阅读更像是一种象征性的游戏、想象性的游戏，或者说是游戏心理的一种审美内化。二是儿童童话阅读心理也是一种满足精神扮演的审美倾向。

对第一点，他认为：在人生早年的文学阅读框架中，儿童对童话的选择是神使天成的。这里具有儿童审美心理的深层原因，这就是儿童宣泄、释放以及模仿的审美心理与童话幻想的"同构"关系。这种游戏的想象补偿性和心理指向性，正暗合了童话文体的幻想特质。

而对第二点，则认为，在少儿期的童话阅读中，这种精神扮演的审美倾向主要是通过对"超人体"童话，神话中英雄形象或半人半神童话形象的神交式阅读或感知体验获得的。这种精神投射和精神扮演的审美指向具有极大的游戏性，它既为儿童带来阅读感受的全身心愉悦和放松，又告慰

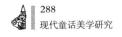
了他们在现实中因无力和无告而造成的情绪压抑、委屈心理，具有极普遍的代表性。

同样，儿童所喜爱的"常人体"童话中，对"叔叔"型人物能力的渲染和突出，也具有类似的精神投射和精神补偿的审美功能。所不同的只是后者的现实感更强，功利性审美的意图更加明显。

可以说，正是童话想象和幻想所创造出的间离效果和陌生化效应，使儿童想飞起来的愿望在童话阅读中得以实现。离开了幻想和想象，童话审美的游戏性就几乎不存在了。[①]

李学斌的观点我认为还是有一定道理的，儿童的童话阅读中的确有游戏的成分在内，但完全把儿童的童话阅读看成是一种游戏心理的补偿又未必过于偏向与狭窄，毕竟还有更多的儿童审美阅读的特点在内。此外，把儿童童话阅读中的精神扮演看成是对"他们在现实中因无力和无告而造成的情绪压抑、委屈心理"的一种告慰，也未必妥当，它只可能是一种个别现象，而并不具有普遍性。

就此，我认为对儿童的童话阅读心理应作更具体、细致的分析。正如方卫平在《儿童文学接受之维》中所论述的："在儿童文学的接受过程中，不但接受主体的文学能力可以作多层次、多维度的展开，而且作为接受客体的文学文

---

①李学斌：《幻想的游戏》，《儿童文学研究》1994年第2期。

本也是一个多层面的立体构造物。因此，在接受过程中主体文学能力的建构水平、方式和文本结构的构筑特征就决定了文学接受过程中主客体之间的具体对话层面和沟通范围。从接受主体的角度来看，儿童文学能力的建构有一个由生理而心理而文化的推进过程；从接受客体的角度来看，文本的构筑可分为语音、语象、意味三个层面。因此，主客体间的对话层面和沟通范围可在不同的水平上实现。"就此，他把儿童的文学接受划分为三级水平，即："初级的感官性接受水平""二级的想象性接受水平"和"三级的理解性接受水平"。这三级位差的接受特征正是对不同年龄阶段儿童阅读接受特点的概括，它同样适宜于童话的阅读接受。

儿童的童话阅读也有一个十分明显的年龄阶段的差异。不同年龄段的儿童对童话的接受与欣赏的心理是不同的。比如幼儿，这是儿童生命的初始阶段，也是童话接受的启蒙阶段，其接受特征更多的是一种感官性的初级接受的特征。因为这一时期，婴幼儿自身还无自己阅读童话文本的能力，他主要通过成人或各种现代媒体的媒介诉诸其感官的刺激来欣赏童话。所以，这一时期，童话文本的语音层面对婴幼儿来说就显得特别的重要。这也就能解释为什么幼儿童话特别注重语言的音乐性、美感和游戏性的原因。

而随着儿童读者文学能力的提高，儿童对文本的感受逐渐从语音层进一步扩展到语象层。对语象层的感受有赖于儿童语言符号能力的发展和想象力的发展。这使得他们已能在语象层面上与童话文本实现沟通和交流，特别对细节和故事层面倾注了极大的兴趣。这也就能解释处于"想象性二级接受水平"的儿童读者为何对富有丰富想象力和强烈故事性的"热闹派"童话特别感兴趣的原因。处于这一级接受水平的儿童对文本的理解，大都只停留在故事的具体情节或语词的表面的了解上，生动的形象占据主导地位，他们还不能完全揭示寓于故事情节中的丰富的意味和深刻的主题内涵，但这并不能阻碍他们对童话的阅读与欣赏。相反，这一时期恰恰是儿童读者对童话最怀有浓厚兴趣的时期，因为童话丰富的想象力和精彩的故事情节恰恰应和了这一时期儿童想象性的文学接受的特点，儿童的生命形态和童话文体的内在实现方式在幻想这一艺术生成点上达到了一种天然的契合。有了这种童话发生和心灵复现灵犀相通的默契，儿童无须特别的指引就可进入童话的境界中去寻找在现实中无法实现的幻想愿望，并体验一种心驰神往的自我经历的游历。因此，对处于"二级想象性接受水平"的读者提供童话作品，不能不注意到他们审美接受的这一明显的特点。

儿童读者对童话文本更高的整体把握水平是以理解文本的意味层为特征的，这需要儿童读者具有较高的审美理解能力，也就是达到了"三级理解性的接受水平"。能达到这一接受水平的小读者不仅能通过具体的形象性来了解语象的故事层面，而且还不会只停留在浅表的感知层面上，会进一步深入文本的意味层，达到对文本的更深刻的审美理解和感悟。这也就是为什么给少年期的读者提供的童话比较讲究内涵和主题的丰富性、深刻性的缘故。因为对少年期的读者来说，他们已不再满足童话文本单纯的情节故事的精彩，而希望能从精彩的情节故事中获取更多的生活意味和体验。我曾经就少年期孩子的童话阅读作过一些调查，发现随着他们年龄的增长和文学水平的提高，他们对单纯幻想性的童话的兴趣在减弱，而对现实感很强的幻想小说却兴趣越来越大，这也就是为什么二十一世纪出版社推出的"大幻想文学"丛书会受到广大少年读者的喜爱而成为热门的主要原因。因为对少年读者来说，他们正处于儿童期向青年期过渡的时期，其年龄特征也在这两者之间，他们既渴望对现实生活、现实社会经验的更多的了解，同时又不可能完全丢弃儿童的幻想情结，其思想处于现实与幻想相交织的状态中，因此对幻想小说，或者说是童话小说情有独钟也是很自然的。不管怎么说，他们期望童话作品有更丰富的意味这是无疑的。

童话文本的审美接受尽管有着年龄的差异，接受主体与文本客体间有一定的对应关系，但这个对应关系也并非绝对的，文本能否被接受，或者读者能否接受某个文本，主要取决于主客体双方所构成的状态，而且，接受还可以在不同层面和水平上获得实现。这也就是为什么安徒生的童话可以为各年龄段的小读者所接受，甚至包括成人读者，他们在自己所能接受的不同层面上都获得了一定的审美感受，体味到安徒生童话所蕴藏的丰富的美学意味。

童话文本的接受除了有着年龄特征的差异，还会有一定的性别、性格和智力上的差异。也许对低年龄段的读者来说，阅读兴趣的性别差异并不明显，但随着儿童年龄的增长，会逐渐显露出阅读兴趣的性别差异和分化趋势。比如男孩子更喜欢紧张激烈、具有打斗情节的"热闹派"童话，或是有宇宙太空科幻色彩的童话，或是有悬念破案类的侦破童话，或是有武侠英雄的武侠童话等等；而女孩子则可能更喜欢语言优美、感情细腻的"抒情派"童话，或是表现传统美德的民间童话、古典童话，或是比较温情的生活童话、动物童话等等。男孩和女孩到了一定年龄段所逐渐形成的这种接受兴趣的差异性，主要是与他们生理发育的日渐成熟而导致的在心理体验和性格方面的性别差异不无关系。比如男孩性格和心理的外倾性、独立性、倔强性大都高于女孩，喜欢新奇、冒险、对神秘感的强烈好奇心，乐于介入成人的世界，视野开阔；而女孩的情绪性、掩饰性、细腻性则高于男孩，女孩的外倾性表现更多的是喜欢主动结交新朋友，愿意凑热闹，情绪变化大，同情心强，容易轻信等等。这种心理、性格方面的差异，必然会影响到男女儿童在文学审美上的不同的倾向性，上面所说的在童话接受中男孩女孩不同的选择倾向正是这一心理、性格特征的表现。

少儿读者这种接受上的性格差异也早就引起了童话创作者的关注，比如郑渊洁、彭懿等童话家都曾在自己的童话创作中纳入性别的意识，标明"给男孩子看的童话"或是"给女孩子看的童话"，或在人物、情节设计中有意考虑到男孩女孩的不同的审美趣味和爱好，例如郑渊洁的《皮皮鲁全传》《鲁西西外传》，彭懿的《女孩子城来了大盗贼》《男孩子城来了小矮人》就是很有代表性的作品。

除了性别、性格等因素导致儿童读者在童话接受上有着不同的选择和差异，还有智力上的因素也会影响儿童读者的童话接受。尽管智力的发展并不等同于文学阅读能力的发展，但文学阅读需要有一个正常的智力发展作为前提，而智力落后则可能导致阅读能力的落后，甚至根本无法阅读。造成智力落后的原因，既有生物性的原因，如先天不足，或者脑部受到意外伤害而影响其大脑不能正常发育而智商低下等，使得这些儿童不能正常阅读；也有一些是社会性的原因，如儿童如果缺乏后天正常的教育或社会交往，或者缺乏一种良好的社会文化背景和条件，都可能造成其智力发展相对滞后，进而影响其文学接受能力的正常建构。反之，儿童智力的超常发展，也有可能促进其文学能力的超常建构。

尽管智力因素是儿童接受的重要条件，但智力因素与文学接受能力也并非完全持平行发展或对等，这里还有一些更为复杂的因素。比如对文学或童话的兴趣爱好，语言能力和所受文学教育的强弱、文化环境好差等等因素，都有可能导致儿童实际年龄与阅读年龄间发生分离，使部分儿童的阅读年龄与实际年龄并不对等，有的可能大大超于其实际年龄。而有的则可能远远落后于实际年龄。可见，智力因素导致儿童读者接受上的分化其因素也是相当复杂的。

总之，童话接受的心理特征聚集着儿童读者不同的年龄特征、性别、性格、智力、社会文化背景等众多因素，这些因素虽然使童话的接受呈多元化、多层次化的分化状态，但无论如何，童话对儿童读者的吸引力还是具有一种与生俱来的天然融合，幻想的无拘无束和超时空性在儿童的生命流程中，不仅能使他们通过童话阅读获得突破现实、实现幻想的审美愉悦，而且也通过"幻化"的精神飞翔得到精神上的松弛与快感。从这种意义上说，童话与儿童的结合，无论对童话，还是儿童，都是艺术的完满实现。

第三节　童话接受过程与接受能力的培养

有了对童话接受主体心理特征的认识，我们再来对童话接受过程与接受能力所表现出来的特征作一些考察和研究，以便更具体地把握童话接受的方方面面，为创作者提供更多的反馈信息。

一、接受前的心理准备

对文艺接受的不同反映，文艺理论家们早就发现并给予了一定的重视。比如美国美学家鲁道夫·阿恩海姆就举过这样的例子：

> 冯·艾伦费尔斯在他那篇首次提到格式塔这个名字的论文中指出，如果让十二名听众同时倾听一首由十二个乐音组成的曲子，每一个人规定听其中的一个乐音，这十二个人的经验相加的和就决不会等同于仅有一个人听了整首曲子之后所得到的经验。①

这说明对同一首曲子，在不同的听众中将会产生不同的反应，也就是不同的接受反应，这也同样适用于对文学的接受，对童话的接受。一部作品、一篇童话对不同的读者来说肯定会产生不同的接受反应。这里面的原因是多种多样的，

---

①[美]鲁道夫·阿恩海姆：《艺术与视知觉》，中国社会科学出版社1964版。

既有与我们前面介绍的小读者的审美接受的各种心理特征有关，也与读者接受前的对作品不同的接受目的有关。不同的接受目的，就会产生不同的接受效果，这叫作"接受的心理准备"。不同的读者面对童话作品都会有不同的接受目的，概括来说，大致又呈现为以下几种形态：

1. 休闲、消遣性地翻阅

对大多数小读者而言，他们阅读童话的目的可能就是一种课余休闲、消遣放松的最好方式。在结束沉重而紧张的一天学习之后，能够拿起一本童话书来随便翻翻，该是一种多么轻松愉快的精神享受啊！它没有任何压力和逼迫，用不着绞尽脑汁来回答老师提出的各种问题，想怎么看就怎么看，随意极了。这种"随意"就是一种最好的消遣和休闲，它应是童话作品作为文学功能的最主要、最本真的体现，即娱乐功能。可惜在中国现代童话漫长的发展历程中，由于传统教化思想的影响，童话的这一功能一直没有被充分认识到，而是一味强调童话的教育作用，童话也被作为教育的工具来运用，这在一定程度上影响了小读者阅读童话的欲望。这一状况在思想大力解放的二十世纪八十年代之后有了很大的改观。

2. 迷醉于故事情节

在许多小读者的印象中，童话作品大都有比较精彩、吸引人的故事情节。而喜欢听故事、看故事，几乎是孩子的天性。因此，对大多数小读者来说，他们读童话的最初目的可能就是为童话精彩的故事情节所吸引，渴望听故事，看故事，于是对童话产生了浓厚的兴趣。童话源于神话、传说、寓言和传奇故事，因此，其故事性的本质是与生俱有的。这些民间口头文学作品，无不以故事情节作为抓住读者的主要手段。这些传统文学中的优秀品质自然为现代文学童话所继承，成为吸引小读者的最有力的手段。

3. 被童话人物所吸引

许多童话长期以来一直为小读者所钟爱，传了一代又一代，始终保持极大的吸引力，究其原因，不能不说与这些作品中所创造的幻想的童话形象不无关系。比如像《西游记》《白雪公主》《海的女儿》《丑小鸭》《快乐王子》等作品，几乎每一个知道这些作品的小读者都渴望早日听到或读到、看到它们。其原因最主要的还是为这些作品中所熟悉的幻想人物所吸引，孙悟空、猪八戒、唐僧、小人鱼、丑小鸭、快乐王子等童话人物几乎家喻户晓、人人皆知，试问又有哪个小读者不想早点读到这些作品呢？当然，这是一种情况，也就是先熟悉了这些童话人物，而后再想去读作品的。但也有时候是在随意翻翻的阅读中，被其中精彩的人物刻画所吸引，而产生接受兴趣的——这都是为童话人物所迷恋。

4. 为传播而产生的接受欲望

近年来随着现代传播媒体的迅猛发展，报纸、广播、电视、互联网的传播作用已越来越大，出版界和出版商也越来越体会到现代传播对图书出版、发行的重要宣传作用。风靡世界的英国系列少年幻想小说《哈利·波特》，即是借助报纸、广播、电视、互联网等各大媒体的广泛宣传而深入人心，使众多的少年读者、甚至成人读者产生强烈的一睹为快的接受欲望，而争相购书的。当然，随着电视的普及，相当一部分读者，尤其是小读者对文学的兴趣发生了转移，色彩丰富、动感强烈的各种动画片、电视剧似乎比书本有着更大的吸引力。但与此同时，往往一部优秀的童话作品被改编成动画片或电视剧后，又使原著从默默无闻到家喻户晓，给小观众留下深刻印象，进而使他们产生想再阅读原著的强烈欲望。于是，这些优秀的中外名著也就随之畅销不衰，或者一炮走红。比如享誉全球的格林童话、安徒生童话、罗大里童话、林格伦童话等就是畅销不衰的世界童话名著；而像原先默默无闻的《黑猫警长》（诸志祥）、《大头儿子和小头爸爸》（郑春华）等童话作品，则是借助动画片的强大魅力而带动图书畅销的。

5. 鉴赏与审美

当然，也有部分少年儿童中的文学爱好者，他们出于天性的，或是出于强烈兴趣的爱好文学，爱好童话，把阅读文学作品当作一种生命的需要、精神的享受，作为一种提高自身文学修养的重要途径来看待。正是这种主要从鉴赏、审美的目的出发的阅读接受，使接受者能够获得更多的艺术审美享受和提高。恩斯特·卡西尔这样认为：

> 我们的审美知觉比起我们的普通感官知觉来更为多样化，并且属于一个更为复杂的层次。在感官知觉中，我们总是满足于认识我们周围事物的一些共同不变的特征。审美经验则是无可比拟的丰富，它孕育着在感觉经验中永远不可能实现的可能性。①

可见抱着一定的审美眼光和审美目的去审视文学作品，接受者会从审美综合中得到比较，从艺术分析中获得愉悦，并进而得到新的发现。这种艺术的陶醉，最终使接受者的情感得到升华，审美判断能力得到提高。由此来看，对小读者鉴赏与审美兴趣的培养和引导就显得十分必要。

6. 被动接受

在童话接受中，也有部分小读者是一种被动接受。如，学校阅读课规定的阅读任务，或是老师布置的课外阅读书籍，孩子们抱着要完成任务的目的来阅读，此时的接受就是一种被动接受，往往缺乏主动性和自我出发的兴趣性。尽管这样的阅读，有时由于作品比较吸引人，也能使小读者化被

———
① [德]恩斯特·卡西尔：《人论》，上海译文出版社1985版。

动为主动，产生一定的兴趣，进而达到比较好的阅读效果。但有时候则因为所选作品带有较强的功利性的特点，而难以激发小读者的阅读热情，那么这样的接受将会使小读者产生反感，得不到应有的接受效果。从某种意义上来说，读者接受应该是一件十分自然和谐的事，来不得半点强制与压迫。应尽量培养小读者的阅读兴趣，推荐优秀作品让他们挑选，化被动为主动，这样才能获得更好的阅读效果。

7. 批评家的接受

童话的接受对象是少年儿童，但童话的批评家主要是成人。从广泛意义上说，批评家也是接受者。只不过他们不是普通的接受者。批评家的接受不同于一般小读者或是被作品故事和人物所迷，或是出于一定的功利性的目的，或是出于鉴赏和审美的需要。批评家的接受注重于比较和发现，同时，又从各种文艺现象的综合分析中去寻找创作规律性的东西加以总结，提出有价值的艺术见解。因此，这样的心理接受多为冷静的、客观的，而少个人感情上的认同。当然，作为童话的批评家，其接受除了从理性上来评判作品，还得试图站在小读者的立场上、以模拟小读者的眼光来审读作品，这样的接受评判才有可能更公正准确一些。

接受的心理准备是开始接受的第一过程，它大致决定了接受过程中对作品的评价和接受程度。

二、直觉——接受过程的第一步

不管源于什么样的心理准备，在进行文学接受的过程中，第一步肯定就是直觉。所谓直觉，指的就是作品接受过程开始后的第一感觉、第一想法、第一体验。一般来说，直觉基本上是一种"本能"的快速反应，并不经过头脑的周密思考而反映出来的一种艺术感觉，一般不带有功利色彩与道德评判。在艺术创作中，作家是非常重视自己的艺术直觉的，因为，直觉往往能创造出颇令读者玩味的接受价值。同样，接受者在最初接触作品的时候，也大都是凭自己的直觉来首先判定其对自己有多大吸引力，再来决断是否有阅读的价值。尤其对小读者来说，这一点更为鲜明。一部童话是否能为小读者所接受，首先得通过小读者的直觉判断。如果作品最初对小读者感觉不佳的话，那么，也许小读者就会拒绝再阅读下去。相反，如果作品一开始就对小读者产生好感的话，那么，他必定会饶有兴趣地一读再读。所以对童话创作来说，是非常讲究作品的开头就要具有足够的吸引力和卖点的，否则，很有可能使小读者拒绝接受。

当然，接受者的直觉很大程度来源于情感，来源于他对艺术作品审美兴趣的爱好与倾向性。直觉是非逻辑性的，也就是无意识的，或潜意识的，一般不带有理性的成分。面对同一部童话作品，有的小读者会立刻产生直觉，而且感觉妙极了；而有的小读者却迟迟没有直觉，或感觉差极了。这里必定有一个情感活动的因素，或者审美兴趣的因素。说到底，对文学作品反映的不同，与各人的审美价值观念有着密切的联系。

直觉产生以后，在心理体验上往往是爱，或者是排斥两大形态。处于中间状态的则是一种漠然置之的态度。显然，这些都是一种情感的反应，而且是接受者本身也难以解释得了的情感体验。

直觉产生以后，便是理性化的种种思考。正如美学家维戈茨基所认为的："在进行作品分析时，艺术家或读者对某一作品的有意识和合理的解释，应该被看作是一种事后的理性化……一种事后想出来的解释。"[1]可见，直觉并不同于以后的思索。于是，我们把直觉称之为艺术接受过程的第一步。由于少儿读者理性判断能力较弱，因此阅读中的直觉感受对他们来说就显得特别的重要和突出，所以，对童话作家来说应多多重视少儿读者的这一审美心理特点。

三、接受的途径和方法

接受者在接受过程中产生了直觉，仅仅是接受的开始。

[1][苏]列·谢·维戈茨基：《艺术心理学》，上海文艺出版社1985版。

真正的接受，应该是用脑子思索以后所产生的各种想法。按照接受美学的观点归纳起来，接受的途径和方法大致有这么几种：联想、想象、意象、意会等。

1. 联想

阅读一部童话，小读者从接受对象本身的人物、情节、主题乃至细节，或一句话、一个动作、一个幻想，由此及彼而想到生活中的某种人、某件事、某种印象，这种联想的方式，实际上就构成了童话接受的主要途径和方法。

联想产生时，实际上已意味着小读者的思维已从直觉进入了意识之中。在这种由此及彼的思维意识中，童话所提供的幻想、人物、故事乃至意蕴，都会唤起沉睡在小读者记忆中的一些东西。于是，兴奋、激动、高兴、感伤、同情、悲愤等各种情感纷至沓来，激发起他们更大的阅读热情，受到作品深深地感染。应该说，这时候的情感要比直觉中产生的情感稳定得多，同时又将在读者的记忆中得到储存。在以后的类似机会中，新的"储存"又会产生出更新的联想。联想在大多数情况下会使接受者产生一种愉悦，或快感，或宣泄。联想的结果是接受者的思维超出了作品本身，当然与接受者已有的社会生活和阅读经验有着密切的关系。这时候，接受者的心灵已升腾为一次对人世的俯视与鸟瞰。

联想是童话接受的主要途径和方法，但是，联想又都由个体产生，每个人的联想是不相同的，联想往往会离开作品本身。比如，在阅读安徒生的童话《丑小鸭》时，有的人可能会联想到安徒生一生艰难奋斗的人生之路；有的人可能会联想到自己也曾经历过的艰苦人生；而更多的小读者可能会为丑小鸭多舛的命运而感慨……因此，联想实际上已不是作品的简单引申，相反，有时候还会远离作品的底蕴与内涵。不同读者的联想之间有时还可能产生抵牾，对作品评价的"歧义"，根本原因或许也正在此。

2. 想象

想象区别于联想的最大特征就在于它的创造性。它不为作品所拘泥，也不受某种思维定式的束缚，给读者以更大的思维空间。想象可以从整部作品的意蕴中，不论是肯定还是否定，都能产生更多的创造意识。有了想象就能更充分地来领略作品的意蕴和作品有意留存的艺术空间以及人物为读者提供的思索。因此，它比联想更富有创造性。对童话这一特别富有想象力和幻想力的文体来说，其接受当然也非常需要接受者同时具有一定的想象力，否则会影响他对作品幻想力的领悟。

所谓创造性、创造意识，指的是在想象过程中进行的一番改造。在童话接受过程中想象一般呈现为三种形态：

第一，是将有限的文字、描述等转化为形象，也就是将纸上的内容转化为视觉与听觉，使其能够使读者如亲临其境、真切感受到感觉到。这当然需要读者具有一定的想象力。一般来说，小读者大都具有这种能力。他们天性中所具有的想象力使他们与童话中的想象力有一种天然的亲和，所以要达到这一点并不困难。

第二，在阅读一个幻想故事或幻想人物时，往往会想起眼前的现实，或现实中的某类人。在做出一番比较之后，或许会开垦出新的故事和新的主题、形式。当然，它并不是对作品的改编或创作，因为这个过程大都停留在接受者本人的思维之中。这种想象与读者的生活经验有着密切的关系。

第三，在把握作品的底蕴和内容之后的总的评价和认识。这种想象将对作品有一个全面的衡量，或许还可能与作者的其他作品或其他作家的作品作一些比较。当然，它不同于批评家的评判，它只不过是读者在阅读过程中自然而然产生的一种习惯性的思维，并不带有很多的理性成分，主要还是一种感觉性的思维活动。小读者尽管理性评价能力有限，但对每部作品的基本感觉和印象还是有他们自己的独特看法。这种评判性的想象，自然带有接受者个体的创造性和创造意识。

3. 意会

所谓意会，突出的是在一种若即若离、若隐若现的意识中似有所领悟。这种领悟往往是不全面的，也许只是一点、一个方面。意会往往很难用言语表达，更难用文字记录，它的表达只能是："也许""大概""似乎""好像"等。

对小读者的接受来说这种现象是很多的，对童话作品的主题、人物、细节等丰富的内涵，或许他们朦朦胧胧地感觉到了，但并不一定说得清楚，只是有点儿心领神会。这并不能阻止他们阅读作品的热情，因为意会所带来的朦胧感觉，将诱使接受者进一步思索，何况陶醉于这种似解非解之中也是一种极大的快感。随着小读者审美阅读能力的提高，对作品的意会也会越来越清晰起来。

综上所述，我们不难发现，接受过程归根结底还是个感觉的过程。感觉好坏将直接影响他们对作品接受的程度。感觉好，接受者才会有所愉悦，才会有兴趣陶醉在接受的快感中；相反，感觉差，没有了愉悦，也就阻碍了接受。尽管愉悦不是接受的最高目的，但无疑它是接受中的重要因素。尤其对小读者来说，愉悦更是其接受的核心。

四、接受能力的提高和培养

从以上多方面的分析中，我们可以看出影响读者接受有着多种因素，除了心理、智力、社会背景、受教育的文化程度等普遍性因素之外，还有接受者本身的审美经验、审美兴趣，以及当时所处的环境和心情等许多因素的影响。但不管有多少因素，对读者审美接受能力还是可以通过后天不断地培养而逐步获得提高的。那么，怎样才能使小读者的接受能力得到提高呢？

鲁迅先生曾在《读书杂谈》一文中阐述过怎样读书才最有收获这一问题，或许对小读者也会有所启发。鲁迅先生特别反对实用主义的读书观，他主张"嗜好读书"。他说这样的读书应是"出于自愿，全不勉强，离开了利害关系的。"他说："凡嗜好的读书，能够手不释卷的原因也就是这样，他在每一行每一页里，都得到深厚的趣味。"

鲁迅先生所强调的"嗜好读书"，就是突出了读书的喜好性，而非功利性。正是在自觉自愿中自然地吸收书本知识，于是，文化素质、美学修养也会逐步地得到提高，文学接受能力自然也就会得到相应的提高。这里实际上讲的也就是培养对文学的兴趣问题，有了兴趣，读者自然会千方百计地去寻找作品，读作品。

那么，为什么在自然的、非功利性的阅读状态中，会得到接受能力的最大提高呢？

首先，接受能力的提高不是一种短期的行为，它有一个基础和日积月累的过程。对孩子阅读能力一定要从幼儿时期就开始培养，尽可能地给他创造一个读书的环境和提供阅读的条件。一开始可以用色彩鲜艳、图文并茂的图画书来吸引他，培养他对图书的兴趣。在孩子还未有文字阅读能力时，家庭成员要尽量与其共读，形成一种良好的"亲子共读"的家庭氛围。当孩子具备一定的阅读能力以后，也还要进一步帮助和引导他正确地阅读，包括帮助他选择图书和理解作品。而一旦孩子对文学也对童话产生浓厚的兴趣之后，其内在的积极性、主动性就会充分发挥出来，接受能力自然也会得到不断的提高。

其次，文学是一种情感性的精神产品。童话也一样，尽管它是以幻想的方式间接地来反映社会生活、现实情感。接受文学作品，只有介入作品，才能体察、揣摩到作家的情感、作品中人物的情感，才能与作品与作家形成一种真正的感情交流。而在接受过程中带有强烈的个人动机，与作品难以共鸣，这样的接受势必处于一种"身外之物"的状态，也就谈不上有多少接受了。

第三，接受本身也是一种不断发现。如果一味抱着某种目的去接受，那么，所接受的往往是一种"指向性"的收获，就很有局限性了。而一旦摆脱了这种功利性，深深潜入作品，就一定会有很多发现。这样，才可能获得最好的接受。

第四，对童话兴趣的培养还可以通过其他各种途径，比如：观看卡通片。卡通片通常是童话作品最生动形象的演绎，通过观看卡通片能直接感受到童话幻想的无比美妙。但看卡通片也得有所限制，不能以看卡通来替代童话作品的阅读，毕竟视觉艺术是不能替代文学语言的许多功能的。在学校则可以通过组织"童话兴趣小组"，在老师的指导下阅读、创作、交流童话，进一步培养对童话的兴趣爱好，形成良好的童话爱好氛围。一旦小读者有了阅读童话的自觉性、积极性，那么，这种自然状态中的接受，为激发接受者本身的情感创造了条件，而轻松愉快的心境下的接受，自然会使接受达到最佳的效果。

童话的接受为童话的创造提供了无限的可能性，一方面，小读者在童话接受中所反馈出来的信息，为童话作家的创作提供了最佳的艺术交流，为更好的接受创造了条件；另一方面，在童话接受过程中，也培养了一批童话创作的爱好者，小读者天性所具有的非凡的想象力、幻想力，为他们进行童话创作提供了极为有利的条件，而童话创作的爱好又进一步促进了他们想象力和智力的开发。事实上，很多少年儿童创作的童话是很优秀的，他们天真、大胆、奇异的许多幻想，甚至让成人作者都自叹不及。这些童话创作的爱好者，也成为未来童话创作队伍的后备军，为童话创作的未来提供了无限发展的可能性。因此，对童话接受的重视，理应成为少年儿童文学教育一项值得关注的重要课题。

后　记

一

当我在电脑上敲下本书的最后一个字符时，我真有一种如释重负的感觉。

1994年下半年，我获得了去北师大做访问学者的机会。出于一直以来对童话创作和理论的兴趣，我便选择了《现代童话美学研究》的选题。因为，这个选题当时国内还无人做，但童话无论从哪种角度讲都应是儿童文学最重要的门类之一，而有关"童话美学"的著作却还是个空白，这无论如何是种遗憾。尽管我自信搞了多年的童话研究，自己也写过一些童话作品，有一定的理论与创作基础，可一旦深入这个课题，还是感到自己有些力不从心，美学基础的相对薄弱，使我在寻找美学与童话艺术的结合上深感自己的欠缺。但既然已选定了这一课题，我当然不能知难而退。于是，我一边学习、大量阅读，一边广泛收集资料，一边作研究，这就是我的课题为什么迟迟不能了结的原因。当然，也有我主观上不够刻苦、抓紧的因素。一方面，我不愿草草了结此课题，想尽量使其完善；另一方面，因为教学工作和其他研究工作的忙碌，使我一拖再拖。直到去年下半年，当我联系到未来出版社确定要为我出版此书时，我才痛下决心，推辞掉大部分稿约，在工作和家务之余专心来完成尚余的课题。于是，才有了今天的结果。现在回过头来看看写成的书稿还是有很多思考不成熟的地方，尤其后两章写得比较仓促，难免有不尽人意的地方。因为赶着出版，也来不及再作详细地修改，只能留待以后有机会再版时再加以弥补。

本书为"现代童话美学"所建构的初步体系，是我参考多种门类的美学体系，以及根据我对童话研究的认识粗略勾勒出来的，也不知这一建构是否科学、准确？其中难免有不够合理和不够准确之处，只能留待专家们的批评指正。也许是女性思维特征更倾向于感觉思维的缘故，我一直以来比较喜欢和习惯于凭感觉、凭直觉去搞评论和理论研究，因此，进行这类特别需要理性思维的纯理论研究时，总使我感到非常艰难。于是，我只能在我所长的感觉思维和我所欠缺的理性思维之间寻找一个突破口。这就形成了本书现在的论述风格——感性和理性相交织的论述风格。我自知才疏学浅，但凭着一股对儿童文学研究的热爱和对儿童文学事业的执着，终于完成了此课题的研究，（不管这一完成是否圆满），这是最让人高兴和值得庆贺的事。一方面可以说是我完成了对自己理论研究的又一个挑战，另一方面是我在进行此项研究中所获得的许多知识和增长的见识，它们将帮助我今后更好地从事儿童文学的理论研究，这是我写作此书的最大收获。

这里，我特别要感谢几位师长对我的激励和帮助。我在北师大访学时的导师刘锡庆教授，他不仅以他做学问的严谨作风影响和教导着我，而且还在我流露出畏难情绪时鼓励我、帮助我，我一直在心里深深感激他；还有我的老师兼同事黄云生教授和王嘉良教授，也是对我激励和帮助最大的，没有他们的鞭策，可能至今仍完成不了；还有我儿童文学的启蒙老师——蒋风教授，他不仅一直关心、帮助着我，这次，我请他为本书写"序"，尽管春节刚过，他有很多事情要忙碌，但还是一口应允，并在短短的几天中就为我写好了"序"，使我深为感动。

另外，要特别感谢的是，对我的著作出版给予大力支持和帮助的未来出版社的社长倡田先生，和《童话世界》主编延玲玉女士，没有他们的理解和支持，当然也不可能有今天本书的出版。

此外，本书的出版还得到了浙江师大省重点学科科研经费的资助，使本书能得以顺利出版。在此，对各位一并表示深深的敬意和感谢！

作　者

2001.2.11

二

我的第一部专著《现代童话美学》是1995年时在北师大访学期间所形成的一个研究课题，完成于2000年。在得到我校现当代文学重点学科科研经费资助的情况下，于2001年出版。这部著作可以说是我国第一部从美学角度来论述现代童话美学艺术特征的学术专著，对当时的童话创作和童话研究都给予了一定的参考价值，出版后很受童话创作者、教学者和研究者的好评。但受限于当时学术专著发行渠道和发行数量的限制，一直未能产生更为广泛的影响。

随着近年来学术出版的气候逐渐好转，未来出版社总编辑陆三强先生拟出版一套儿童文学理论研究书系，并将我的这部《现代童话美学》列入了出版计划，希望我在新的形势下进行一定程度的修订。这对我来说是一件十分荣幸的事，于是我开始认真思考该如何来完成。当我对原书进行全面审视和思考后发现，单一的补充和修改是很难进行的，因为写作时的时代和文化背景以及当时设计的体系结构，是难以用修修补补来改造的，硬性贴补上去反而会使整部书变得不伦不类。毕竟今天的写作背景已不同于当年，童话创作和理论也有了很大的发展和变化。而如果将全书结构和内容重做调整，那工程就太大了，几乎相当于重写，这决不是短期所能完成的。所以，我最终决定还是不做大的修改，让它保持原作的风貌，以新版来出现。毕竟它是历史的产物，是历史的话语。此次新版，只是修改了原作中的一些错误和错字。另外，也将原出版书名《现代童话美学》，改回为最初设计的课题名：《现代童话美学研究》。

尽管这部著作是十多年前的作品，但对于童话研究与创作来说它仍有一定的价值，毕竟有些文学研究理论是多年实践经验总结出来的，永远都有其存在、参考和反思的价值，这也许就是未来出版社想要重新出版这部童话美学理论著作的初衷吧。

感谢未来出版社一如既往地支持与鼓励！感谢陆三强总编的大力帮助！也感谢责编们的辛勤编辑！

周晓波

2016.9.23 于浙师大丽泽花园

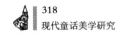
主要参考文献：

吴功正：《小说美学》，江苏人民出版社1985年版。

童庆炳主编：《现代心理美学》，中国社会科学出版社1993年版。

滕守尧：《审美心理描述》，中国社会科学出版社1985年版。

金开诚：《文艺心理学论稿》，北京大学出版社1985年版。

[美]华莱士·马丁：《当代叙事学》，北京大学出版社1990年版。

桂青山：《现代小说创作学》，香港新世纪出版社1992年版。

蔡尚志：《童话创作原理与技巧研究》，台湾百诚出版社1995年版。

吴其南：《中国童话史》，河北少年儿童出版社1992年版。

金燕玉：《中国童话史》，江苏少年儿童出版社1992年版。

洪汛涛：《童话学》，安徽少年儿童出版社1986年版。

浦漫汀：《安徒生简论》，四川少年儿童出版社1984年版。

周锐：《周锐童话选》，少年儿童出版社1994年版。

马力：《童话学通论》，辽宁大学出版社1998年版。

韦苇：《外国童话史》，江苏少年儿童出版社1991年版。

韦苇：《韦苇与儿童文学》，安徽少年儿童出版社2000年版。

汪习麟：《童话艺术谈》，明天出版社1998年版。

汤锐：《北欧儿童文学述略》，湖南少年儿童出版社1999年版。

菲利普·汤姆森：《论怪诞》，昆仑出版社1992年版。

马以鑫：《接受美学新论》，学林出版社1995年版。

方卫平：《儿童文学接受之维》，湖北少年儿童出版社1995年版。